두번째 여름,
두번 다시 만날 수
없는 너

카기 히로타카
러스트 : 부타
자인 : 타츠구치 토모카
　　(타츠구치 디자인 사무소)

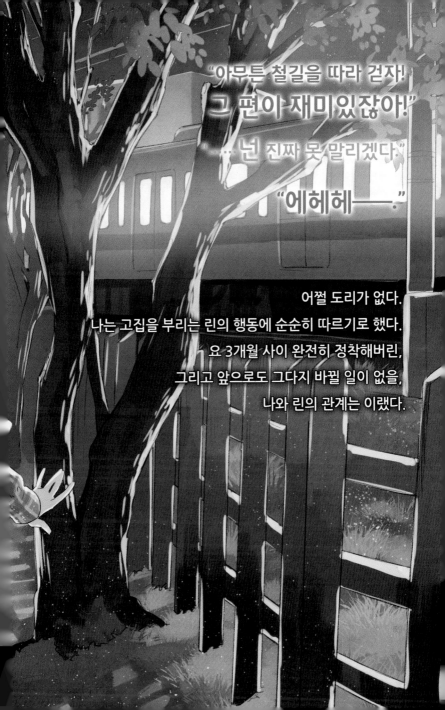

"아무튼 철길을 따라 걷자!
그 편이 재미있잖아!"

"… 넌 진짜 못 말리겠다."

"에헤헤──"

어쩔 도리가 없다.
나는 고집을 부리는 린의 행동에 순순히 따르기로 했다.
요 3개월 사이 완전히 정착해버린,
그리고 앞으로도 그다지 바뀔 일이 없을,
나와 린의 관계는 이랬다.

눈앞에서 린이 태양과 같은 미소를 지으며

'?' 하는 얼굴로 해맑게 머리를 기울이고 있었다.

이쪽 사정은 전혀 개의치 않고

어디까지라도 달려 나갈 에너지로 가득 찬,

세상 모든 게 즐거워서 견딜 수 없다는 얼굴로 웃는,

내가 좋아하게 된 여자애가 눈앞에 있었다.

——그녀의 짧은 일생이, 영원히 웃는 얼굴일 수 있도록.

두 번째 여름, 두 번 다시 만날 수 없는 너

아카기 히로타카
일러스트 : 부타

nePOP

카쿄우인
히메코

이시다
로쿠로

모리야마
린

고등학교 3학년. 사토시와 린의 밴드 멤버. 드럼 담당.

고등학교 3학년. 사토시와 린의 밴드 멤버. 베이스 담당.

고등학교 3학년. 불치병을 앓고 있다. 고등학교 문화제에서 라이브 하는 것이 꿈. 보컬 담당.

CHARACTERS

시노하라 사토시

고등학교 3학년. 밴드 활동을 꿈꾸는 고등학생. 린에게 호감을 품고 있다. 기타 담당.

칸노 에이코

고등학교 3학년. 사토시의 소꿉친구로 학생회장.

에노모토 유우

사토시가 중학생 때 자주 들르던 악기점 사장.

CONTENTS

프롤로그

2014년 7월 3일

　모리야마 린이라는 소녀는 좌우간 바보라는 말밖에 나오지 않는 존재였다.

　멍청이이자, 음악바보이기도 했다. 그냥 음악바보라면 무해했을 것이다. 그냥 멍청이였다면 나와 접점을 갖는 일은 없었을 것이다. 하지만 린은 멍청하기 짝이 없는 음악바보였고, 나를 있는 대로 들었다 놓았다.

　외모만 보면 연약하고 가련한, 순진한 부잣집 귀한 딸이었지만 사람은 외모로 판단할 수 없는 법이다. 린은 저 안쪽에 있는 방 안에서 조용하고 얌전하게 지내는 그런 귀여운 공주님이 아니라, 심심풀이로 방문을 때려 부수고 뛰쳐나오는 그런 인종이었기 때문이다.

고등학교 3학년 여름.

본래라면 수험공부 이외의 행위가 허락되지 않는, 식사와 수면 시간조차 깎여 마땅한 무서운 계절이다. 린은 그런 계절에 우리 반으로 전학 와서, 아는 사람 하나 없는 그곳에서 문화제를 목표로 밴드를 결성하겠다고 선언했다.

밴드 활동이 금지된 키타고로 전학 와서 굳이 그런 바보 같은 목표를 내세운 이유는 단 하나. 우리 학교가 그녀가 매우 좋아하는 밴드의 출신교였기 때문이다. 그게 다다.

작사도, 작곡도 못 하고, 연주할 줄 아는 악기도 없거니와 강력한 연줄이 있는 것도 아니다. 폭주기관차 같은 성격과 달리 실상은 체력도 약한 편. 하지만 린은 그녀가 매우 좋아하는 밴드가 두각을 나타낸 문화제를 동경하여, 그 작은 몸 안에 넘쳐흐르는 파워를 방출하는 듯한 노랫소리 하나를 가지고 꿈을 이루러 온 것이었다.

밴드를 결성해서 키타고 문화제에서 연주한다는 꿈을.

자기가 일으킨 트러블을 웃으면서 주위 사람들에게 내팽개치고, 거기가 어디라도 일직선으로 달려 나가는 그녀는 브레이크가 고장 난 작은 10톤 트럭이었다. 치어 죽는 건 주로 내 역할이었지만. 괴롭게도.

"미안, 사토시! 방송 부탁할 CD를 착각했어. 깜빡했지 뭐야!"

린이 능청맞게 웃으면서 한 손으로 합장하는 제스처를 취한다.

"또 너희야?!"

학생회장이 눈에 쌍심지를 켜고 우리를 향해 쓱 다가온다.

나는 린을 잡아당기면서 회장에게서 도망치듯 교실을 뛰어나가 방송실로 달렸다.

"그걸 깜빡하냐! 됐으니까 이 방송 빨리 막아!"

키타고의 점심시간에 울려 퍼지는 풋내나는 기타 연주와 거기에 맞춰 흥이 난 노랫소리. 무척이나 흥을 내는 것과 달리 안쓰럽기 그지없는 노래 실력의 격차가 교내에 더 이상 버틸 수 없는 분위기를 낳고 있었다.

옛날에, 분위기에 취해 녹음하고서 내 방 벽장에 숨겨둔 줄 알았던 흑역사 CD. 그것이 교내에 울려 퍼지니, 주체할 수 없이 얼굴이 굳어지고, 목소리가 떨렸다.

"그래도 난 이 노랫소리 꽤 좋은데?"

"……머리만이 아니라 귀도 썩었구나, 너…….."

"안 썩었어! 노래가 진짜로 좋은데 어떡하라구? 듣고 있으면 기운이 팍팍."

린이 웃었다. 아니, 비웃었다.

꿀밤이라도 한 대 쥐어박고 싶었지만, 꾹 참으며 말했다.

"아무튼 교감이 오기 전에 빨리 방송실로 가서 CD를 회수하자. 나 상처받기 전에…….."

"에이~. 기껏 방송부 사람들이 협력해줬는데."

"이게 누구 때문인데?!" 투덜대면서 나는 린과 함께 달렸다.

『——3학년 1반 모리야마 린, 시노하라 사토시. 방과 후 교무실로 오도록.』

"……이럴 줄 알았어."

나는 흑역사 CD를 쪼개면서 투덜거렸다.

점심시간이 끝날 무렵, 나와 린을 호출한 것은 밴드 활동 금지파의 수장인 교감이었다.

선생님들에게 들키지 않고 방송실에서 무사히 CD를 회수하긴 했지만, 교감은 나와 린의 소행이라고 단정지은 모양이다. 방과 후에는 '억울합니다' 만 있는 대로 되풀이하는 수밖에 없겠다.

"에휴-, 실패했네. 사실은 우리의 연주로 모두를 매료시키는 작전이었는데."

린이 "흐~음." 하고 뚱한 표정으로 팔짱을 낀다.

"이게 다 누구 때문인데. 이래서는 키타고 문화제에서 라이브는커녕 멤버 모집도 하늘의 별따기일 거다."

"걱정 마, 걱정 마. 어떻게든 된다니까. 나랑 사토시의 연주라면 분명 사람들의 마음을 움직일 수 있을 거야!"

그 눈에는 일절의 망설임도 없다. 실로 바보의 극치. 근거

없는 자신감도 적당해야지, 원.

"네가 이 이상 바보 같은 짓을 하지 않으면 잘될지도 모르지."

"아! 그런 말 하기야?"

린이 주먹으로 어깨를 빙글빙글 누르기 시작한다.

"사실이잖아, 바보야."

"또 바보래!"

나는 린을 밀어내면서 의도적인 한숨을 쉬었다.

"어쩌다 이런 바보랑 함께하게 됐지……. 문화제 라이브는 턱도 없을 듯."

"바보 아니야! 턱도 아니고!"

"아-, 녜~녜. 네 바보병만 나으면 가능성이 아주 쬐끔은 보일 텐데 말이지."

"사토시, 이 바보!"

주눅이 들어 교실로 돌아가는 린의 뒷모습을 몇 번째인지 모를 한숨과 함께 좇았다.

"……걱정 마. 네 꿈은 이뤄질 거야."

누구에게도 들리지 않는 작은 목소리로 중얼거렸다.

그렇다. 나는 알고 있다.

입으로는 린의 꿈 이야기를 바보 취급하면서도 나는 알고 있는 것이다.

밴드가 무사히 결성되는 것도, 3개월 후 문화제 라이브가 대성공하는 것도.

그리고 그 직후, 린이 병으로 죽고 마는 것도.

나는 전부 알고 있다.

나는 반년 후의 미래에서 타임 리프 해왔다.

할 일은 단 하나.

린에게 고백한 과거를, 없었던 일로 만드는 것.

제1장
전해서는 안 되는 마음

좋아한다고 하지 말 걸 그랬다.

그때의 나는 린의 몸에 대해서도, 린의 마음도, 무엇 하나 모르고 지내고 있었다.

2014년 10월 5일

전기를 켠 순간, 문화제 뒤풀이 *야미나베의 파티 장소였던 우리 집 거실은 아비규환의 지옥도나 다름없었다.

어떤 놈은 말없이 화장실로 직행했고, 어떤 놈은 완력을 써서 화장실 선행 사용권을 차지했고, 또 어떤 놈은 뭔가에 홀린 듯이 입 안을 물티슈로 닦어대면서도 만악의 근원을

---

*야미나베 : 闇鍋(やみなべ). 각자 자신 외에는 모르는 독특한 재료를 가져와, 불을 끄고 냄비에 집어넣어 만들어 먹는 전골요리.

향해 또랑또랑 잔소리를 했다. 나는 한발 늦었으면 입에 들어가 버렸을 그것——흐물흐물하게 익은 귀뚜라미와 바닥에 뒤집힌 냄비를 번갈아 쳐다본 다음 만악의 근원에게 촙을 날렸다.

"아야!"

린이 소리 높여 항의한다.

"룰은 안 깼어! 초콜릿같이 녹는 건 금지, 먹을 수 있는 것 한정, 맞잖아?!"

룰 이전에 상식의 문제란 말씀이다.

아니, 이 녀석을 상대로 상식을 얘기해 봐야 소용없나.

"열대어 가게에서 돈 주고 산 녀석이라 예쁘기도 하고, 가게 직원한테 먹어도 괜찮은지 물어도 봤다구!"

그래서 어쩌라고. 귀뚜라미 보고 예쁘고 자시고 할 게 어딨담. 애초에 귀뚜라미는 식재료가 아니란 말이다.

결국 뒤풀이는 멤버 다섯 명 중 세 명이 귀뚜라미를 먹은 쇼크를 견디지 못하고 돌아가 버리는 바람에 예정보다 일찍 막을 내렸다. 남은 건 나하고, 귀뚜라미 요리를 만든 죄를 씻기 위해서 청소를 돕게 된 린뿐이다.

문화제 당일은 모두가 녹초가 되어서 뒤풀이할 상황이 아니었기에 일부러 날을 따로 잡아서 개최했건만, 아주 엉망이 되고 말았다.

뭐, 서로 수고했다고 건배를 한 시점에서 뒤풀이의 80%

는 완료한 거나 다름없으니까 괜찮다고 치자. 이제부터 수험 때문에 바빠지겠지만 그것도 겨우 몇 개월이다. 그게 지나면 다시 몇 번이고 오늘처럼 모일 기회는 있다.

나는 린에게 걸레를 건넸다.

"우리 엄마, 아빠 오기 전에 치우자."

"눼~."

자업자득인 주제에 뾰로통해진 린을 부려먹으며, 나는 귀뚜라미 요리로 어질러진 거실 바닥을 청소했다.

요 3개월 동안 '여느 때처럼'이 되어 버린 광경이다.

린의 폭주에 피해를 입고서 뒤치다꺼리까지 하게 되는 건 언제고 내 역할이었다.

처음엔 넌더리가 났던 그 역할에 일종의 우월감 같은 감정을 품기 시작한 건 언제부터였을까.

"하아."

미소 사이로 한숨이 새어 나온다.

내가 어쩌다 이런 바보를 좋아하게 된 건지.

"배고파."

겨우 거실 정리를 끝냈을 즈음, 린의 배가 꼬르륵하고 소리를 냈다.

"그 근방에서 아직 울고 있는 매미라도 먹고 있어."

"무슨 말을 그렇게 하니!"

린이 소매를 확 잡아당긴다.

"편의점에 뭣 좀 사러 가자."

"알았으니까 놓고 말해."

10월의 한밤중이면 이미 상당히 쌀쌀하다.

외투를 걸치고서 두리번거리며 개처럼 돌아다니는 린을 데리고 가장 가까운 편의점으로 향한다.

편의점에 들어가자마자 린이 어떤 물건을 발견하고서 눈을 반짝인다.

"앗! 고기찐빵?! 진짜 이런 식으로 파는구나?!"

린이 갖고 싶다는 얼굴로 고기찐빵이 든 포장지에 달라붙는다.

"응, 그것도 처음이야?"

선천적으로 몸이 약해서 입원생활이 길었다고 하는 린은 오만가지 것이 처음이었다.

편의점, 공원, 영화관, 스마트폰에 통학로. 모든 것을 흥미진진해하는 그 아이 같은 호기심은 마음에 들었지만, 그것은 때때로 귀뚜라미 요리 같은 비극을 불러왔다.

키타고에 전학 오고 3개월 동안 다양한 것에 익숙해지긴 했으나, 그래도 처음으로 병원 밖에서 맞는 겨울이라 새로운 게 많은 모양이다.

"뭔가, 고기찐빵만 있는 게 아닌데?!"

린은 단팥찐빵과 피자찐빵 등 여러 종류가 있는 것을 보고서 눈을 크게 떴다. 잠시 포장지와 눈싸움을 하고, 점원의 눈이 수상한 사람을 경계하는 그것으로 바뀌었을 무렵에야 겨우,

"종류별로 한 개씩 주세요."

진지한 얼굴로 그런 말을 하는 것이었다.

린에게 자극을 받아 나도 고기찐빵을 두 개 정도 사고서 가게를 나섰다.

"너, 그거 전부 먹을 수 있겠어?"

찐빵 네 개가 담긴 봉투를 흔들며, 손에 들린 한 개를 만족스럽게 입에 쑤셔 넣는 린에게 묻는다.

"뭐, 최악의 경우엔 한 입씩 맛만 확인하고 남은 건 전부 사토시한테 줄게."

"사치도 참 멍청하게 부리네."

하지만 린은 그런 걱정은 아랑곳하지 않고 다섯 종의 찐빵을 날름 먹어치워 버렸다.

평소처럼 역 맞은편에 있는 린의 집까지 바래다주는 길에 적당히 잡담을 주고받으면서 걸어가는데.

"있잖아."

역 구내에 다다랐을 무렵, 갑자기 린이 멈춰 섰다.

철길이 끝없이 이어지는 그 앞을 지그시 쳐다보고 있다.

"저쪽 방향에 이나바 대학이 있지, 아마?"

"두 역 정도 앞에."

"가보지 않을래?"

"뭐?"

린이 옷자락을 꽉 잡아당긴다.

"빨리, 빨리."

"아니, 잠깐만."

왜 이런 한밤중에 가야 하는 걸까.

"다음에 가도 되잖아."

"잉~."

린이 심통을 낸다. 그러고서 내 옷자락을 쥔 채 한사코 움직이질 않는다. 그리고 쥔 옷자락을 종횡무진 이리저리 끌어당기며,

"가자아~."

"……."

요 3개월, 내가 린의 고집을 꺾을 수 있었던 예는 없다.

이런 어이없는 고집 하나에도 린은 언제나 모든 힘을 다한다.

그 힘이 어느 정도냐면, 전학 오고서 단 3개월 만에 10년 가깝게 밴드 활동 금지였던 키타고를 바꿀 만큼 엄청나다.

저항하는 시간조차 아까워진 나는 일찌감치 마음을 접었다.

"알았어, 알았으니까."

나는 표를 사기 위해 발권기 쪽으로 향했다. 그런데 문득

고개를 돌리자 린은 전혀 다른 방향에서 의기양양하게 걸어 가며,

"사토시? 거기 아니야. 이쪽이라구."

뒤돌아보고 손짓을 해왔다.

"걸어가려고. 철길을 따라서."

"……또 시작이군. 린, 이 바보."

"바보 아니거든! 수헬리베 붕탄질산 플네나마, 알규인황 염아칼칼슘! 수금지화목토천해!"

린은 수험생다운 드립을 치더니, 상쾌할 정도로 의기양 양한 표정을 지었다. 이러면서도 진짜로 학년 1등의 성적을 내니까 그야말로 사기다.

"아무튼 철길을 따라 걷자! 그 편이 재미있잖아!"

"……넌 진짜 못 말리겠다."

"에헤헤——."

어쩔 도리가 없다.

나는 고집을 부리는 린의 행동에 순순히 따르기로 했다.

요 3개월 사이에 완전히 정착해버린, 그리고 앞으로도 그 다지 바뀔 일이 없을, 나와 린의 관계는 이랬다.

"너랑은 진짜 같이 못 다니겠다."

역 주변에서 조금 벗어나자 금세 주변은 인기척도, 가로 등도 적어졌다.

커다란 달이 비추는 어둑어둑한 가을밤을 린과 둘이서 터벅터벅 걸었다.

내 옆을 걷고 있는 린과의 거리는 어깨가 닿을 정도로 가깝다.

린과 손이 닿을 것만 같아서 좀 부끄러워진 나는 양손을 외투 주머니에 찔러 넣고 있었다.

"도대체가 말이야, 항상 터무니없다고, 너는."

"그런가?"

"멀쩡한 녀석이라면 만난 지 일주일도 안 된 놈이랑 단둘이서 뜬금없이 라이브에 도전하고 그러진 않는다고."

"아~, 그런 일도 있었지."

린이 그땐 참 즐거웠다는 듯이 웃었다.

"사토시, 스테이지에 올라갔을 때 완전 긴장해 가지고."

"……잊어라."

"심지어 마지막 노래 부를 땐 대박으로 넘어졌잖아."

"……기억 안 나는데."

게다가 그게 원인이 되어 키타고 학생인 걸 들켜, 호되게 야단을 맞았다는 건 덤이다. 아무리 작은 라이브 하우스였다고는 해도 형편없는 첫 라이브였다.

"수험 끝나면 리벤지 해야지."

"그때는 모두 모여서. 그치?"

린이 팔을 쭈욱 치켜든다. 그 눈은 벌써 다음 라이브의 광경이 비치는 것처럼 반짝반짝 빛나고 있었다.

그리고 잠시 시간을 두고,

"그런데 사토시, 공부는 잘돼 가?"

"열심히 할 예정……."

"앞으로 내가 혹독하게 공부를 봐줄 테니까, 싫더라도 열심히 하기다?"

"또 그 지옥의 스터디 같은 걸 할 생각이냐?"

지금 생각해도 무서워서 치가 떨린다.

그때는 린뿐 아니라 회장도 감독관으로 나서는 바람에 엄청난 스파르타식 그룹 스터디가 됐었다.

"후후후. 그런 건 천국이지!"

어디까지가 본심인지 알 수 없지만, 어찌어찌 간신히 부모님에게 보여줄 수 있게 된 내 성적을 더욱 향상시킬 생각인가 보다. 뭐, 그렇게 안 하면 대학은 못 갈 것 같으니 고맙기야 하지만.

"넌 수험공부에 집중하지 않아도 괜찮은 거야?"

"이제 와서 사토시 한두 명쯤 봐준다고 내 합격이 흔들리지는 않는다구."

"뭐, 그렇긴 하지."

린과 내가 지원할 예정인 와카사 대학은 내게는 문턱이 높지만, 린에게는 장벽이 없는 수준이다. 사양 말고 호의를 받아들이자.

목적지가 대학교여서일까. 나와 린은 아직 지원도 하지 않은 주제에 대학에 들어가면 밴드 활동에 시간을 얼마나 들일 수 있을지 같은, 입학 전부터 농땡이 칠 생각으로 가득한 쓸데없는 대화를 주고받으며 걸음을 옮겼다.

이게 바로 김칫국부터 마신다는 건가.

대학까지 제법 거리가 있어서, 도착할 즈음에는 나와 린의 잡담도 더 진행되어 밴드로 먹고살 수 없을 것 같으면 취직은 어떡할까 같은, 상당히 나중의 일까지 얘기하고 있었다.

"사토시는 형사가 될 것 같아."

"어째서?"

"얼굴이 무서우니까."

"……그럼 넌 사파리 공원에 가겠구나."

"아, 동물을 보살피는 건 재미있을 것 같아."

"아니, 사육당하는 쪽. 넌 진귀한 짐승감이니까."

"사토시는 성적만이 아니라 마음도 못됐어!"

쓸데없는 참견이다.

"저기군."

그런 아무래도 좋은 이야기를 하는 동안에 문이 보이기 시작했다.

"크다아! 넓고!"

문을 빠져나가자마자 린이 빙글빙글 돌며 소리친다.

밤의 어둠에 가리어져 전망은 나쁘지만 그래도 키타고에 비해서 훨씬 넓은 것은 바로 알 수 있었다.

"그래도 대학치곤 작은 편이라더라."

"정말?!"

"응. 적어도 우리가 지원할 학교는 좀 더 넓을 거야."

오픈 캠퍼스를 간 건 아니니까 그냥 들은 얘기지만.

"흐~음. 대학이란 게 이런 건가."

아직 학생이 남아 있을 만한 건물 쪽으로 어슬렁어슬렁 걸어가면서 린이 갑자기 진지한 표정으로 말했다.

"사토시. 와카사 대학, 꼭 합격해야 돼."

"뭐야, 갑자기?"

"사토시랑 다니면 분명 즐거울 것 같아서."

린이 미소를 지으며 그런 이야기를 하자, 거기에 영향을 받아 내 얼굴도 싱글벙글한다.

그 표정을 린이 똑바로 보는 게 부끄러워서 나는 엉뚱한 방향으로 얼굴을 돌리며 "그렇겠군." 하고 대꾸했다.

그래, 당연히 즐거울 거다. 린이 있으면 분명 어디라도 즐거울 테니까.

밴드 멤버들도, 나와 린이 진학할 예정인 와카사 대학에서 그렇게 멀지 않은 지역으로 진학할 예정이다. 문화제는 다 끝났지만 우리는 아직 공연이 고프다.

더욱더 앞으로 나아갈 것이다. 린과 함께.

"야, 괜찮아?"

그때, 린의 몸이 흔들리며 기울어졌다.

재빨리 부축했다.

평소 민폐일 정도로 넘치는 파워를 뿌리고 다니는 린의 힘찬 이미지와 갭이 느껴진 탓인지, 린의 몸이 지독히 약하고 덧없으리만큼 가볍게 느껴졌다.

부축을 받은 린이 머리를 숙인 채 입을 열었다.

"어, 아, 왠지 조금, 지쳐서 그런가."

드물게 말을 더듬었고, 그 목소리는 상기되어 있었다.

순간 린이 내게 살짝 체중을 실어오나 했더니 획 하고 도망가듯이 거리를 두고서, 다시 내 쪽으로 돌아선다. 얼굴은 내게서 돌린 채,

"역을 두 개나 걸어와서 그런지 비틀거리게 되네."

대학 구내에 있는 옥외등에 비친 린의 귀와 볼이 발그스름하다.

왠지 묘하게 불안해서 그걸 얼버무리듯이 나는 린의 발끝 주변을 보면서 말했다.

"……몇 시간이나 쉬지 않고 공연했을 때의 기운은 어디로 간 거야?"

린은 병원생활이 길었던 탓에 확실히 기초체력이 없는 데다, 자전거도 못 탈 정도로 심각한 운동치다. 하지만 공연이나 연습 때는 거짓말인 양 이리저리 뛰어다니고, 쉴 새 없이

노래하며 모두를 매료시켰다.

혹은 문화제 때 쌓인 피로가 이제 와서 영향을 주기 시작한 걸까.

"돌아갈 땐 전철 타자──."

내가 말하려고 했던 걸 린이 선수 쳤다.

"……처음부터 전철을 탔어야지."

내가 역을 향해서 먼저 걷기 시작하자, 뒤에서 "그러면 재미가 없다구!"라고 말하며 린이 강아지처럼 따라온다.

오두막으로 잘못 볼 법한 작은 역에서 표를 사고 거의 텅 빈 전철에 타려고 했을 때, 소매 부근에 무언가 부하가 걸렸다.

"……왜 그래."

보니까, 린이 소매 부근을 우두커니 잡고 있었다.

"왜긴, 또 휘청거리면 위험하니까 목발처럼 잡고 있는 거야."

그렇게 말하는 린에게 평소의 기운은 없었고, 내 시선에서 도망치듯이 뒤로 비켜서서 앞으로 나오지 않는다.

"……."

나도 돌아보거나 할 마음이 들지 않아서 따지는 대신 손을 약간 뒤로 구부려 린의 소매를 맞잡았다. 살짝 닿은 손등이 몹시 뜨거웠다.

그리고 우리는 왔을 때와는 정반대로 거의 말을 나누는

일 없이, 얼굴도 맞대는 일 없이 귀로에 올랐다.

결국 린이 갑자기 왜 이나바 대학까지 걸어가자고 말을 꺼낸 건지 명확한 이유를 물을 기회는 끝내 없었다.

린네 집 앞에 도착.

남은 건 평소와 같이 작별 인사를 하는 것뿐이다.

하지만 다음에 어떻게 해야 할지를 모르는 사람들처럼 나도, 린도 소매를 잡은 채로 문 앞에서 움직이지 않았다.

나는 침묵을 견디지 못하고 앞을 향한 채 린의 소매를 놓았다.

"그럼, 푹 쉬어."

한 박자 틈을 두고 린도 손을 놓았다.

그러고서 내 앞으로 불쑥 튀어나온다.

오랜만에 시선 한복판에 나타난 린의 얼굴은 평소처럼 출랑대는 웃음기를 머금은 얼굴이었다.

"녜~녜. 해가 중천에 뜰 때까지 자겠습니다요."

린은 적당한 경례에 적당한 인사를 곁들인 다음, 돌아서서 현관 앞에 있는 작은 턱을 가볍게 뛰어올랐다.

"아윽."

풀썩.

"야, 뭐 하는 거야."

린이 턱에 걸려 넘어지며 멍청한 소리를 지르고 구른다.

"조심해."라고 주의를 주면서, 나는 린을 부축해 일으켜

세우려고 그녀의 손목을 잡았다.

그런데.

"……린?"

그 손이 힘없이 축 늘어졌고, 몇 번을 불러도 린은 눈을 뜨지 않았다.

구급차에 실려 간 린은 그대로 병원에 입원했다.

내가 다시 린과 만날 수 있었던 건 2주일 후였다.

멤버들과 만나서 함께 갈까도 생각했지만 그럴 시간도 아까워서 나는 면회 OK 연락을 받자마자 곧바로 병원으로 달려갔다.

"……아, 사토시."

새하얀 침대에 드러누운 린의 안색은 지독히 나빴다.

생명력 덩어리처럼 빛나던 눈동자는 힘없이 반쯤 풀려 있었고, 금세 상기되던 새하얀 볼은 흙빛을 띠고 있었다.

겨우 2주일 만나지 못했을 뿐인데 마치 린 혼자 60년, 70년은 나이를 먹어버린 것처럼 그 몸에는 죽음의 기운이 떠돌고 있었다.

대체 무슨 일이람.

린이 전학 온 지 3개월.

그동안 린은 그 누구보다도 건강하게 뛰어다녔다.

선천성 심장질환 때문에 제대로 학교에 다닐 수 없었다는 이야기가 거짓말같이 들릴 정도로, 남에게 폐를 끼칠 정도로 린은 건강했다.

성공적인 심장이식을 통해 건강한 신체를 얻고, 학교에도 다닐 수 있게 된 린은 우리와 만났다.

그랬는데 왜 이제 와서 이렇게 된 거지?

너무나도 갑작스러운 현실에 이해가 가질 않는다.

면회 전에 린의 부모님, 담당의사 선생님에게 설명을 듣기는 했다.

린의 몸에서 이상이 발견된 것은 전학 수속이 끝났을 무렵으로, 그때는 이미 연명 조치를 하며 새로운 치료법이 발견되기를 기다리는 수밖에 별다른 방법이 없는 상태였다고 한다.

면역억제제와의 균형이 어떻다든가, 자세하게 듣기는 했지만 거의 아무것도 이해할 수 없었다.

이해한 건 린이 완강하게 치료를 거부하고 우리와의 학교생활을 선택했다는 것뿐이었다.

"에헤헤. 사실 졸업식 때까지는 시간이 있을 줄 알았는데……. 너무 까불고 그래서 그런가."

그토록 떠들썩했던 린의 목소리가, 끝도 없이 울려 퍼질 것만 같았던 린의 목소리가, 지금은 쉰 것처럼 조그맣다. 린의 얼굴을 똑바로 보고 귀 기울여 듣지 않으면 알아듣기 힘들 정도로.

린의 부모님도, 담당의사도 자리를 떴다.

새하얀, 그렇다고 무미건조하지는 않은, 잔혹할 정도로 평온한 공기가 흐르는 병실에 나와 린 단둘뿐이었다.

"……나, 사토시랑, 우리 멤버들이랑 만날 수 있어서 정말 다행이야."

린이 힘없이, 하지만 막힘없이 말을 짜내기 시작했다.

"고작 3개월뿐이었지만 평생의 즐거움을 누렸어."

"야, 린."

말을 걸어도 린은 계속 떠든다.

"황소고집 부린다고 혼날지도 모르지만, 치료보다도 학교를 선택하길 잘했다고 생각해."

"그만!"

나도 놀랄 정도로 큰 소리가 나왔다.

목소리가 떨리지 않게 호흡을 조절하는 데에 잠시 시간이 걸렸다.

그러는 동안 린은 조용히 기다리고 있었다.

이렇게 얌전한 린은 처음이다.

평소처럼 뭐라고 딴죽을 걸 거라고 생각한 것은 내 착각이었다.

"왜 그렇게, 이게 마지막인 것같이 말하는 건데."

"이제 곧 죽으니까 그렇지."

확신을 갖고 결말을 얘기하는 린의 조용한 목소리가 받아 들이기 어려운 사실을 들이민다.

그 말까지 듣고서야, 나는 린을 잃게 생긴 현실을 똑똑히 목도했는지도 모른다.

"나 있잖아, 이젠 깜짝 놀랄 정도로 미련이 없어. 뭐, 요 3개월 동안 내 멋대로 해왔으니까 당연하다면 당연하지만. 아, 그래도 사토시가 마지막까지 나랑 트윈 보컬 하는 걸 거부한 건 좀 아쉽다———. 도망칠 수 없는 상황을 만들면 억지로 노래 부르게 할 수 있었을지도 모르는데. 시험해 볼걸, 에헤헤."

노래를 부르지 않을 수 없는 상황에 몰려서 곤혹스러워하는 내 모습이라도 상상하고 있나 보다.

린은 장난스럽게 웃고 있었다.

나는 내가 지금 어떤 얼굴을 하고 있는지 알 수 없었다.

"있잖아, 사토시. 마지막으로 고집 하나 부리고 싶은데."

침대에 드러누운 채 린이 속삭인다.

"밴드, 계속해. 앞을 향해서 계속 노력해. 그렇게 해주면 난 기쁘겠어."

마치 기도를 드리는 것 같았다.

그 말은 지금까지 린이 불렀던 그 어떤 노래보다도 내 가 슴을 깊숙이 찔렀다.

"……."

말이 목구멍에서 뒤엉켜 출구를 잃은 것 같은 기분이 마음속에서 사정없이 날뛴다.

지금까지 실컷 자기 마음대로 해놓고 마지막에 이러기냐.

밴드를 계속하라고? 가능할 리가 없잖아.

너처럼 머리가 이상한 보컬 대타를 찾을 수 있을 것 같아?

시간이 얼마 남지 않았다는 거, 처음부터 알고 있었던 거 아니야?

왜 마지막까지 실실 웃는 거야.

여자만 아니었으면 쥐어박아 버렸을 거다.

온갖 욕지거리가 머리를 빙글빙글 돌았다.

하지만 그걸 전부 털어놓으면 목구멍이 찢어질 것 같아서, 그 대신 내 입에서 흘러나온 것은 단 하나의 감정이었다.

한 번 입에 담아버리면 돌이킬 수 없는, 단 하나의 감정.

"나는, 너를 좋아해."

나는 이때 내 손 주변을 물끄러미 쳐다보고 있어서.

린의 표정이 딱딱하게 굳어진 건 조금도 몰랐다.

"계속 좋아했어. 계속 같이 있고 싶었어. 그러니까——."

그러니까 죽지 마.

그런 유치한 소리라도 할 생각이었던 걸까, 나는.

고개를 들었을 때, 눈앞에 드러누운 린은 지금까지 본 적이 없을 만큼 이성을 잃은 모습이었다.

"왜."

울음을 터뜨리기라도 할 것처럼 일그러진 린의 얼굴에는 비난의 기색이 역력했다.

"왜, 그런 말을 하는 거야."

린의 작은 양손이 침대 시트를 꽉 쥐고 있었다.

"나는, 너를……, 모두를, 친구로서 소중하다고 생각해서, 그, 그런 소릴 해도, 거북하고……, 대체 왜……, 마지막에 와서, 나한테 이런 소릴 하게 만드는 거야……."

너무나 거세고 격한 린의 거절에 당황한 나는 잠시 머리가 돌지 않았다.

무엇인가 돌이킬 수 없는 짓을 저지르고 말았다.

그것만 간신히 깨달은 나는, 필사적으로 무언가를 억누르려는 듯 몸을 떠는 린에게 조심스럽게 손을 뻗었다.

"린."

"나가."

린의 목소리는 무서울 정도로 저음이었다.

"미안, 난 린이 그렇게 싫어할 거라곤──."

"나가라고!"

궁지에 몰린 짐승과 같은, 린의 이미지와는 동떨어진 무서운 얼굴이었다.

"무슨 일이야?"

린의 목소리를 듣고 곧바로 병실로 들어온 사람은 교복 차림의 회장이었다.

면회사절이 풀렸다는 연락을 받고 찾아온 모양이다.

여느 때처럼 땋은 머리를 흔들며 날카로운 눈초리로 나를 노려본다.

"시노하라. 너, 모리야마한테 무슨 말을 한 거야?"

"……미안. 뒤 좀 부탁해."

"기다려. 시노하라!"

회장의 제지를 뿌리치고 병실을 나왔다.

그대로 도망치듯이 집으로 돌아왔다.

어째서 이렇게 된 거지.

그렇게 즐거웠던 날들은 다 어디로 가고.

"……"

집 안에서 홀로, 외투도 벗지 않고 서 있었다.

아무도 없는 거실에는 이제, 다 같이 뒤풀이를 했던 때의 공기는 남아 있지 않고, 틈을 통해 들어온 바깥 공기가 뼛속까지 스며든 것처럼 차가웠다.

린의 병세가 급변해 돌아오지 못할 사람이 된 것은 그다음 날의 일이었다.

내 머릿속에는 내내 나를 비난하는 린의 얼굴과 거절하는 목소리가 빙글빙글 돌았고, 그러는 사이에 빈소를 지키는 일도, 장례식도 끝나 있었다.

"결국, 너한테 무슨 말을 들었는지 그 애는 마지막까지 입을 열지 않았어. 어차피 너도 이야기할 생각 없지?"

장례식이 끝나고 집으로 돌아가는 길에 회장이 책망하듯이 말했다.

"모리야마네 부모님께 받은 거야. 너한테 건네주래."

회장이 건네준 것은 봉투 한 장이었다.

죽기 직전 린이 휘갈겨 쓴 것이라고 한다.

"속은 안 봤으니까."

회장과는 초등학교 때부터 알고 지낸 지긋지긋한 사이다. 담담한 이 태도가 그녀 나름대로의 배려임을 어쩐지 알 수 있었다.

회장과 헤어진 후 나는 봉투 안을 확인했다.

안에는 종이가 한 장 들어 있었고, 단 한마디, 일그러진 글씨로 '미안해'라고 쓰여 있었다.

그것이 무엇에 대한 사과인지, 이제 알 수 없다.

다만 진심으로 좋아했던 여자아이에게 이런 이별의 말을 쓰게 만들어버린 건 나 자신이라는 사실만은 뼈저리게 잘 알 수 있었다.

'미안해'라고 쓰인 그 종이를 직접 보는 건 고통이었지만 버릴 수 없어서 외투 주머니에 바로 쑤셔 넣었다.

그렇게 나는, 이 세상에는 전해서는 안 되는 마음이 있음을 깨달았다.

린이 죽고 두 달이 지났다.

나는 방에서 변변히 나오는 일도 없이 거의 하루 종일 침대에 드러누워 보냈다.

그러는 동안 기타는 한 번도 건드리지 않고, 헤드폰 너머로 같은 곡을 반복해 들으며 자신만의 세계에 몰두했다.

학교에 갈 마음 따윈 생기지 않았다.

교실에 들어가면 꼼짝없이 린의 부재를 맞닥뜨려야 했으니까.

과거보다 조용해진 교실. 내 뒷자리의 공백.

린이 있었던 공간에 있는 것은 고통이었다.

비슷한 이유로 밴드 멤버와 만나는 것도 계속 피했다.

멤버들이 보내는 문자에도 거의 답장을 하지 않았고, 머지않아 확인조차 안 하게 됐다. 아무리 내가 걱정되어 그런다 한들 거기에 응할 기력이 없었으니까.

이제 부모님마저 내 방에 들어오려고 하지 않았고, 마지막으로 얼굴을 맞댄 것이 언제인지도 명확하지 않았다.

화가 치민 것 같은 회장이 조금 전 억지로 방에 들어왔지만, 그런다고 무언가가 해결되는 일은 없었다.

　회장은 이렇고 저렇고 얘기하며, 적어도 가끔씩은 밖으로 좀 나오고 그러라고 간접적으로 호소해왔지만, 기분전환으로 밖을 산보하는 것조차 현재의 내게는 내키지 않았다.

　학교만큼은 아니지만 동네 곳곳에 린과의 추억이 남아 있다. 린의 부재를 깨닫게 된다.

　"……눈이다."

　문득 창밖을 보자, 어느샌가 눈이 내리고 있었다.

　모르는 사이에 그런 계절이 되고 말았다.

　가로등에 비춰진 축축한 눈이 적적히 쌓이는 것이, 린과의 추억을 조용히 뒤덮어버리는 듯하다.

　"……."

　나는 계속 귀에 대고 있었던 헤드폰을 벗었다.

　외투를 걸치고 방을 나선다.

　어차피 이 방에도, 이 집에도 린과의 추억은 잔뜩 배어 있다.

　여름이 흔적도 없이 사라진 마을을 배회하는 쪽이 더 낫겠다는 생각이 들었다.

　특별한 목적도 없이 눈이 쌓이는 마을을 비틀거리며 걸었다.

그렇게 늦은 시간도 아닌데 겨울 하늘 아래에는 거의 아무도 걷고 있지 않다.

나는 주머니에 손을 찔러 넣고, 후드로 얼굴을 감추고, 완강하게 고개를 숙인 채 마냥 걸었다.

린이 남긴 편지가 주머니에 계속 들어 있었음을 깨닫고 차라리 버릴까도 생각했지만, 좀처럼 결단을 내릴 수 없었다.

"……아."

한동안 걸었을 즈음에 아차 하는 생각이 들었다.

어느샌가 역 앞의 뒷골목으로 들어와 버렸나 보다.

눈으로 뒤덮인 지면만 쳐다보며 걸어도 알 수 있을 정도로 수차례 오간 그 길은, 한 악기점으로 이어지는 길이었다.

별 볼 일 없는 여사장이 경영하는 수상쩍은 악기점.

나와 린이 처음 소리를 맞춘 장소이자, 밴드 멤버의 아지트이기도 했다. 애착이 강해서 학교보다도 훨씬 가까이 하고 싶지 않았는데, 어째서.

늘 다녀서 익숙한 길을 발이 멋대로 찾아가버린 것일까. 아니면 아까 회장에게 사장이 조만간 가게를 접는다는 말을 듣고 신경 쓰였기 때문일까.

어느 쪽이든 이 이상 악기점에 가까이 갈 생각은 없다.

발길을 돌리려고 한 그때였다.

악기점이 위치한 빌딩의 창문을 통해 못 보던 색을 발견했다.

빨간색과 하얀색으로 구성된 그 커다란 벽보에는 '세입자 모집'이라고 쓰여 있었다.

악기점이 위치한 빌딩은 4층 건물로, 1층과 2층이 점포, 3층이 임대 스튜디오, 4층이 사장의 자택이었다.

세입자 모집 벽보가 붙어 있는 것은 1층과 2층뿐만이 아니라 3층, 4층도 마찬가지였다.

"어째서⋯⋯."

나는 무심코 악기점이었던 빌딩에 다가가고 있었다.

안은 텅텅 비어 있었다.

멤버들과 담소를 나눴던 1층도, 몇 번이고 소리를 맞춰봤던 3층의 임대 스튜디오도, 사장의 근거지였던 4층도.

사장은 누구에게도 알리지 않고서 가게를 때려치우고 모습을 감춘 것 같았다.

내가 필사적으로 피하고 있었던 추억의 장소 중 하나가 진즉에 사라져 있었던 셈이다.

"뭐야⋯⋯, 대체 뭐냐고⋯⋯."

나는 사라져버린 악기점에서 도망치듯이 다시 비틀거리며 걷기 시작했다.

마을에는 여전히 인기척이 없다.

쌓이는 눈이 그렇지 않아도 인기척이 없는 공간을 더더욱 고독한 세계로 덧칠하고 있었다.

"⋯⋯."

이렇게 다들 사라지는 걸까.

린이나 사장처럼 회장도, 다른 밴드 멤버들도.

이렇게 내가 후회하고 있는 동안에 어딘가 먼 곳으로.

자신으로부터 줄곧 도망만 쳤던 주제에, 뿔뿔이 사라져가는 찬란했던 과거의 편린이 막상 들이밀어지니 바로 무언가가 터지고 말았다. 감정을 묶었던 띠가 풀린 것 같은 기분이었다.

어느샌가 달리기 시작했다.

목구멍에서 신음 같은 것이 새어 나온다.

어째서 이렇게 된 거지?

'좋아해' 같은 소릴 입 밖에 내버려서 그런 걸까.

린이 어떻게 받아들일지도 생각하지 않고, 마음이 가는 대로, 내 멋대로, 이 감정을 털어놓아 이렇게 되어 버린 걸까.

즐거웠던 나날은 부서지고 돌이킬 수 없는 종말을 맞이했다. 그것이 너무나 후회스러워 나는 한 발도 움직이지 못하고 있다.

"으, 으으……."

이렇게 결말이 날 거였다면, 린은 나와 만나서는 안 됐다.

나 같은 녀석이 린의 동료 중 하나가 되어 버린 것부터가 잘못이었는지도 모른다.

연명 치료를 거부하면서까지 린이 원했던 고교생활을. 마지막의 마지막에 내가 때려 부수고 말았다. 내 생각만 한 감정으로 망치고 말았다.

그런 주제에 린이 나를 보고 웃었던 나날을, 전철을 타고 함께 집에 돌아갔던 거리를, 한껏 돌이켜보고 있다.

추하다. 한심하다.

신이라는 것이 있다면, 제발 전부 다 없었던 일로 해주세요.

린이 나 같은 놈과 만나지 않도록 과거를 바꿔주세요.

린은 다른 누군가와 밴드를 짜고, 그 짧은 생애를 행복하게 마쳐야 했다.

만약 과거를 되풀이할 수 있다면, 나는 절대로 린과 밴드 같은 건 짜지 않을 것이다.

나 같은 놈이 린과 엮여서는 안 되니까.

"하아…… 하아…… 하아…… 하아……."

어느샌가 나는 마을의 중심을 흐르는 커다란 강에 도착해 있었다.

낮에는 야구 연습이 진행되거나 조깅 코스가 되기도 하는 넓은 하천부지가 둑 위에서 내다보인다.

여름의 초입, 6월의 끝, 린과 처음 만난 장소였다.

여기서 린과 만난 일이 분명 잘못의 시작이었던 것이다.

"……?"

바로 그때.

——.

노랫소리가 들린 것 같다.

린의 목소리가.

드디어 맛이 간 건가 싶어 머리를 싸쥐었다.

하지만 목소리는 더욱더 똑똑히 머리에 울려 퍼진다.

──그래도──만은

──그래서 나는──

──그래서──노래해

띄엄띄엄 들리던 목소리가 빈칸투성이인 가사를 메우는 듯한 허밍에 섞여 확실하게 들리기 시작한다.

그 빈칸투성이 곡은, 나와 린이 만났을 때 린이 불렀던 것이다.

"……린?"

노랫소리가 들려오는 방향으로 한 발 내디뎠다.

"──우왓?!"

나는 눈이 쌓인 경사에서 발을 헛디뎌 둑을 격렬하게 굴러 떨어졌다.

강한 충격이 머리에 울리고 의식이 흐려져 간다.

희미해져 가는 의식 속에, 그 그리운 노랫소리만이 울려 퍼지고 있었다.

◆

의식을 되찾고 몸을 일으켰을 때, 곧바로 위화감을 느꼈다.

"……뭐, 지? ……낮?"

겨울이라고는 생각할 수 없을 만큼 강한 석양이 내 얼굴을 비추고 있었다. 하천 부지에 눈 같은 건 없고, 정비가 되어 있지 않은 곳에는 잡초가 덥수룩이 자라 있다.

무더운 공기가 몸을 질척하게 감싸고, 소매 밖의 팔은 땀으로 축축해져 있었다.

내 손에는 건전지로 돌아가는 미니앰프와 연결된 기타가 들려 있어서, 마치 연습 중인 것 같은 모습이었다.

"……어?"

어떻게 된 거지?

나는 조금 전까지 틀림없이 옷을 두껍게 입고 있었을 테고, 기타 같은 건 벌써 두 달 넘게 건드리지 않았다. 방구석에서 먼지투성이 신세일 테니 이렇게 손질이 되어 있을 리가 없다.

강변에서의 연습은 벌써 반년도 더 된 예전의 습관인데──.

"반년 전……?"

왠지 무척 불길한 예감이 들었다.

지금 바로 여기에서 떠나는 편이 좋을 것 같다는 느낌이 순간적으로 들었다.

하지만 그때, 내 몸은 굳어져서 움직이지 않게 된다. 머릿속이 뭉그러져서 몸만이 아니라 마음까지 경직되어 버린 것 같았다.

높이 자란 잡초 뒤에 숨어서 강아지처럼 나를 보고 있는 소녀와 눈이 마주치고 만 것이 원인이었다.

"……으."

"아, 들켜버렸네."

그 소녀는 바로 모리야마 린, 본인이었다.

잘못 볼 리가 없다.

고등학생치고는 매우 작은 체구, 둥글고 커다랗고 곧은 눈동자, 만지는 게 망설여지는 색소가 옅은 하얀 피부.

줄곧 머릿속에서 거듭 회상했던 모습보다도 좀 더 긴장한 듯한 기색으로, 하지만 기억과 조금도 어긋나지 않은 씩씩함을 담은 눈동자로 린이 나를 엿보고 있다.

일단 경계하고 있는 것일 것이다.

린은 나무 몽둥이를 손에 들고 내게 다가왔다.

나는 일어나지도 못하고 그 자리에 가만히 굳어 있었다.

"조금 전에 '아니마토' 연주한 게 너지?"

우리가 목표로 하고 있던 밴드, 'Animato animato'의 통칭을 입에 담는 린의 눈은 생기로 가득 차 반짝반짝 빛나고 있었다.

"그걸 어떻게……."

스스로도 알아들을 수 없을 것 같은 목소리가 흘러나왔다.

흥건하게 땀이 배어나는 공기. 기타를 안은 나. 기대하는 듯한 눈빛을 내게 향하는 린.

——바로 린과 만났을 때의 광경이었다.

나는 린의 노랫소리에, 린은 내가 연습하던 기타에, 서로 이끌리듯이, 이 강변에서 만난 게 모든 것의 시작이었다.

잊으려야 잊을 수 없는 그때의 광경이 믿을 수 없을 정도의 리얼함을 동반해 눈앞에서 전개되고 있다.

"나도 그 밴드 팬이거든!"

혼란에 빠진 나를 개의치 않고, 린은 기억 속에 있는 그 미소를 그대로 지으며 말했다.

——만약 과거로 돌아갈 수 있다면 린과는 엮이지 않는다.

그렇게 생각했을 텐데, 린의 말이 더 듣고 싶어서, 그때의 린의 얼굴이 보고 싶어서, 나는 기억 속에 있는 말을 린에게 그대로 돌려주고 만다.

"……네가 노래했던 것도 아니마토의 '어레인지' 맞지?"

그러자 린은 부끄러운 듯이 웃으며,

"어~, 아니. 곡조는 비슷하지만, 나도 잘 모르겠어."

그것 역시 내 기억 속에 있는 말과, 표정과, 조금도 어긋나지 않은 것이었다.

"어렸을 때부터 귀에 남아 있는 노래인데, 아무리 조사해도 자세한 내용을 모르겠어. 가사도 확실하지 않고. 뭐, 그 덕분에 비슷한 느낌인 아니마토와의 운명적인 만남이 가능했던 거지만 말이야!"

힘차게 주먹을 꽉 쥐며 웃는 린에게 문득 손을 뻗을 뻔했다.

그 소매를 잡고서 내 쪽으로 끌어당기고 싶어졌다.

그리고 나는 겨우 정신을 차렸다.

내가 지금 무슨 짓을 하고 있는 거지.

이건 당연히 꿈이다.

하지만 아무리 내 입맛에 맞는 환상 속에 있다고 하더라도, 내가 린에게 그런 짓을 해도 된다는 근거는 없다. 린은 나를 거절했고, 나는 린을 슬프게 했으니까.

빨리 깨자. 냉큼 사라져.

린을 직시하면 나 자신을 제어할 수 없게 될 것 같아서, 나는 얼굴을 숙인 채 환상이 사라지기를 가만히 기다렸다.

"앗!"

갑자기 린이 요란한 소리를 질렀다. 내 소지품을 알아본 것이다.

"그 가방, 키타고 가방이지?! 기타 엄청 잘 치던데, 혹시 키타고 학생이라든가?!"

잠자코 머리를 숙인 채로 있는 내 어깨를 린이 흔든다.

생기가 넘치는 린의 손이 진짜라고밖에 생각되지 않는 열을 전달한다.

나는 얼굴을 들고 말았다.

눈앞에서 린이 태양과 같은 미소를 지으며 '?' 하는 얼굴로 해맑게 머리를 기울이고 있었다. 이쪽의 사정은 전혀 개의치 않고 어디까지라도 달려 나갈 에너지로 가득 찬, 세상모든 게 즐거워서 견딜 수 없다는 얼굴로 웃는, 내가 좋아하게 된 여자애가 눈앞에 있었다.

더는 견딜 수 없었다.

"앗! 도망?! 잠깐마아안!"

나는 그곳에서 도망치기 시작했다.

기타도, 앰프도 그 자리에 내팽개치고 몇 번이나 넘어질 뻔하면서도 둑을 뛰어 올라간다.

린의 목소리가 뒤쫓아 온다.

린과 만난 이 날, 나는 밴드 활동 금지인 키타고 학생이라는 사실이 들킬까 봐 겁이 나서 지금처럼 도망쳤다. 하지만지금만큼 필사적이진 않았다. 적어도 기타와 앰프를 챙길여유는 있었던 데다 이렇게까지 죽을힘을 다하진 않았다.

이것은 진정 꿈인 걸까?

지금 당장 이 자리를 뜨지 않으면, 진짜라고밖에 생각되지 않는 린을 눈앞에 두고 또다시 흘러넘칠 것 같은 이 제멋대로인 감정을 억누를 수 없을 것만 같았다.

"……대체 뭐야, 이게, 말이 되냐고……."

집으로 도망쳐 돌아와서 머리부터 찬물로 샤워를 한 나는 내 방에서 머리를 싸쥐었다.

차분하게, 가라앉은 머리로 현 상태를 하나둘 파악하니, 지금 자신이 놓인 상황이 얼마나 이상한지를 이해할 수 있었다.

신문, 스마트폰, TV, 인터넷 등 어디를 찾아봐도 날짜는 린과 만난 6월 하순을 가리키고 있었다. 아주 오래전에 흘러 지나간 과거의 날짜를.

미래의 기억 그 자체가 나의 상상인 건 아닌가 하는 의심이 들어, '아버지는 승진 파티라면서 취해서 돌아올 거야.'라고 어머니한테 말했는데, 바로 아까 진짜로 고주망태가 되어 돌아왔나 보다. 그걸 어떻게 알았냐며 어머니의 눈이 휘둥그레졌다.

손가락 끝을 문지르면 느껴지는, 기타를 친 탓에 딱딱해진 감촉이 반가웠다.

두 달 이상 기타를 치지 않아서 내 손가락은 꽤 말랑해져 있었을 텐데, 계속 연습을 했었던 것 같이 딱딱하다.

감각은 너무나 리얼하고, 의식은 이 이상 없을 정도로 명료하다. 이게 꿈이라고는 도무지 생각되지 않았다.

이게 현실이라고 한다면 나는 반년의 기억을 가진 채 의식만 과거로 돌아왔다는 이야기가 된다. 뚱딴지같은 이야기이지만 그렇게밖에 생각할 수 없다.

이 이상사태가 도대체 어떤 원리인 건지, 언제 끝나는 건지, 무엇보다 원래 세계로 돌아가기는 하는 것인지, 무엇 하나 알 수 없다.

하지만,

"……바라던 바야."

──린이 나 같은 놈과 만나지 않도록 과거를 바꿔주세요.

──만약 과거를 되풀이할 수 있다면, 나는 절대로 린과 밴드 같은 건 짜지 않을 것이다.

체감시간으로는 몇 시간 전, 실제로는 반년 후, 내가 그렇게 굳게 맹세했다.

벌써 린과 얼굴을 맞대고 말았지만, 아직 만회할 수 있다.

괜찮다.

내가 기타를 고사해도 린이라면 나를 대신할 기타 정도는 쉽게 찾아내서 그 의미 불명의 파워로 꿈을 이뤄낼 것이다. 전설의 밴드 Animato animato의 출신교에서 문화제 라이브를 감행한다는 꿈을.

린과 다시 한 번 이야기를 하고 싶다. 함께 돌아다니고 싶다.

내가 그런 이기적인 감정을 억누르고 린을 멀리하기만 하면, 린은 그 짧은 3개월을 웃는 얼굴로 매듭지을 수 있다.

분명 그럴 게 틀림없었다.

"야아아아아아아아아아아? 밴드 하자구우우우우우우우우,
왜 무시하는데에에에에?!"

"……."

린의 제안을 계속 거절하는 것이 그렇게 간단한 일은 아
닐 거라고 적잖이 각오하긴 했지만, 실제로 예상을 아득히
넘는 엄청난 일임을 다음 날이 되어 알 수 있었다.

"어제 강변에 있던 애, 너 맞지?! 야아아아아아아! 나랑 밴
드 하자아아아아, 기타 좀 해줘어어어어어."

뒷자리에 앉은 린이 내 어깨를 잡고 연신 흔든다.

린은 오늘 아침 홈룸 시간에 전학생으로 소개되고 나서부
터 계속 이렇게 나한테 엉겨왔다. 휴식시간은 물론 수업 중
에도 '밴드 하자!' 라고 쓰인 종이쪽지를 던지는 등 유혹의
손길을 늦추지 않았다.

나는 한사코 무시했지만, 점심시간이 되어도 린은 도통
포기할 낌새를 보이지 않았다. 린이 워낙 세게 어깨를 잡고
있어서 자리에서 일어나 도망가기도 어려운 상황이었다.

말로 또박또박 거절할까도 생각해봤지만, 린과 이야기를
하는 것도, 얼굴을 맞대는 것도 두려워서 그럴 수 없었다.

린과 엮이지 않도록, 토라진 아이처럼 완강히 거부하는 것.

이렇게라도 하지 않으면 나도 모르는 순간에 감정이 넘쳐
흐를 것 같아서, 무서웠다.

다시 한 번 듣고 싶었던 린의 목소리가 지금은 달콤한 독

같이 조금씩 마음을 갉아먹는다. 귀를 막아도 교실의 웅성 거리는 소리 속에서 린의 목소리만이 지독할 정도로 똑똑하게 들려왔다.

"이제 그만해."

바로 이때였다.

여학생 한 명이 불쾌함을 감추려 하지도 않는 얼굴로 나와 린 옆에 서 있었다.

"오늘 아침부터 계속 그러네. 솔직히 말해서 눈에 거슬려."

이 학교의 학생회장 칸노 에이코였다. 앞쪽으로 늘어뜨린 댕기머리. 단정한 복장.

몸가짐은 얌전하고 착실한 느낌을 주지만, 그것이 날카로운 눈초리나 적의를 드러내는 말투와 합쳐져 매우 고압적인 인상을 내뿜는다. 다가가기 힘든 분위기에 더해 중학교는 물론 초등학교에서도 학생회장을 역임한 이 아이를 나는 어느덧 회장이라고 부르게 되었다.

회장의 등장에 나는 조금 당황했다.

회장이 말을 걸어오는 타이밍이 너무 빨라서다.

내 기억에 의하면 회장이 린에게 쓴소리를 한 것은 방과 후. 그것도 '그런 바보랑 엮이기 싫으니까'라는 이유로, 린이 내게서 떨어진 타이밍을 노렸었다.

내가 린을 연거푸 무시한 것 때문에 드디어 과거가 바뀌기 시작한 모양이다.

"모리야마 린, 맞지?"

"그런데?"

멀뚱멀뚱 태평하게 대답하는 린을 회장이 째려보며,

"이 학교가 밴드 활동 금지라는 건 알고 있지?"

"뭐?! 아니마토의 출신교인데?!"

린이 경악하는 소리를 지르고, 회장이 어이없다는 듯이 한숨을 쉬었다.

"출신교니까 그렇지. 그 밴드가 너무 유명해진 바람에 한동안 이 학교가 엉망이었거든."

Animato animato는 약 12년 전, 당시 키타고 3학년들이 결성한 록밴드다.

문화제에서의 라이브를 계기로 아마추어임에도 인기가 폭발해 인디 밴드로서는 언더그라운드의 규모를 넘는 지지를 받았다. 결성할 때부터 일관되게 멤버의 본명이나 얼굴을 공표하지 않은 것이 그 컬트적인 인기에 박차를 가했고, 현재도 그 정체는 베일에 싸여 있다. 참으로 전설적인 밴드였다.

하지만 데뷔하고 2년이 지난 무렵, 그러니까 10년 전, 그들은 돌연 해체해버렸다.

그 후 멤버의 행방은 명확하지 않고, 짧은 기간에 발표된 다수의 명곡만이 남아 지금까지 사람들의 마음을 흔들고 있다.

너무나도 강렬했던 그들의 활약은 당시 키타고에 카피 밴드를 잇달아 탄생시켰고, 팬이 학교를 찾아오는 일도 많았다고 한다.

그에 따른 치안 악화와 성적 저하가 학교 측의 역린을 건드려 현재의 밴드 금지제도가 완성되었다는 모양이다.

이골이 난 듯 얘기하는 회장의 말을 듣고서 린이 책상에 손을 내리친다.

"뭐야, 그게! 앗, 그럼 혹시!"

린이 나를 가리켰다.

"이 사람이 어제 신나게 아니마토를 치고 있는 걸 들키고서 도망간 것도, 지금 나를 모르는 척하는 것도 선생님한테 들키면 야단맞으니까 그런 거야?! 그냥 숫기 없는 사람인 줄 알았어!"

오싹. 등줄기에 오한이 일었다.

이 대화는 원래 나와 린이 주고받은 것이었다.

그것이 지금 내 역할이 회장으로 바뀌어서 완전히 똑같이 진행 중이다.

같은 반 친구가 "사토시 녀석도 저 빠순이 전학생이랑 한패냐?" 하며 기이한 눈으로 보는 이 분위기도 기억에 있는 그대로다.

내가 과거와 다른 행동을 하고 있는데, 실제 있었던 과거와는 다른 일이 일어나야 할 터인데, 흐름이 바뀌지 않는다……?

그렇다면 이다음 린이 취할 행동은…….

나는 린의 의식이 회장에게 향해 있는 사이에 교실에서 달아나려고 조용히 자리에서 일어났다.

바로 그때.

"이 학교 문화제에서 아니마토처럼 라이브를 하려고 전학 왔는데!"

내 기억에 있는 그대로 소리를 지르면서 린이 도망가려고 하는 나의 손목을 붙잡았다.

"……윽!"

"좋아, 교무실로 가자! 밴드 하게 해달라고 직접 담판을 짓자고!"

린이 폭력적일 정도로 천진난만하게 웃는 얼굴을 내게 향하며 힘차게 잡아당기려 한다.

반가운 감각에, 어두운 방 안에서 몇 번이나 돌이켰던 이 정경에, 그대로 몸을 맡기게 된다.

"야, 잠깐만——."

회장이 린을 말리려고 한 순간이었다.

"만지지 마!"

교실 안에 점심시간의 평화로운 분위기를 깨는 노성이 울려 퍼졌다.

"……앗."

내 고함 소리에 교실 안이, 회장이, 나 자신도 놀라서 굳었다.

시야 구석에서, 힘껏 뿌리친 린의 손이 갈 곳을 잃은 것처럼 손가락을 움츠리고 있었다.

그리고, 이러면 안 되건만, 나는 린의 얼굴을 쳐다보았다.

뺨을 맞은 것처럼 눈을 크게 뜬 린은 풀이 죽었는지 어깨가 축 처져 있었다.

"아, 미, 미안……해."

가냘픈 린의 사과.

뇌리에, 쉰 목소리로 말하는 린의 얼굴이, 내가 털어놓은 감정에 일그러진 린의 얼굴이, 떠올랐다.

"……으."

나는 교실을 뛰쳐나왔다.

복도를 달리고, 계단을 뛰어내리고, 실내화를 신은 채 교사에서 나와, 자전거 주차장을 통과해, 그대로 학교에서 도망치듯이 멀어졌다.

아니야! 아니야!

나는 린한테 그런 표정을 짓게 하고 싶었던 게 아니야!

나는 린의 그 바보같이 웃는 얼굴을 좋아했다. 린이 웃고 있어주길 바랐다.

하지만 이제, 린을 좋아하게 되어 버린 나는 린에게 상처만 입힐 테니까.

그래서 거리를 두려고 했던 건데.

비록 옆에 내가 없더라도 린이 웃고 있어준다면 그걸로 충분한데.

그런데 결국 일이 이렇게.

린은 지병 때문에 철이 들었을 때부터 줄곧 병원생활을 했다.

린에게 있어서는 오늘이 학교생활의 시작이다. 전부터 기대하고 있었을 텐데, 그걸 깨뜨리고 말았다. 그것도 아주 심하게.

최악이다.

집에 돌아와 방으로 들어가 침대에 쓰러졌다.

얼굴을 베개로 누르며 학교는 당분간 빼먹기로 결심했다.

앞으로도 린을 계속 무시하는 건 너무나 괴로울 것 같다.

린에게 또 그런 표정을 짓게 만들 것 같아서 무섭다.

"뭔가, 계속 도망만 칠뿐이구나……."

린이 죽은 후의 두 달도 그렇고, 과거로 돌아온 지금도 그렇고.

하지만 달리 이 감정을 어떻게 다루면 좋을지, 전혀 알 수가 없었다.

딩동.

"······응?"

해질 무렵. 인터폰이 손님이 왔음을 알렸다.

설마 린이 여기까지 쫓아온 게 아닐까 싶어 경계했지만, 잘 생각해 보니 린은 이 시점에서는 아직 우리 집을 모른다. 게다가 그토록 확실하게 거절했으니, 바로 뒤쫓아 올 리는 없겠지, 하고 현관으로 향한다.

그럼에도 일단 경계하며 현관문 렌즈를 엿본다.

"회장?"

문 건너편에 있었던 건 내 가방을 안은 회장이었다.

"정말이지, 쓸데없는 일 좀 늘리지 말아줬으면 좋겠는데."

문을 여니, 회장은 입을 열자마자 짜증난다는 듯이 가방을 내던졌다.

이어서 비닐봉지에 든 신발을 쑥 내민다.

회장은 이러쿵저러쿵 독설을 뱉으면서도 남을 꼼꼼히 잘 챙기는 성격이라 초등학교 때부터 선생님에게 성가신 용무를 부탁받는 일이 많았다. 지금 이것도 그런 종류의 것이리라.

"아아, 그래도, 낮의 그건 잘했어."

"어? 뭐가?"

무슨 소리냐고 대꾸하자 회장은 "그 전학생 얘기야." 하고 유쾌해하는 눈웃음을 지었다.

"나는 학생회장으로서 가을 문화제를 운영하는 입장이거든. 수험공부도 있으니까 트러블의 싹은 지금부터 뽑아둘 필요가 있어. 네가 그 전학생에게 현실을 가르쳐준 덕에 수고를 덜 수 있을 것 같아."

"……아아, 그러냐."

맞닥뜨리고 싶지 않은 이야기를 하게 되어 나도 모르게 얼굴을 찡그렸다. 빨리 돌아가 주었으면 하면서 문을 닫으려고 하자, 회장이 그것을 제지하고 말을 계속했다.

"난 그렇게 주위에 민폐 끼치는 걸 생각하지 않고 제멋대로 구는 패거리가 싫거든. 그래서 오늘 그 장면은 즐거웠어. 앞으로도 그 애가 더 나서지 않게끔 계속 거절해주면 고맙겠어."

제 하고 싶은 말만 하고서 회장은 돌아갔다.

"……."

저 녀석, 성격이 저렇게 나빴었나.

확실히 회장은 반년 후에도 상당히 입이 험하고 고압적이지만, 이 시점에서 린을 상대로 저렇게까지 적대적이었을 줄은 몰랐다.

여름방학 때 우리 밴드의 팬클럽을 만든 인간이라고는 도저히 생각되지 않는다.

"……말 한번 쉽게 지껄이네."

침대에 드러누워 중얼거렸다.

"사실은 나도 린이랑 다시 함께……."

하지만 회장에게 욕을 해 봐야 소용없다.

내가 린과 함께 보낸 나날에 얼마나 미련을 품고 있는지, 회장은 아직 모르니까.

"……."

회장이 집에 와서 닥치는 대로 떠들고 간 탓일까.

나는 타임 리프하기 직전, 두 달간의 폐인 생활 막바지에 회장이 방에 억지로 들어왔을 때의 일을 멍청히 떠올렸다.

◆

널브러진 잡지, 오랫동안 햇볕에 말리지도, 세탁도 하지 않은 이불, 벽에 기대어 놓은 채 먼지를 뒤집어쓴 일렉 기타.

시간이 멈춘 것 같은 그 어두컴컴한 방에서, 나는 그날도 혼자 뒹굴며 음악을 듣고 있었다.

평소와 다른 일이 일어난 것은 날이 저물고 조금 지났을 무렵이었다.

"시노하라, 안에 있지! 나와!"

쾅!

고함 소리에 이어서 문을 격렬하게 구타하는 소리가 들렸다.

볼륨을 크게 올린 헤드폰 너머로 똑똑히 들리는 그 소리를, 그때의 나는 미치도록 반가워했다.

"회장인가……."

그때껏 현관 앞까지 찾아오는 일은 있었지만, 방 앞까지 침공해온 것은 이날이 처음이었다.

어머니와 아버지가 회복하기는커녕 점점 심하게 침울해져 가는 나를 걱정해서 집에 들인 것이겠지.

나는 쉰 목소리로 회장의 고함 소리에 대답했다.

"혼자 있고 싶어. 미안하지만 돌아가 줘."

"몇 달이나 더 혼자 있어야 만족할 거야?"

회장은 내 말을 깨끗하게 양단한 다음 조금 망설이며 방으로 들어왔다.

"세상에. 멀쩡한 사람이 지내는 방이 아니잖아."

헤드폰 너머로 회장의 매서운 말투가 어렴풋이 들린다.

"수험생 주제에 책상도 먼지투성이. 무슨 생각을 하고 사는 거야?"

오랜만에 보는 회장은 여느 때와 똑같은 교복 차림이었다.

앞가슴에 늘어뜨린 두 개의 댕기머리도 여느 때와 마찬가지다.

반듯한 얼굴에 무시무시함을 주는 치켜 올라간 눈이 나를 똑바로 꿰뚫어보고 있어서, 나는 회장을 보던 시선을 딴 데로 돌렸다.

"너, 언제까지 이러고 있을 작정이야?"

헤드폰에서 울리는 노랫소리의 틈을 뚫고 회장의 다그치는 목소리가 귀에 파고든다.

"대답해."

침대에 주저앉은 채 아무런 리액션도 못하고 있는 내게, 회장은 팽팽해진 목소리를 가차 없이 던지고 있다.

"대답해."

회장은 반복한다.

그래도 나는 마찬가지로 입을 열지도, 회장과 눈을 마주치지도 못했다.

이윽고 기다림에 지친 회장의 목소리가 거칠어졌다.

"시노하라! 말 좀 들어! 똑바로, 나를 봐!"

격정에 찬 손놀림으로 회장이 내 머리에서 헤드폰을 잡아 벗긴다.

힘이 얼마나 들어갔는지, 음악 플레이어에 꽂혀 있던 헤드폰 플러그가 뽑혔다.

음악 플레이어에서 새어 나온 것은 우리의 연주.

그리고 린의 노랫소리였다.

"⋯⋯윽!"

헤드폰을 내던진 회장의 얼굴이 굳는다.

그 시선은 린의 노랫소리가 새어 나오는 음악 플레이어를 향해 있었다.

곡이 끝난다.

몇 초 후, 다시 같은 곡이 머리에서 재생된다.

린의 상쾌한 노랫소리가, 터질 듯한 한숨이, 몇 번이고,

몇 번이고 반복된다.

　문화제. 린과 한 마지막 라이브. 거기서 공연한 마지막 곡.

　"……시노하라, 너."

　회장의 목소리가 떨리고 있었다.

　"줄곧, 이 곡을 듣고 있었던 거야?"

　울음을 터뜨릴 것 같은 목소리였다.

　"틀어박혀 있는 동안 내내?"

　몹시 차가워진 손이 내 어깨를 쥐고 흔든다.

　"시노하라."

　회장이 내게 당연한 진실을 고한다.

　"모리야마는 이미…… 죽었다고."

　"알아."

　내 목소리는 쉬어 있었다.

　"그런데 말이야, 눈을 감고 이 곡을 흥얼거리고 있으면…… 지금도 계속 린과 같이, 거기 어디쯤을 뛰어다니는 기분이 들어."

　갑자기 뺨 근처에서 마른 소리와 통증이 터져 나왔다.

　"네가, 네가 그러고 있으니까!"

　회장의 손바닥이 내 뺨을 친 것이다.

　"네가 그러면, 아무도 벗어나지 못해! ……나도."

　자기가 맞은 것처럼 회장의 얼굴이 일그러져 있었다.

　나를 때린 손을 꼬옥 안고서 이번엔 회장이 내게서 시선을 돌렸다.

"내 힘으로는 너를 어떻게 할 수 없는 것 같네……. 모리야마랑 다르게."

그리고 회장은 우리가 늘 들르던 악기점이 조만간 없어진다고 말하고서 방을 나가며,

"네가 아무리 바란대도 모리야마하고는 더는 같이 뭘 할수 없어."

조용히 타이르듯이 말했다.

◆

"……그렇군. 회장이 말한 대로야."

반년 후의 회장이 한 말을 떠올리며 나는 스스로를 설득하듯이 중얼거렸다.

──좋아한다고 하지 말 걸 그랬다.

──만약 과거를 되풀이할 수 있다면, 나는 절대로 린과 밴드 같은 건 짜지 않을 것이다.

그런 생각을 하면서, 사실은 누구보다도 린과 만나고 싶다고, 이야기하고 싶다고, 함께 웃고 싶다고 간절히 바라고 있었다.

같이 있는 것만으로 나까지 기운이 나게 하는 그 씩씩함을 좋아했다. 바보처럼 엉뚱한 그 언동이 사랑스러웠다. 웃

음 띤 아이 같은 그 얼굴을 계속 보고 있고 싶었다.

그래서 더는 린과는 만나고 싶지 않았다.

린과 얼굴을 맞대는 일이 무엇보다 큰 고통이었다.

회장이 말한 대로 나는 이제 린과 같이 뭘 할 수도 없다. 무언가를 해서는 안 된다. 비록 시간이 되돌아왔다고 해도, 나는 이미 린을 좋아하게 돼 버렸으니까.

"……그건 그렇고, 어떻게 해야 하나."

내일부터 어떻게 학교를 빠질까. 꾀병을 부리는 건 한계가 있고, 늦기 전에 보호지도를 피할 수 있을 만한 은신처라도 찾아둬야 하는 건가……. 그런 걸 생각하기 시작했을 때였다.

딩동.

인터폰이 두 번째 손님이 왔음을 알렸다.

"뭐야? 회장인가?"

건네는 걸 깜빡한 물건이라도 가지고 되돌아왔나 하고 아무 생각 없이 현관문을 열었다.

"앗, 있다!"

"……엥?"

깜짝 놀라 몸이 굳었다. 가슴 언저리에 약한 통증이 일었다.

문 앞에 있는 건 회장이 아니라, 어제 내가 하천 부지에 두고 온 기타를 안은 린이었다. 그 작고 미덥지 않은 몸에

어울리지 않는 쾌활함을 담아 의기양양하게 웃더니,

"자, 이거! 깜빡한 물건이야. 가져다 줬으니까, 나랑 같이 밴드를——."

린이 말을 다 하기 전에 있는 힘껏 문을 닫으려고 했는데,

"앗, 잠깐만 기다려줘!"

린이 문틈에 몸을 밀어 넣어 닫으려고 하는 걸 억지로 막았다.

"우왓, 미안해."

상당한 힘으로 린을 문에 끼게 한 사실에 당황하여, 즉시 사과하고 문을 열어주고 만 것이 실수였다.

린은 기타를 안은 채 잽싸게 현관으로 침입해왔다.

막을 틈도 없이 현관 문턱에 주저앉아,

"밴드 한다고 할 때까지 기타 돌려주지 않을 거야!"

기타를 꼬옥 껴안고 "으르렁——." 하며 위협하듯이 볼을 부풀린다.

아무것도 모를 무렵이었다면 그냥 호감을 느꼈을 그 동작이, 지금은 가슴을 꽉 조인다. 나를 괴롭힌다. 지금 당장 도망치면, 혹은 린을 내쫓으면 이 고통으로부터 달아날 수 있을 텐데, 나는 린을 내려다보기만 할 뿐 조금도 움직일 수가 없었다.

그렇다고 내가 먼저 도망칠 용기도 없는 나는, 한심하게도 반쯤 비난조로 입을 열고 있었다.

"……어째서야."

"그 성격 나빠 보이는 학생회장 뒤를 따라왔지롱."

"그거, 말고."

어째서 우리 집을 알고 있냐는 그런 의미가 아니다.

"나 같은 거를 고집할 이유는 없잖아."

어디까지나 밴드 멤버로서지만 린이 나를 원하고 있다. 바로 그게 기쁘기 때문에, 이제 멈춰주었으면 했다. 나를 고집하는 이유를 들은 다음 그걸 전부 부정해줄 생각이다.

"기타를 칠 줄 아니까 그렇지."

"나랑 비슷하게 칠 수 있는 녀석이야 찾으면 바로 나와."

"하지만 너는 아니마토를 쳤어."

"……우연. 그뿐이야. 됐으니까 빨리 돌아가 줘."

한 마디 한 마디 할 때마다 숨이 막혀서 몸이 산산조각 날 것 같다. 몸을 깎아내는 듯한 마음으로 거절의 말을 짜냈다.

"하지만, 그럼 기타 돌려주지 않을 건데?"

린이 도발하듯이 말했다.

"됐어. 이제 기타 안 쳐."

"어?"

처음으로 린이 동요하는 듯한 얼굴을 보였다.

"그러니까 기타도 필요 없어. ……뭣하면 지금 여기서 부숴도 돼."

"!"

린이 한층 세게 기타를 껴안는다.

난폭하게 뺏으면 린이 다칠지도 몰라 내가 주저하자,

"그럼 안 돼!"

기타를 안은 채 신발을 벗고서 린은 계단 쪽으로 도망갔다.

"앗, 야?!"

당황해서 뒤쫓아 가자 린은 계단 중턱에서 나를 내려다보며,

"이 이상 다가오면 너를 향해서 뛰어내릴 거야! 플라잉 바디 프레스 할 거라구!"

기타를 안은 채 그 눈에 굳센 의지를 띠며 단언했다.

"……"

왜 그렇게까지.

그만해.

더는 나와 엮이려고 하지 말아줘.

"……너는, 무슨 소린지 모르겠지만 말이지……."

한심하게도 나의 목소리는 떨리고 있었다.

"……나는 또, 오늘처럼 네게 상처를 입힐 거야. 그러니, 엮이고 싶지 않아. 이제 됐으니까, 그만 돌아가라. 부탁이니까 나가줘……."

실로 절실한 감정이었다.

거절의 말을 내뱉을 때마다 괴로워서, 린이 물고 늘어져줄 때마다 기뻐서, 린을 거부하는 게 점점 힘들어진다.

그런데도 린을 눈앞에 두고 있으면 도망칠 생각이 들질 않아서, 언제까지고 이 고통을 맛보고 싶다고 생각하는 망가진 내가 있어서, 린이 나가기를 바라는 수밖에 없었다.

"……그럼 나도 네가 무슨 소린지 모르는 이야기를 할게."

어째선지 나와 겨루기 시작한 린의 언동이 불가사의해서 나는 무심코 린의 얼굴을 올려다보았다.

아아, 그만해.

그 눈은 안 돼.

"내가 하천 부지에서 말했었지? 예전부터 잊히지 않는 노래가 있다고."

하천 부지에서 만난 날, 린이 흥얼거리던 곡을 말하는 거다. 병상에 있는 린을 북돋아주고 Animato animato에게 데려다줬다고 하는, 출처를 알 수 없는 노래.

"네 기타는 어쩐지 그 노래와 닮은 것 같은 기분이 들어."

처음 듣는 이야기다.

"단순히 네가 아니마토의 곡을 쳐서 그런 걸지도 몰라. 하지만 어쨌든 나는 그때, 기타는 너밖에 없다고 생각했어."

나는 린의 눈동자에서 시선을 돌리지도 못하고 린의 이야기를 듣고 있었다.

"그런 사람과 갑자기 만나서, 그것도 전학 온 첫날에 같은 반이라는 걸 알고서…… 얼마나 기뻤는지, 또 든든했는지 너는 이해가 안 갈지도 모르지만, 나는, 너무, 너무, 기뺐었어."

　조금만 생각하면, 당연한 것이었다.

　린은 줄곧 병원생활을 했고, 오늘이 학교생활을 처음 시
작한 날이다. 당연히 불안했으리라.

　게다가 이 시점에서 린은 이미 자신의 타임 리미트를 알
고 있었다. 시간이 없다는 것을 알고, 있는 힘껏 학교생활을
보내려고 한 순간에 느닷없이 꿈과 이어지는 동지를 만나
서, 그것이 어쩌면 저 거침없는 파워로 이어진 것일지도 모
른다.

　"나는 네 기타에 반했어. 그러니까 무슨 일이 있어도 너
를 동료로 만들 거야."

　나는 그런 말이 듣고 싶었던 게 아니다.

　그런, 내가 기쁘기만 한 말 따위는 필요 없다. 무의미하게
마냥 애정만 쌓이는 말은 필요 없단 말이다.

　지금 당장에라도 나한테 정나미가 떨어져서, 나를 버리는,
나를 포기하는 그런 말로 나를 때려눕혀 주길 바랐다. 린이
그렇게 해주는 것이 현재의 내가 바라는 구원이었는데.

　나는 쥐어짜듯이 중얼거렸다.

　"……빨리, 대신할 기타를 찾아……, 그러면."

　하지만 나는 이미 알고 있다.

　린이 그 눈을 했을 때 결국 내가 린의 고집을 꺾은 예는
없다. 린이 포기한 예는 없다.

린은 무슨 일이 있어도 나를 동료로 만들기 위해 그 귀중한 시간을 쓸 것이다.

린이 그런 일에 시간을 할애하며 짧은 시간을 헛되이 쓰는 것은 단연코 피하고 싶었다.

"대타를 찾을 때까지만 네 장난에 함께해 줄게."

"진짜로?!"

"……응."

어디까지나 대타를 찾을 때까지만. 린이 시간을 헛되이 보내지 않도록. 마음속으로 그렇게 되풀이하면서 나는 천천히 고개를 끄덕였다.

린의 표정이 환해지고, 계단 중턱에서 위태위태하게 뛰어오른다.

한 번 직시해버리니, 그 웃는 얼굴을 흐리게 만드는 짓은 두 번 다시 할 수 없을 것 같았다.

나는 날이 가기 전에 행동을 개시하기로 했다.

"사장님이라면 이래저래 발도 넓으니까 내 대타쯤은 금방 찾을 거야."

"헤~."

"……내 대타, 찾을 생각은 있는 거지?"

"어? 아, 아아, 응. 당연히 있는데?"

아직 조금 경계하는 모양이다. 여전히 기타를 안고 있는 린을 데리고, 우리의 거점이 될 악기점을 향해 걸어갔다.

원래라면 오늘 이 일대의 임대 스튜디오가 키타고 학생 사절이라는 사실을 알게 된 린이 나를 학교 근처의 공원으로 끌고 가, 거기서 연습하다 말고 스트리트 뮤지션 흉내를 내던 장면을 사장이 발견하는 흐름이었을 터이다.

사장은 음악관계자와 묘한 커넥션이 있을 뿐 아니라 키타고 학생에게 스튜디오를 빌려줘서는 안 된다는 시내의 결정을 무시하고 연습장소를 제공해준 고마운 존재다.

나를 대신할 기타를 찾기 위해서라도 린을 사장과 대면시키는 게 급선무였다.

"여기?"

"응."

역 앞의 뒷골목.

거기에 호젓하게 서 있는 4층짜리 빌딩. 그곳이 사장의 근거지다.

세입자를 모집한다는 간판도 없이, 가게 안에서 빛이 새어 나오고 있었다.

가게에 들어가자, 카운터에서 멍하니 담배를 피우고 있던 그 사람이 "응?" 하고 우리를 향해 얼굴을 돌린다.

"어라-? 너, 혹시 사토시니? 완전 오랜만이잖아."

쭈글쭈글, 헐렁헐렁한 셔츠에 바지, 화장기 없는 얼굴은 반듯하지만 졸린 것처럼 눈이 풀어져 있고, 그 말투는 아무데도 흥미가 없는 것처럼 김빠진 것이었다.

"……안녕하세요."

왠지 모르게 불편해서 목소리가 조심스러워진다.

"앗, 이거 아니마토다!"

린이 가게 안에 흐르고 있는 BGM에 반응해서 요란하게 소리를 질렀다.

사장의 시선이 내게서 린으로 이동한다.

"뭐야, 이 노래 아니?"

"왕팬이거든요!"

린이 눈을 반짝거리며 카운터에 앉은 사장에게 다가갔다.

"사장님도 좋아하세요?!"

"그냥저냥. 통 안 보인다 했더니만, 마침내 동료를 찾은 거구나, 너."

사장이 린의 어깨 너머로 나를 불렀다.

린이 "무슨 말이야?" 하고 내 쪽을 돌아본다.

"저 녀석도 아니마토를 좋아했거든. 뭐야, 못 들었어? 그럼 언니가 이것저것 가르쳐줄게."

사장이 가게 안쪽에서 둥근 의자를 두 개 들고 오며 씨익 웃었다.

계산대를 사이에 두고 사장과 마주 앉은 린은, 낡아빠진 파이프 의자에 다소곳이 걸터앉아 사장의 폭로에 수긍하면서 맞장구를 치고 있었다.

"그래서 말이지-, 사토시는 우리 가게에서 일렉 기타를 샀어. 똑같이 아니마토를 좋아하는 팬의 정으로 스튜디오도 싸게 제공해줬는데, 기타 실력에 자신이 없다고 멤버 모집 오디션에도 안 가, 창피하다고 멤버 모집도 안 해, 아니마토 카피만 잘하게 됐지 뭐야. 뭐, 실제로 잘 치기는 하지만."

"흐음, 흐음."

"그리고 그렇게 혼자 연습하던 녀석이라 키타고가 밴드 활동 금지인 것도 모르고 동경심 하나만 가지고 진학했어. 게다가 애초에 머리가 좋은 편도 아니라서 공부에 쫓기는 것 같고 말이지. 나도 이 녀석 보는 게 2년만인가 그래."

사장의 폭로가 얼추 끝나자 린은 '응응' 하고 수긍하며,

"괜찮아, 사토시! 내가 동료 제1호가 돼줄 거고, 공부도 가르쳐줄 테니까!"

"왜 내가 부탁하는 모양새가 되는데……."

나는 한숨을 쉬고서 사장에게 돌아서서,

"나는 어디까지나 이 녀석이 성가시게 구니까 잠깐 같이 다녀주자고 생각한 것뿐이에요. 오늘 여기에는, 이 녀석을 사장님에게 소개하고 나를 대신할 기타를 찾아주려고 온 거고요."

"뭐~? 그런 이야길 갑자기 한대도 협력할 리가 없잖아. 귀찮다고."

사장이 턱을 괴고 의욕 없는 목소리를 낸다.

당연하다면 당연한 반응이다. 하지만 이전의 3개월 동안 사장에게 여러 번 도움을 받은 기억이 있는 탓에, 이렇게 깨끗이 거절당할 줄은 몰랐던 나는 조금 머쓱해졌다.

"음~, 하지만 좀 그렇긴 해ㅡ."

사장은 잠시 생각에 잠기는 기색을 보이고,

"일단 얘, 린이었나? 노래를 좀 들려줘. 임대 스튜디오 써도 되니까. 그런 다음 얘기하자."

라는 제안을 해왔다.

협력할지 말지는 일단 실력을 보고 나서 이야기하자는 것이리라.

"……그건."

"네네! 할게요, 할게!" 하고 의욕을 불태우는 린과는 반대로 나는 시원하게 승낙하지 못했다.

"아니, 아직 소리 한번 맞춰본 적 없고……."

지금 이렇게 린과 행동을 함께하고 있는 것만으로도 가슴이 욱신욱신 아픈데, 린과 다시 음악을 할 수 있다니, 감정이 터질 것 같아서 두려웠다.

"소리 안 맞춰봤어? 그럼 더욱 같이 해 봐야지. 같이 연주한 적도 없는데 대신할 기타를 찾으라니, 의도를 모르겠다."

사장의 정론을 뿌리치지 못하고, 나는 "힘내자." 하고 열의를 다지는 린과 함께 3층의 임대 스튜디오에 들어갔다.

두꺼운 방음문을 열자, 린이 기다릴 수 없다는 듯이 내 겨드랑이를 빠져나가 마이크 앞에 서서 근질근질해하며 미소를 꽃피운다.

"뭐 할래?!"

언제까지고 계속될 줄 알았던 풍경, 그리고 두 번 다시 손에 들어오지 않을 풍경이었다.

자칫하면 이대로 영원히 린의 옆에 있고 싶다는 마음이 새어 나와 버릴 것만 같아서 내 목소리는 저절로 감정을 누른 듯한 살벌한 음성이 되었다.

"그렇군……."

린에게서 시선을 돌리는 것을 철저히 의식하면서 케이스에서 기타를 꺼내고, 스튜디오 양 끝에 있는 앰프와 연결한다.

"「원거리 연애폭격 미사일」 어때?"

"좋다! 나, 그 노래 진짜 좋아해!"

나는 린의 말에 반응하지 않고, 기타를 들고 숨을 꿀꺽 삼켰다.

두 달 이상 방치했던 내 기타의 현의 감촉을 확인하듯이 연주를 개시한다.

비교적 난이도가 낮은 곡을 선택했지만, 아무래도 손가락 끝이 어색하다.

사장의 협력을 얻어내기 위해서라도 꼴사나운 연주는 할 수 없다……는 생각에 필사적으로 감각을 떠올렸지만, 좀처럼 몸이 풀리지 않아 잘되지 않는다.

단순히 두 달의 공백만이 원인은 아니었다.

린을 향한 감정을 억누르려고 하면 할수록 다른 감정도 죽어가서, 마음이 굳어져서, 연주가 엉망이 되었다.

하지만 뭐, 차라리 잘된 걸지도 모른다.

린의 노랫소리는 내 맥 빠진 기타에도 불구하고 분명 사장을 매료시킬 것이다. 오히려 내가 이렇게 못하기 때문에, 사장이 기타 칠 사람을 새로 구하는 게 좋겠다고 린을 설득해줄지도 모른다.

그게 내가 바라던 바. 나는 감정을 죽인 채 연주를 계속했다.

하지만,

"……으."

인트로가 끝나고 A파트에 들어갔을 때였다.

린의 노랫소리가 내 기타가 연주하는 음색과 포개졌다.

그 순간, 손가락 끝만 다른 생물인 양 지금 막 생명이 스며든 것처럼 생생히 움직이기 시작했다.

린이 죽은 후 두 달 동안, 매일매일, 줄곧 바라고 있었던 바로 그 감각.

한없이 편안하고 듣기 좋은, 가슴속을 찌르는 듯한 린의 노랫소리를 전신에 뒤집어쓰고 떨리는 마음 그대로 현을 쥐어뜯는 쾌감.

곡이 끝부분에 접어들어도 흥분은 그치지 않았다. 음이 그칠 기색도 없었다.

이 고양감에 휩쓸려서는 안 된다고 머릿속으로 몇 번이고 되풀이하면서도 마음을 뒤흔드는 린의 노랫소리가, 터질 듯한 그 미소가 대타를 찾으면 바로 린과 거리를 두려했던 내 결의를 아주 간단히 무디게 만든다.

깊고 깊은 곳에 가라앉아 있었던 감정이 끌려나온다.

한 곡만 할 생각이었는데 손가락이 멈추질 않는다. 어느 샌가 곡의 말미를 억지로 다음 곡으로 연결하고 있었다.

즉흥 메들리 어레인지.

당연히 두 곡이 이어지는 부분은 엉망진창이 되었고, 린도 "뭐야, 그게─."라면서 웃었다.

린이 이토록 가까이에 있다. 다시 함께 음악을 하고 있다.

달콤한 고양감이 가슴을 채웠고, 동시에 격한 통증이 목구멍을 태웠다.

나는 이렇게 린과 같이 연주를 즐겨도 되는 인간이 아닌데.

줄곧 바라던 감각에 빠진 나머지 감정에 브레이크를 걸지 못하고 있다.

결국, 나는 Animato animato의 곡을 거의 전부 칠 때까지 연주를 그만둘 수가 없었다.

"대타 같은 거 필요 없겠는데."

"그러게요-."

연주를 마친 후, 사장과 린이 그런 말을 주고받고 있었다.

"사토시가 뭘 생각하는지 모르겠지만 말이지. 어찌 됐든 나는 두 사람을 응원할게. 3층 임대 스튜디오도 비어 있는 시간엔 마음대로 써도 돼."

"정말요?!"

사장의 말에 린이 고꾸라질 뻔했다.

"OK OK. 오랜만에 아니마토의 열성팬과 만나서 언니가 기분이 좋아서 말이야."

"어라? 그런데 우리한테 스튜디오 빌려준다는 거 들키면 난처해지잖아?"

린이 확인하듯이 나를 본다.

내가 입을 열기를 기다리지 않고 사장은 태연하게,

"걱정 마, 걱정 마. 학교에 들키나 안 들키나 이 가게 경영이 위태로운 건 마찬가지니까."

"……그런 건 됐으니까요, 사장님. 대신할 기타를……."

"아-, 그래, 그래. 알았어, 알았어."

결국 그날, 대타에 대한 이야기는 흐지부지된 채 나와 린은 악기점을 뒤로했다.

　이미 밤도 깊어진 터라 마지못해 린을 집까지 바래다주었다.

　첫 연주에 흥분한 린의 말을 가능한 한 무감정하게 상대했다.

　그래도 린은 시종 웃는 얼굴에 목소리는 들떠 있었고, 현관 앞에서 나를 돌아본 다음,

　"오늘 즐거웠어! 내일 봐!"

　라면서 천진난만하고 태평스럽게 웃는 얼굴로 바라보았다.

　"……으응."

　집으로 돌아가던 중, 갑자기 피곤해진 나는 아무도 없는 길가에 쭈그리고 앉았다.

　크게 숨을 쉬어도 가슴을 죄는 듯한 응어리는 없어질 생각을 않는다.

　"뭘 하는 거람, 난……."

　린과는 엮이지 않겠다고 작정하고 있었는데.

　어느샌가 예전처럼 린과 함께 지내고 있다.

　나의 기타와 린의 노랫소리가 포개지는 일체감에 빠져서, "내일 봐." 하며 웃는 얼굴로 봐주어서, 린이 나를 필요로 한다는 기쁨이 억눌러야 하는 감정을 자극한다.

"……착각하지 마."

훈계하듯이 중얼거렸다.

"린은 나를 밴드 멤버의 하나로밖에 생각하지 않아."

떠올려라.

린이 내가 좋아한다는 사실을 얼마나 격하게 거부했었는지.

늘 천진난만하게 웃던 린이 그토록 이성을 잃고, 그토록 험하게 말했던 것을.

린을 좋아한다는 감정을 없앨 수 없다면, 나는 린에게 가까이 가서는 안 된다.

그럼에도 불구하고.

나는 현의 감촉이 남아 있는 손가락 끝을 내려다보았다. 두 번 다시는 들을 수 없을 거라 생각했던, 살아 있는 린의 노랫소리가 물들어 있다.

무릎에 얼굴을 묻고, 그 더럽기 짝이 없는 말을 토해냈다.

"……이젠, 놓치고 싶지, 않아."

린은 나를 필요로 하고 있다. 같이 있어서 즐겁다고 말해 준다.

그렇다면 마지막까지 '좋아해'라는 말만 하지 않는다면 남은 3개월을 린과 함께 보내도 괜찮지 않을까.

그런 이기적인 생각이 머리를 스친다.

도대체 누가 사람을 좋아하는 감정이 아름답다고 말한 것일까.

무얼 근거로 그런 멍청한 생각에 이른 것일까.

적어도 나는, 이렇게나 추악한데.

"중대발표가 있습니다."

린과의 거리를 가늠하지 못한 채, 합주를 하고 벌써 이틀이 지나고 있었다.

등교한 린은 손짓을 해 인기척이 없는 곳으로 나를 불러들인 다음, 빙그레 웃으며 선언했다.

"이번 주말, 역 앞 라이브 하우스에서 공연할 수 있게 됐어! 기념비적인 첫 라이브야!"

베이스도 없고, 드럼도 없는.

첫 합주한 지 이틀밖에 지나지 않은 아마추어 2인조.

그런 상태에서 라이브에 뛰어드는 건 상식이 없거나 미친거다. 하지만 린이 진심이라는 사실을 나는 이미 알고 있었다.

"자, 이거. 할당량이래."

린이 라이브 티켓을 건네준다.

한 장에 1,500엔. 총 스무 장.

멤버도 제대로 모이지 않은 첫 라이브에서 이건 쉽지 않겠다.

학생요금을 받는 영화조차 관람을 망설이는 판에, 영문 모를 밴드의 1,500엔짜리 라이브 티켓이 팔릴 리가 없지 않은가.

"……."

나는 라이브 티켓을 말없이 내려다보았다.

고작 합주 한 번 한 것 가지고도 린과 헤어지기 어렵겠다고 생각했는데, 라이브씩이나 하게 되었다간…….

"……느닷없이 라이브라니…… 그 시간에 좀 더 연습을 하거나, 멤버를 찾는 게 좋지 않겠어?"

저항을 시도해 보기는 하지만,

"사장님이, 사토시는 그런 식으로 언제까지고 구시렁대면서 실제로 도전하려고 하지 않을 테니까, 우선 개망신을 당하게 하라고 했어."

공교롭게도 이전과 같은 이유로 라이브를 거절하려고 했던 나는 멍청하게도 다시 한 번 설득당하고 말았다.

……아니, 하지만, 이 마당에 이르러 나를 대신할 기타가 발견되지 않는 이상, 어차피 이 라이브에는 참가할 수밖에 없을 것이다.

이 라이브가 나중에 드럼과 베이스를 동료로 끌어들이는 계기가 된다. 린이 문화제 라이브를 성공시키기 위해서는 피할 수 없는 이벤트였다.

그리고——.

말없이 굳은 내 모습을 긴장한 걸로 착각한 것인지 린은 웃는 얼굴로,

"괜찮아! 우리의 연주라면 분명 밴드 멤버가 되고 싶다는 사람이 우르르 몰려올 거야! 하렘이 펼쳐질 거라구. 밴드 활동 금지를 반대하는 팬도 몽땅 올 거고 말이야! 우헤헤헤헤."

팔자 좋은 꿈같은 이야기에 취한 린은 종소리에 이끌리듯이 교실로 돌아갔다.

저렇게 떠드는 린을 앞에 두고 라이브에는 참가하지 않겠다고 말할 수 있을 턱이 없었다.

"그럼, 내일까지 제출해라."

나는 그날 홈룸 시간에 담임에게 받은 프린트를 보고 눈살을 찌푸렸다.

여름방학 전에 있을 삼자면담 때 쓸 진로조사표였다.

린과 거리를 두지 않아서 생기는 괴로운 일은, 이와 같은 일상 속에 많이 있었다.

홈룸이 끝난 직후, 린이 내 책상 앞까지 다가와서,

"대학은 숫자가 너무 많아서 잘 모르겠어."

므~음, 하고 멍청하게 입술을 삐쭉 내밀고서 그런 소리를 한다.

나는 어떻게 응답하면 좋을지 알 수 없었다.

원래라면 무난하게 과거의 기억을 되짚어 그때 했던 말을 그대로 해주면 되련만, 린이 앞으로 얼마 남지 않은 상태임을 알아버린 이상, 무신경한 말을 할 마음은 들지 않았다.

"일단 사토시 수준으로도 갈 수 있는 레벨의 대학을 골라둘까?"

린이 여유만만하게 말한다.

실제로 린의 성적은 장난이 아니다. 편입시험과 동시에 치른 전국 학력고사에서, 인쇄오류나 그 밖의 이런저런 부정행위를 의심하기에 마땅한 성적을 올려 회장에게서 학년 1등을 채간 바 있다.

긴 병원생활 내내 학교를 동경해온 린이 할 수 있는 최선은 공부뿐이었기 때문이다.

"인마, 대학은 그렇게 고르는 게 아니라고."

장난꾸러기처럼 웃는 린의 얼굴을 보고 있을 수 없어, 나는 교실 뒤에서 학부학과 대사전이라고 써진 두꺼운 책을 가지고 와서 책상 위에 펼치고 거기에 시선을 내렸다.

그걸 본 린이 "크아아아아." 하고 머리를 감싸 쥔다.

"전화번호부 파워업 버전 같은 그 녀석을 꺼내는 건 참아줘."

"오버하기는."

린은 내 무뚝뚝한 대꾸에도 진심으로 즐겁다는 듯이 웃어주었다.

린은 이때, 어떤 기분이었을까.

린은 죽기 전 병상에서, 졸업까지는 여유가 있을 줄 알았다고 말했었다.

역으로 말하면 졸업 후에는 정상적으로 생활할 수 없게 되리란 것을 알고 있었다는 뜻이다.

대학까지는 힘들다는 걸 처음부터 알고 있었을 것이다.

그런데도 린은 이때, 있지도 않은 미래를 이야기하며 웃었다.

이때만이 아니다.

쓰러지기 직전, 역에서 대학까지 걸었을 때도 린은 진심으로 즐거워 보였다.

대학만이 아니라 훨씬 더 먼 미래를 나와 이야기했다.

어떻게 린은 이렇게 환하게 웃을 수 있는 걸까.

아프다는 것을 남들이 알아채지 못하게 하려고? 동정을 싫어해서? 이상한 걱정을 끼쳐서 문화제 라이브로 가는 길이 닫히는 걸 피하고 싶었나?

혹은 어쩌면 친구와 이렇게 장래에 대해 고민하는 그 자체가 린에게 있어서는 즐거웠던 것일지도 모른다.

확실히 그렇겠다.

그럴 게 틀림없다.

그렇게라도 생각하지 않으면, 진로조사표를 한 손에 들고 대학에 대해서 이것저것 떠드는 린의 앞에서 평정을 지키는 일은 불가능했으리라.

　그렇게 나는 유야무야 주말을 맞이하고 말았다.

　"결국 티켓은 거의 다 내가 판 셈이잖아."

　토요일 저녁.

　나와 린은 역 남쪽 출구 상점가에서 조금 떨어진 장소에 있는 라이브 하우스 'ABANUS'를 향해 걷는 중이었다.

　기재 체크와 당일의 절차 등을 확인하는 전날 리허설에 참가하기 위해서다.

　"나도 열심히 팔았어."

　"몇 장이랬지?"

　"……세 장."

　"나는 열일곱 장이거든!"

　아니, 애초에 린이 이상한 거다.

　밴드 활동을 들키면 안 되니까 같은 키타고 학생에게 팔 수는 없다.

　그러면 자연스럽게 중학교 동창 등을 알아보게 될 텐데, 그러한 관계의 아는 사람이 없는 린은 이때 방문판매 형식으로 티켓을 팔았다고 한다.

　17장을 팔기 위해 100세대 가깝게 돌아다녔단다. 무섭기도 하지.

나도 중학교 동창생에게 티켓을 팔기 위해 자존심도, 영혼도 끼워 팔기를 할 만큼 노력했지만, 역시 린의 파워와 집념에는 미치지 못했다.

이런저런 이야기를 하는 사이 우리는 'ABANUS'에 도착했다.

나와 린이 공연한, 처음이자 마지막 라이브 하우스였다.

리허설이 끝나고 다음 연주자를 위해서 부랴부랴 스테이지에서 철수한 직후.

스태프 한 명이 나와 린을 불러 세웠다.

"일단 확인하는 건데, 너희 진짜로 키타고 학생은 아니겠지?"

"어버버버버."

얼버무리는 게 서툴기 짝이 없는 린이 빳빳하게 굳어서 이상한 소리를 냈다.

린을 뒤로 숨기고 내가 스태프 앞으로 나왔다.

"아닌데요."

"그럼 다행이지만……. 그 학교 교감이 워낙 시끄러워서 말이지. 손님 중에 키타고 학생이 있기만 해도 경찰까지 끌어들여 항의를 한다고."

불쾌한 듯이 얼굴이 일그러진다.

"보나 마나 혼기를 놓친 아줌마겠지. 아하하."

스태프는 교감을 속된 말로 평가하고서, 다음 리허설을 위해 담당 장소로 돌아갔다.

린이 뒤에서 불쑥 얼굴을 내밀며 당황한 모습으로,

"당일엔 얼굴을 감추자. 나는 선글라스, 사토시는 가면으로. 마침 밴드명도 그런 느낌으로 해뒀으니까."

린이 제시한 밴드명은 '*NANASHINOGONBE' 라는 센스라곤 눈곱만큼도 없는 이름이었다.

"……어째서 이런 녀석이 공부는 잘하는 건지."

"아, 아니야! 내 네이밍 센스는 겨우 그 정도가 아니라니까! 네 명 전부 모였을 때 사용할 진짜 이름은 따로 있어! 지금 건 임시야, 임시!"

그 네 명이 전부 모였을 때 붙인 이름도 촌스럽다는 불평을 들은 건 말할 것도 없었다.

다음 날.

사장의 거처에서 몇 번 연습한 뒤, 우리는 도보로 라이브 하우스까지 향했다.

우리의 공연 순서는 톱타자. 오프닝 액트. 이른바 개막공연이다.

---

*NANASHINOGONBE : 나나시노곤베에(名無しの権兵衛)란 이름을 알 수 없는 사람을 가리키는 일본의 속어.

라이브를 찾아오는 손님 대부분은 후반부에 나오는 유명 밴드의 스테이지를 즐기러 온다. 야구로 치면 원정경기를 하는 느낌을 날려버리고 회장을 고조시킬 만한 실력을 보여준다면, 우리 같은 무명 아마추어 밴드라도 단숨에 출세할 수 있다——라는 사장의 말을 그대로 읊으며 린은 흥분했는데, 보통은 첫 라이브에서 이렇게 긍정적일 수 있을 리가 만무하다.

확실히 린은 예외 중의 예외다.

"이곳에서 우리의 전설이 시작된다!"

지하로 이어지는 라이브 하우스의 입구를 가리키며 린이 지지 않겠다는 듯이 껄껄 웃었다.

입구 옆에 있는 작은 칠판에 유명 아마추어 밴드의 이름이 공연 순으로 쓰여 있었다. 그 칠판의 맨 위를 'NANASHINOGONBE'라는 촌스러운 이름이 장식하고 있었다.

"사토시, 긴장돼?"

"……별로."

지금의 나는 여러 번 무대를 경험한 몸이라서, 솔직히 토할 정도로 긴장했던 당시에 비하면 훨씬 낫다.

하지만 이다음 일어날 일을——정확히는 일어난 일을 생각하면, 역시 마음이 무겁다.

그리고 무엇보다 린과 거리를 두겠다는 내 결의가 라이브에서 완전히 와해되어 버릴 것 같아 그게 무서웠다.

굳어진 내 표정을 보고 긴장한 것으로 착각했는지, 린은 나를 보며 "우푸푸푸." 하고 빙그레 웃었다.

"걱정 마! 사토시는 누가 봐도 기타리스트 같은 악당의 얼굴이니까. 무대도 금방 익숙해질 거야."

"넌 도대체 기타리스트한테 무슨 이미지를 가지고 있는 거야?"

"좋아, 그럼 가자."

유원지 어트랙션에라도 달려드는 것처럼 린은 지하를 향해 뛰기 시작했다.

"⋯⋯."

항상 우리를 이끌어주던 그 뒷모습.

끓어오르는 마음을 누르고, 병상에서 린이 이성을 잃었을 때를 떠올리며 자신을 훈계한다.

'⋯⋯잊어버리지 마. 착각하지 마!'

피가 밸 정도로 입술을 꽉 깨물면서 나는 린의 뒤를 쫓았다.

"⋯⋯윽."

나는 무대 위에서 조명을 뒤집어쓰자마자 움직일 수 없게 되었다.

많은 손님 앞에서, 한층 높은 무대에 서서 자신들의 실력을 피로한다.

이것은 익숙하지 않은 인간에게는 지독한 긴장상태를 가져온다.

하지만 지금의 나는 당시의 내가 아니다.

얼굴을 감추기 위해 린이 준비한 조그마한 캐릭터 가면 때문에 숨쉬기가 힘들지만, 그래서 어떻다 할 정도는 아니다.

잔뜩 긴장한 탓에 처음에 내야 할 음을 성대하게 실수하고 머리가 새하얗게 되어 움직이지도 못하게 되었던 그때와는 다르다.

그런데도 무대 위의 내 몸은 굳어 있었다.

라이브 공연장을 가득 메운 많은 사람들. 관중들을 앞에 두고 가면을 쓰고 있어도 알 수 있을 정도로 번쩍번쩍 눈을 빛내는 린.

많은 사람을 앞에 두고 린과 같이 다시 연주를 할 수 있다는 사실이 기뻐서 견딜 수 없었다. 그럴 자격이 없다는 것은 알고 있는데도, 무대 위에서 어찌할 수 없을 만큼 고양되어 있었다.

두 번 다시 없을 거라 생각했던 공연을 앞에 두고 도무지 감정을 죽일 수가 없었다.

그래서 움직일 수 없었다.

여기서 음을 울려버리면, 이제 린에게서 벗어날 수 없게 되지는 않을까……?

그러나 연주하지 않으면 라이브를 기대하고 있었던 린을 슬프게 만드는 꼴이 된다.

린이 즐거웠다고 회고한 추억의 하나를 부수게 되고 만다.

그래도…….

풋라이트의 역광 때문에 얼굴이 거의 보이지 않는 관객들이 '어떻게 된 거야?' 하는 표정으로 술렁이기 시작했다.

바로 그때였다.

『1번! 모리야마 린! 이 부릅니다!』

린이 마이크스탠드에 들러붙어 맹수 같은 미소를 지어보였다.

그것은 예전에, 지금처럼 내가 무대 위에서 움직일 수 없게 됐을 때와 똑같은 행동이다. 내가 린에게 처음으로 마음이 흔들렸던 그때의 미소.

강한 척도 아니고, 허세도 아니며, 나를 비난하는 것도 아니다.

『Animato animato의 「잘 가라, 감옥교실」!』

너무나 당연하다는 듯이 눈앞의 관객들에게 아카펠라를 던지고, '봐봐, 재밌겠지?' 라고 하는 듯한 시선과 노랫소리로 나에게 손을 내밀어온다. 예전과 똑같이.

그 손은 일찍이 나와 린을 음악으로 이어주고, 틀어박혀 지내던 나를 빛이 있는 장소로, 린의 옆으로 끌어올려 주었었다.

반사적으로 뿌리치려는데 교실에서 린을 거절했을 때의 풍경이 뇌리를 스쳤다.

나는 어느샌가 린의 손을 잡고 있었다. 결코 뿌리칠 수 없었다.

"……미안해, 린."

사실은 나한테 린의 손을 잡을 자격 따위는 없는데.

린의 노랫소리에 이끌려 손가락 끝이 다른 생물이 되는 감각.

손가락 끝이 현을 튕기는 감촉, 그렇게 연주된 음이 증폭되어 몸을 흔드는 상쾌함, 그 사운드와 린의 노랫소리가 포개지는 쾌감, 그 모든 게 다이렉트로 나를 가로질렀다.

그리고 우리의 노래에 맞춰 날뛰는 무수한 사람들.

어둡고 좁은 실내를 채우는 약동의 중심에서 한 사람 한 사람을 잇는 전기신호를 작렬시키며 전능해진 듯한 감각.

린의 노랫소리가 회장을 채우고 전신을 에워싸며 기타를 통해 일체가 된다.

웃음을 띤 린과 함께 공연하는 동안만은 린과 같이 있는 고통도, 죄악감도 조금 희미해지는 것 같은 기분이 들었다.

우리에게 할당된 시간은 순식간에 지나갔다.

"……."

클라이맥스에 접어든 뒤 나는 타이밍을 재고 있었다.

끝내고 싶지 않다. 좀 더 연주하고 싶다. 하지만 여기서 실패하지 않으면, 린은 드럼과 베이스를 만날 수 없게 된다.

아무리 이 시간을 놓기 힘들다 하더라도, 린이 제대로 밴드를 결성할 수 있도록 최소한의 할 일은 하지 않으면 안 된다.

라이브 하우스에 순찰하러 와 있던 학생부 선생에게 우리의 정체가 탄로 난 것은 분명—— 지금이다.

나는 부자연스럽게 보이지 않도록 격렬해지는 연주에 몸을 맡긴 채, 무대 위 케이블에 발이 걸린 시늉을 하며 성대하게 나자빠졌다.

넘어졌을 때, 가면을 일부러 손으로 내린다.

그대로 일어나 린이 "앗!" 하고 내 가면이 어긋났음을 알아차리고서 소리 지른 것을 확인하고, 당황하는 척 다시 가면을 썼다.

그리고 기타를 고쳐 잡고서 잠시 연주를 계속하는데.

"에엥?! 뭐야, 뭐야?!"

무대 옆에서 안색을 바꾸고 날아온 스태프의 요청에, 나와 린은 공연을 중단하고 대기실로 돌아가게 되었다.

이렇게 나와 린의 첫 라이브는 싱겁게 막을 내린 것이다.

"두 번 다시 이와 같은 일이 없도록 재발 방지에 힘써주세요."

라이브 하우스 'ABANUS'의 사무소는 빌딩 1층에 위치해 있다.

나와 린은 사무소 의자에 앉아, 같은 색 셔츠를 입은 스태프 몇 사람과 심각하게 이야기 중인 인물을 올려다보고 있었다.

바로 키타고 교감, 후세 아츠코다.

라이브 공연장에 순찰하러 와 있던 학생부 선생을 옆에 거느리고, 불쾌한 듯이 미간을 찌푸리고 있다.

교감은 날카로운 프레임의 안경을 손가락 끝으로 신경질적으로 고치고서 우리를 향해 고개를 돌렸다.

"모리야마 양. 모리야마 양의 처지에 관해서는 전학수속 때 설명을 들어서 충분히 이해하고는 있어요. 처음 하는 학교생활이라 들뜬 마음은 알겠지만, 그것이 정해진 룰을 어겨도 되는 이유가 될 수는 없습니다."

"하지만——."

"학교는 공부만이 아니라 그런 것을 배우는 장소이기도 합니다. 장래를 위해서도 주위와 협조하는 법을 배우도록 하세요."

말을 붙여볼 새도 없이 교감이 린을 제압한다.

기세라면 남보다 배는 뛰어난 린도 교감이 이렇게 냉철하게 정론을 내세우니 어찌할 수가 없었다.

나는 린의 옆얼굴을 훔쳐보았다.

분하다는 듯이 입술을 깨물고 있다.

내가 교감의 설교와 갑갑해하는 스태프의 모습에 쫄아 있던 이때, 린은 장래라는 단어에 대해 무척이나 반론하고 싶은 충동에 휩싸였을 것이다.

"두 사람이 초래한 트러블 때문에 라이브는 일시 중단됐고, 환불 티켓이 50장 나왔습니다."

교감이 스태프에게서 받은 용지를 보며 말했다.

당신들이 우리의 정체를 알아채고 바로 스태프에게 항의를 하는 바람에 그렇게 된 거잖아, 라고는 할 수 없는 분위기였다.

"피해총액은 대략 8만 엔인가요? 두 사람의 보호자에게 연락해서 배상해 드리겠습니다."

"아뇨, 그건 저기, 용서해줄 수는——."

"고등학생 두 명한테 부담지울 수 있는 액수는 아니지요."

예상이야 했지만, 나의 탄원을 교감은 들으려고도 하지 않았다.

보호자에게도 연락해서 우리의 움직임을 이중으로 봉쇄할 속셈이다.

"여름방학에 알바해서 갚을게요."

"고등학교 3학년 여름방학을 뭐라고 생각하고 있는 거죠?"

교감이 딱 잘라 거절했다.

"수험을 대비해 공부에 가장 힘을 기울일 시기입니다. 두 사람이 어떤 진로를 희망하고 있는지는 파악하지 않았지만, 어떤 길을 간다고 해도 최소한의 학력을 따놓는 건 보험이 되죠. 음악이야 나중에 얼마든지 할 수 있고요. 다행히 이번에 범한 실패는 일단은 금전으로 책임질 수 있으니까, 지금은 보호자에게 부담해달라고 하고, 장래를 위해서 학생답게 공부에 힘쓰도록 하세요."

반론을 못하고 있는 우리 앞에서, 우리의 보호자에게 연락을 취하려고 교감이 담임에게 지시를 내린다.

그때였다.

"선생님, 왠지 전보다 훨씬 딱딱해진 것 같은데?"

사무소 문이 홱 열리면서 나른한 목소리가 날아온다.

"그래서 얼른 결혼 좀 하라고 했건만."

사무소 안의 거북한 공기를 전혀 읽지 않은, 여느 때와 같은 말투로 너스레를 늘어놓은 건 졸린 얼굴을 한 사장이었다.

"당신은……."

교감의 미간에 더욱 깊은 주름이 새겨진다.

두 번 다시 사라질 것 같지 않을 정도로 깊은 주름이.

"유우 씨, 잠깐만!"

스태프 한 명이 사장에게 다가갔다.

"유우 씨가 걱정 말라고 해서 내보냈는데, 키타고 학생이었잖아요!"

"미안, 미안. 그래서 티켓 몇 장 날렸는데? 이 정도면 충분해?"

사장이 헐렁한 주머니에서 꺼낸 것은 구깃구깃한 만 엔짜리 10장이었다.

"어, 아뇨, 8만 엔이면 충분한데요……."

"그러면 남은 건 보상금인 셈 쳐. 그리고 서비스로 기재 손질 좀 해줄까 하는데, 어때?"

"……유우 씨에게 맡기면 엄청 부서지니까 사양할게요."

"뭐야. 이놈이고 저놈이고 날 아주 허접 취급하네~."

사장이 자연스럽게 담배를 입에 물고 불을 붙이려고 했을 때, 교감이 타박하듯이 가시 돋친 소리로 말했다.

"당신이 이 두 사람을 꼬드겼나요?"

"듣기 좀 거북하네. 나는 조금 협력한 것뿐이거든요?"

교감의 압력을 실실 웃으며 받아넘기고서 사장은 사무소 문을 가리켰다.

"자, 너희는 이제 돌아가도 돼. 이 사람은 내가 학생이었을 때 담임이니까, 내가 매듭지을게."

"뭘 마음대로——."

무시무시한 얼굴의 교감을 아랑곳하지 않고, 사장은 마이 페이스로 일관하고 있었다.

정말로 돌아가도 될지 망설이는 나와 린에게 사장이 한

번 더 권한다.

"뭐, 오늘 라이브를 제안한 건 나니까 뒤처리 정도는 내가 할게. 아, 그래도 8만 엔은 갚아라. 자, 냉큼 돌아가지 않으면 이자가 열흘에 10%씩 붙을 거야."

""고맙습니다! 그리고 폐 끼쳐서 죄송합니다!""

사장과 스태프 양쪽에 인사를 하고, 나와 린은 사무소를 뛰어나갔다.

가게를 나오고서 스마트폰으로 시간을 확인한다.

대충 예정대로 과거의 사건이 재연되는 것 같았다.

"아아아아. 무서웠어어어어어어."

라이브 하우스에서 달아난 우리 둘은 역 앞까지 어슬렁어슬렁 걸었다.

린의 집은 역을 끼고 북측, 키타고 근처에 있기 때문에 자연스럽게 바래다주는 흐름이 되어 있었다.

"사토시가 만화에나 나올 법한 실수를 하니까 그렇지!"

"미안하대도."

린은 잔뜩 골을 내고 불평했지만, 그 표정은 즐거워 보였다.

"빨리 다음 라이브를 하고 싶어!"

전혀 질린 기색도 없이 린의 눈동자는 다음 스포트라이트가 보이는 양 반짝반짝 빛나고 있었다.

"……근데."

나는 기타를 고쳐 안고서 린에게 묻는다.

"교감이 말한, 처음 하는 학교생활이라는 게 무슨 뜻이야?"

이 질문을 할지 말지, 마지막까지 망설였다.

드럼과 베이스를 동료로 맞는 흐름을 만들어내기 위해서 필요한 질문이었지만, 이 질문의 답을 들어버리면 앞으로 린과 거리를 둘 수 없게 되기 때문이다.

하지만 어차피 첫 라이브를 하고만 이상, 린과 거리를 두는 일은 이미 불가능해졌는지도 모른다.

내 질문에 린이 갑자기 진지해졌다.

동그란 눈동자가 나를 쳐다보며 할 말과 음성을 찾고 있는 것처럼 보였다.

"확장형 심근증이라는 거 알아? 나, 그거였어."

린은 평소보다 조금 톤이 낮은 목소리로 이야기하기 시작했다.

그것은 내게 있어서는 두 번째, 린에게 있어서는 처음으로 과거를 들려주는 순간이었다.

초등학교에 들어가기 전에 발병한 난치병.

주요한 여러 치료법이 린의 체질과 맞지 않아서 부득이하게 인공심장으로 연명하며 심장이식의 기회를 기다리기만 했던 나날.

병원은커녕 병실에서 나가는 일조차 고생인 생활 속에 버팀목이 되었던 것이 Animato animato의 음악이었다.

동급생들과 만든 밴드로 교내 이벤트에서 호평을 받고, 화려하게 학교를 나선다.

그런 발자취를 남긴 Animato animato는 린에게 있어 히어로 그 자체로, 학교생활에 인연이 없었던 린의 동경을 부풀리기에 충분했다.

"그래서 무사히 이식이 성공하고 학교에 다닐 수 있게 되었을 때 엄청 기뻤어. 재활도 전혀 괴롭지 않았고. 병이 나은 것보다도 학교에 다닐 수 있게 된 게 기뻤어."

린이 죽은 뒤, 나는 린을 학교에 다니게 한 린의 부모님과 담당의사를 향해 몇 번이고, 몇 번이고 마음속으로 화풀이를 했다.

린이 이렇게 괴로운 경험을 한 것은 이식 후 린의 몸에서 이상이 발견된 걸 알고서도 말리지 않은 당신들 탓이라고. 나을 확률이 낮더라도, 치료를 받게 하는 게 정상 아니냐고.

하지만 학교에 다니는 걸 이토록 기뻐하고 좋아하는 여자애한테 다시 한 번 병원으로 돌아가 살라고, 그 누가 강요할 수 있을까.

다시 돌아가면 병원에서 영영 나오지 못하고 일생을 마칠 가능성이 훨씬 높다는데.

"오늘 라이브, 난 진짜로 즐거웠어."

린이 종종걸음으로 내 앞으로 뛰어나갔다.

"난 줄곧, 남을 슬프게 하는 일밖에 못했어. 아버지도, 어머니도 내 곁에 딱 붙어서 증상이 악화될 때마다 괴로운 얼굴을 했고, 담당 선생님은 이식해줄 사람이 어긋날 때마다 미안한 얼굴을 해서, 나는 분명 평생 누구도 웃게 만들지 못하고 죽겠구나, 라고 생각했었어."

하지만 그렇지 않았다면서 린이 웃는다.

"오늘 라이브, 손님이 몇 사람 있었던 걸까? 100명은 넘었었지? 빛이 눈부셔서 보이지 않았지만 다들 즐겨줬어! 무지하게 방방 뛰고, 곡이 끝날 때마다 박수가 엄청났어!"

그렇게, 린은 말했다.

완치해서 보통 사람과 거의 같은 상태까지 회복했다고 거짓말하는 몸을 빙글 돌리고, 자신의 목숨이 얼마 남지 않았음을 자각하고 있다고는 결코 느낄 수 없는 웃음 띤 얼굴로,

"나는 사토시 덕분에 이렇게나 행복하다구."

"……그러냐."

어떻게 저렇게 웃을 수 있는 걸까.

린이 장래에 대해 이야기할 때와 똑같은 감상을 그 웃음 띤 얼굴에 드러냈다.

즐겁다는 말도, 행복한 미소도 분명 진짜다.

하지만 어김없이 올 종말을 알면서도, 기껏 손에 넣은 현

재의 생활이 고작 몇 개월 후면 사라진다는 걸 알면서도 괴롭지 않을 리가 없다. 그런데도 어떻게.

갑자기 린을 껴안고 싶은 충동에 휩싸였다.

과거의 내가 생각했던 것만큼 태평하지도, 천진난만하지도 않았던 린의 미소. 그것이 억누를 수 없을 만큼 사랑스러웠다.

지금의 나는 이미 린을 좋아하고 있다. 이 감정 때문에 언제 또 린을 상처 입힐지 모른다. 따라서 나는 이제 린과 같이 있어서는 안 된다. 그렇게 몇 번이고 반복한다.

······하지만, 나 같은 놈 덕분에 이렇게나 행복하다며 린은 웃고 있다. 린의 옆에 있어도 괜찮지 않을까 하는 마음이 또 고개를 쳐든다.

그도 그럴 것이 전학 오고서 3개월 동안, 린은 줄곧 내 옆에서 웃지 않았던가. 저렇게 즐거워하며 웃어주지 않았던가. 린이 계속 웃는 얼굴로 있어주길 바란다면 내가 과거와 똑같이 행동해서 그 3개월을 그대로 반복하는 게 가장 확실하지 않을까?

싹 다 타버릴 것 같은 가슴의 고통으로부터 의식을 돌리기 위해, 이가 입술을 깨무는 통증에 의식을 집중시킨다.

"사토시는 즐겁지 않았어? 기타, 역시 하기 싫어?"

이때 린이 갑자기 겁먹은 듯한 소리를 냈다.

이 흐름에서 린은 이런 말을 하지 않았었는데, 나는 여기서 간신히 내 얼굴이 심하게 일그러져 있음을 깨달았다.

그리고 동시에 자신이 또 린을 슬프게 만들고 있음을 깨달았다.

나는 숨을 한 번 쉬고서,

"아냐, 엄청 즐거웠어."

씨익 웃자, 린은 안심이 되었는지 굳은 표정을 풀었다.

가슴이 욱신욱신 아프다. 당장에라도 미소가 무너지고, 울부짖을 것만 같다.

그렇지만 린이 웃어준다면, 고통도, 슬픔도 계속 감춰야겠다.

"⋯⋯."

거기서 문득 린의 미소도 마찬가지가 아닐까 하는 생각이 들었다.

린은 그 짧은 시간을 최대한 즐기기 위해서 린 자신은 물론 주위 사람도 포함해 최고의 시간을 보낼 수 있도록 자신의 몸의 비밀을 알아채지 못하도록 행동한 게 아닐까.

어차피 종말이 온다면, 그때까지의 시간을 전부 행복으로 꽉꽉 채울 수 있도록.

가슴에 이는 고통도, 안타까움도 모두 감추고 린은 웃고 있는 걸지도 모른다.

그렇다면 나도.

비교하는 건 주제넘을지도 모르지만.

린이 자기 몸에 대해 끝까지 계속 감춘다면, 아무리 고통스러워도 나도 이 감정을 계속 감출 수 있지 않을까. 계속 감추지 않으면 안 된다고 생각했다.

이 마음을 죽이고 과거와 똑같이 행동해, 린이 계속 웃는 얼굴로 있을 수 있도록 노력해야 한다고 생각했다.

린에게서 도망칠 게 아니라, 린이 '행복했어', '후회 따윈 없었어'라고 마지막 순간에 웃으며 돌아볼 수 있었던 과거를 그대로 재연하고, 병상에서 좋아한다고 고백했던 그 과오만을 없었던 일로 만드는 것이다.

이것이 최후의 최후에 린에게 상처를 입히고 만 내가 하지 않으면 안 되는, 진정한 속죄일지도 모른다.

나는 미소를 꾸미면서 린에게 말했다.

"……이제, 대타 알아보라고는 못 하겠군."

"어?! 그 말은, 기타 맡아준다는 얘기야?!"

린이 만면에 미소를 꽃피웠다. 나는 "응."이라고만 대답했다.

그러자 린이 느닷없이 양손을 밤하늘에 올리고서,

"우오오오오오오옷!"

있는 힘껏 포효하는 게 아닌가.

내 주변을 감돌고 있던 눅눅함을 날려버리는 바보 같은 목소리였다.

흐름은 조금 달랐지만, 린은 과거에도 비슷한 타이밍에 소리를 질렀었기에 나는 기억에 있는 것과 똑같은 말을 던졌다.

"머리도 치료받는 편이 좋지 않아?"

"앗, 그렇게 말하기야? 그렇게 말하기냐구!"

린이 내 어깨를 툭툭 때린다.

"왠지, 말 다했더니 또 노래 부르고 싶어졌어. 사토시도 드디어 할 마음이 생긴 것 같고 말이야!"

"그런 말 해봤자 말이지."

"마지막 곡이 후렴 앞에서 중단돼서 나는 불완전 연소 상태라구욧."

린이 두리번두리번 주변을 둘러본다.

역의 북쪽 출구는 쥐 죽은 듯이 조용했다.

시골 특유의 현상으로, 아직 심야도 아닌데 이미 사람들의 왕래는 거의 없다.

주위 건물은 벌써 영업을 끝낸 가게가 대부분이고, 민가는 한 채도 없다. 그 때문에 진짜로 인기척이 없다.

신호만이 깜박이며 계속 작동하고 있어서 다소의 소음은 아무에게도 폐를 끼치지 않을 것 같았다.

"오옷, 스테이지 발견!"

린이 발견한 것은 버스 터미널 반대쪽에 있는 광장이었다.

광장 구석에는 주위보다 몇 계단 높은 장소가 있다.

배후에 이상한 오브제가 놓인 수수께끼의 공간으로 가끔 무대가 설치되어 이벤트에 이용된다.

린은 그 한가운데를 차지한 다음, 입 앞에서 주먹을 쥐었다. 마이크인 셈이다.

"사토시! 연주 준비! 곡은 「액셀 전개 토끼」로!"

"앰프도 없는데?"

"그냥 해도 되니까."

"소리가 제대로 안 나올 거라고……."

하지만 린의 기세에 눌리는 모양새로 요청받은 곡을 연주한다.

띠잉띠잉, 초라한 소리가 주변에 울려 퍼지고 린이 웃음을 터뜨렸다.

"우왓, 허접해!"

"무리한 요구를 하고서 그런 식으로 말하는 건 좀 아니잖냐?"

인트로가 끝나고 린이 노랫소리를 포개어온다.

음량은 없는 데다 피차 라이브의 피로가 남아서 연주는 맥이 흐물흐물했다.

그럼에도 도중에 연주를 멈출 마음이 들지 않아서, 오늘 공연한 라이브 곡을 다시 처음부터 그대로 옮기기 시작한다.

어느샌가 주위에 갤러리가 생겨 있었다.

그러고 보니 인적이 없는 역 앞에 자리한, 이 시간에도 아직 열려 있는 시설이 있었다.

키타고 학생도 상당한 수가 신세를 지고 있는 입시학원.

거기서 조금 전까지 공부하고 있었을 수험생들이 린의 노랫소리에 이끌리듯이 다가오고 있었다.

내 기타는 린에게 들리는지조차도 의심스러운 초라한 소리라서 내 연주에 매료되었을 리는 없다.

그리고 갤러리도 포함해 고조되기 시작한 그때.

"저쪽이에요, 심야에 소란을 피우는 사회의 쓰레기가 저기 있습니다."

어둠의 맞은편에서 경찰관을 데리고 온 회장이 우리를 가리키고 있었다.

밤에 소란을 피우는 무리가 짜증난다는 건 이해하지만, 근처에 민가가 있는 것도 아니고, 경찰을 데리고 오다니 너무했다. 그래도 그렇지, 고자질하는 법이 어딨냐.

"우와앗! 아무래도 좀 위험해!"

린이 날뛰면서 키타고 학생이 섞인 갤러리들을 향해 "도망가, 도망가!" 하고 손을 흔든다.

"그리고 보니 회장도 저 학원에 다녔었지."

재빨리 기타를 집어넣고 다시 멘다.

나와 린, 그리고 갤러리들은 거미 새끼가 사방으로 흩어지듯이 도망칠 곳을 찾아 우왕좌왕했다.

갤러리인 학원생들은 그렇다 쳐도, 주범인 동시에 수십 분 전 전과자가 된 우리는 붙잡히면 끝장이다.

"으아아, 다리에 힘이 빠졌어. 사토시, 어부바 좀."

"말이 되는 소릴 해라!"

린과 함께 경찰관을 따돌리면서 주변에 힐끔 시선을 돌렸다.

우리가 일으킨 소동을 멀리서 바라보는 두 개의 그림자가 눈에 들어온다.

과거의 기억과 똑같이 일이 진행되고 있음을 알고 안도했다.

"……."

경찰관에게서 필사적으로 도망치면서도 즐거워하는 린의 옆얼굴을 보니, 역시 가슴이 욱신욱신 아프다.

하지만 이제 망설임은 없었다.

린이 계속 웃으며 지냈던 그 3개월을 되풀이하기 위해서, 나는 린을 향한 감정에 뚜껑을 닫는다.

린을 좋아하게 되기 전의, 아무것도 몰랐던 무렵의 나를 연기한다.

그리고 린에게 고백한 과거만을 없었던 일로 한다.

실컷 헤매다 겨우 다다른 그것이, 이 두 번째 여름에 내가 해야 할 일이었다.

제2장
Primember

1 카쿄우인 히메코

여름에는 괴담이 으레 따르기 마련이다.

라이브 하우스 소동으로부터 1주일 남짓, 내 흑역사 CD가 방송사고를 일으키고서 며칠.

7월에 들어선 키타고에서도 그런 여름과 어울리는 소문이 그럴싸하게 돌고 있었다.

발밑까지 닿을까 말까 한 흑발에, 얼굴도 보이지 않는 여성이 밤의 시내를 배회하고 있으며, 조우하면 일정거리를 유지하며 끝까지 따라온다. 이상이 그 소문의 개요다.

움직임은 완만하지만 어째선지 뿌리칠 수가 없고, 나직한 소리로 무언가 중얼거린다는 으스스함이 소문의 확산을 한몫 거들고 있었다. 그 수상한 인물은 무서운 외모로 인해 '사다코'란 이름으로 통했는데, 초등학생은 물론 고등학생에 이르기까지 현 내의 많은 아이들을 떨게 만들고 있었다.

이런 유치한 괴담이 고등학생 사이에서도 유행할 줄은 솔직히 몰랐다. 다들 공부를 너무 해서 환각이라도 보게 된 게 아닐까 의심했지만, 그로부터 이틀이 지나지 않은 사이에 나도 그 수상한 사람과 조우하고 만다.

밤길을 걷다가 '사다코'와 만나는 것은 타임 리프 전과 합쳐서 두 번째였지만, '사다코'가 나중에 밴드 멤버가 되는 인물이라는 걸 알고 있어도 근원적 공포를 억누르기는 어려웠다.

그런 물체가 조심스럽게 3보 뒤에서 따라온다면 누구라도 무서울 것이다.

"다들 치사해! 나도 귀신 보고 싶은데!"

반 친구들에게 들은 소문에 감화된 린이 책상을 세게 친다.

회장이 귀에 거슬린다는 듯이 우리를 노려보지만, 린은 그 시선을 모르는지,

"붙잡으면 분명 나라에서 돈이 나올 거야!"

"무슨 희귀동물도 아니고. 그보다 그런 짓을 할 상황이 아니잖아."

이때, 나와 린이 최우선해야 할 과제는 공연장소의 확보였다.

라이브 하우스 사건으로 시내 전역, 어쩌면 현 내에 블랙리스트가 나돌았는지, 우리가 공연할 수 있는 장소는 거의 없는 것이나 다름없는 상태였다.

공연을 할 수 없으면 팬을 늘리기는커녕 멤버를 모으는 것조차 어렵다.

"후후후. 공연 발표 장소에 관해서는 이미 대책을 강구하고 있지."

린이 가방에서 꺼낸 것은 소형 노트북이었다.

"사장님 가게에서 녹음해서 동영상 사이트에 올리자! 잘 풀리면 인기폭발이다, 밴드 하자는 사람을 찾게 될지도 몰라!"

화면에는 니요니요 동화라는 사이트가 비치고 있었다.

확실히 우리 나이대가 상당한 비율로 관람하고 있고, 인기를 얻으면 지지도 얻을 수 있을 것이다.

그러나,

"이런 건 이래저래 특별한 기재나 기술이 필요한 거 아니냐?"

나는 기억을 더듬으면서 린의 제안에 반론한다.

"거기다 이런 종류의 사이트는 특유의 분위기라고 할까, 그때그때 먹히는 게 따로 있다고나 할까, 어느 정도 그곳을 이용하지 않으면 알 수 없는 그런 게 있잖아. 쉽게 인기를 얻을 수는 없을 것 같다만─."

"으음, 확실히 그렇긴 한데—."

린이 심통을 내면서 노트북을 조작한다.

"그 밖에도 방법은 있어. 이를테면, 자, 이거!"

어떤 유저가 올린 동영상 일람이 표시되었다.

재생횟수 등을 보면 상당한 인기 유저라는 걸 알 수 있다.

"오래전부터 주목했던 사람인데, 드럼 하나로 다양한 곡을 연주하고, 어레인지도 하고 그러더라."

"특이한 사람이군. 그래서, 이게 뭐."

"이 근처에 사는 모양이더라구, 이 사람."

"그런 걸 어떻게 다 아냐?"

대답을 알고 있는 사항에 대해서 질문하는 거에도 조금은 익숙해졌다.

"밝혀냈지."

린이 범죄를 저지르는 양 슬쩍 말했다.

"트위터랑 블로그를 전부 뒤져 얻은 정보를 추리해서 대강의 주소는 파악했다구!"

바보 주제에 공부를 잘하는 데다 행동력도 있어서 진짜로 골치 아프다는 사실을 다시금 느낀다.

"또, 생활 리듬이 엉망이고, 프리 라이프를 보내고 있는 사람 같아."

"프로파일링 수사관이라도 되는 게 어때?"

이때는 농담으로 말한 거지만, 이 분석이 모조리 적중했으니 참으로 무섭다.

"사정이 그러하니 오늘 방과 후에 바로 이 사람 집에 들러서 '밴드에 들어와주세요' 하고 부탁하러 가자구!"

"그런 짓 하면 너, 경계심만 사서 동료는커녕…… 응?"

나는 방금 막 깨달았다는 듯이 린이 표시한 동영상 일람으로 눈을 돌렸다.

가장 위, 그 유저가 최근 올린 것 같은 동영상 섬네일이 다른 것과는 이질적이고, 타이틀도 '이 2인조, 짐작 가는 거 있음?' 이라고 되어 있었다.

소리를 작게 줄이고 동영상을 재생한다.

화면에 나오는 것은, 나와 린이 라이브 하우스에서 일을 저지른 밤, 역 앞에서 연주하던 장면이었다.

화질이 조잡한 데다 화면이 어두워서 제대로 알아볼 수는 없지만, 린의 노랫소리가 독특해서 이대로 방치하기에는 위험한 동영상이었다.

"'이거 저예요! 만나요!' 라고 연락했는데 좀처럼 답장이 안 오잖아. 이젠 귀찮으니까 밝혀낸 주소로 쳐들어갈까 해서."

"야…… 학교 측에서 깐 덫 같은 거면 어떡하려고……."

"앗!"

린이 "아차!" 하며 눈을 동그랗게 뜬다.

예전에는 식은땀을 흘리게 했을 그 엉뚱한 몸짓이, 지금은 달콤하게 가슴을 조른다.

"뭐, 솔직히 학교도 그렇게까지는 하지 않을 테니 괜찮겠지만. 일단 이 동영상은 운영자에게 통보하든가 하고, 이 이상 업로드 되지 않도록 그 녀석의 집에 가볼 수밖에 없겠군."

나는 과거에 그렇게 한 것과 같이 씁쓸한 표정을 지으면서 린의 제안에 따르는 척했다.

하지만 마음속으로는 휴우 하고 가슴을 쓸어내리고 싶은 기분으로 가득했다.

린이 전학 오고 나서 며칠 동안, 린과 거리를 두려고 한 나머지 과거와 다른 행동을 몇 번이나 저질렀다. 그것이 악영향을 미치지는 않을까 걱정하고 있었는데, 지금으로써는 아무런 문제도 없는 듯하다.

아무렇지도 않은 태도로 린과 주고받은 말 때문에 생기는 고통은 나만 참으면 되는 문제다.

린의 엄청난 파워 덕분인지 김빠질 정도로 간단하게 과거와 똑같이 문화제로 가는 길이 열리고 있는 것 같았다.

그리고 방과 후, 나와 린은 곧장 우리 멤버가 될 그 '*히키코모리 드러머'의 집에 가기로 했지만, 교실을 나가려고

---

*히키코모리 : 引き籠もり. 은둔형 외톨이. 등교 등의 사회활동을 거부하고 장기간 자신의 집이나 방에만 틀어박혀 지내는 사람을 가리킨다.

했을 때 회장이 나를 붙잡았다.

"첫날과는 다르게 꽤나 친한걸? 그런 불상사를 일으키고 공범의식이라도 싹텄나 봐?"

여전히 적의를 드러낸 말투였다.

이러는데도 학생회와 교무실에서는 인망이 두텁고 우수한 학생회장이라는 평판을 받으니까 참 할 말이 없다.

고등학교 입학 당초, 그 가시가 돋친 말투에 내성이 있는 내가 회장의 독설을 무서워한 동급생에게 창구 취급을 받았을 정도이니 말이다.

그런 이유로 회장과의 대화는 험악해지기 일쑤다.

회장에게는 앞으로 신세를 많이 지게 되기 때문에 몹시 가슴이 아프지만, 문화제 라이브를 성공시키려면 과거를 모방하는 것이 가장 확실하다.

나는 어쩔 수 없이 약간 거칠게 대답했다.

"무슨 볼일인데. 네 고자질 때문에 이쪽은 이래저래 바쁘다고."

역 앞에서 일어난 소동을 교감에게 일러바친 건 회장의 소행이었다.

증거불충분으로 처분에까지는 이르지 않았지만, 블랙리스트가 나도는 범위와 그 강제력에 상당한 영향을 준 것은 틀림없다.

"흥. 자업자득이지. 너희가 장래를 망칠 때까지 같잖은

짓에 힘쓰는 거야 니들 마음이지만, 타인에게 폐가 가지 않도록 룰의 범위 내에서 좀 해줄래?"

"그거야 뭐 정론이지만…… 왜 나한테 그러는 건데. 솔직히 항상 폭주하는 건 린이잖아."

그러자 회장은 그렇지 않아도 매서운 표정을 더욱 불쾌한 듯이 일그러뜨리며,

"……뭐야."

사람이라도 잡을 듯한 낮은 소리를 냈다.

회장과의 이 대화는 두 번째지만, 역시 뭐가 그렇게 마음에 안 드는 건지 도통 모르겠다.

"그래서? 일일이 그런 잔소리를 하려고 불러 세운 거야?"

"……내가 할 일을 늘리지 말라는 거야. 너희와 다르게 나는 한가하지 않다구. 오늘도 선생님께 부탁받은 귀찮은 볼일이 있으니까."

회장은 나를 홱 밀어낸 다음 빠릿빠릿한 걸음으로 교실에서 나갔다.

"으~으!"

복도에 숨어 있던 린이 회장의 등을 향해 이를 드러내고서 위협한다.

그러자 그 낌새를 감지하고 돌아본 아수라와 같은 표정을 한 회장과 눈이 맞았는지, 린은 뛰어와 내 뒤로 숨었다.

"저런 사람이랑 소꿉친구라니, 사토시가 불쌍해."

"아니, 뭐, 나쁜 녀석은…… 응?"

평범하게 대답하고서 고개를 갸우뚱한다. 이런 대화가 과거에 있었나.

"너, 어떻게 나랑 회장에 대해서 아는 거야?"

"어? 아~, 반 애한테 들었어."

린은 "됐으니까 빨리 가자." 하고 대화를 끝내버린 다음, 장난스럽게 손짓을 했다.

……이 정도 작은 차이라면 오차 범위이려나.

크게 흐름이 바뀐 것도, 내 마음을 들킨 것도 아니다.

조금 미심쩍다고 느끼면서, 이번에야말로 우리는 앞서 말한 드러머의 집으로 향했다.

"여기야?"

"응! 틀림없어!"

학교에서 30분 정도 걸어서 도착한 그 집은 꽤나 고급스러운 저택이었다.

주변이 담으로 둘러쳐져 있고, 훌륭한 정원수가 보이는 부지 안은 면적 또한 상당했다.

앞으로 몇 번이고 방문하게 되는 장소지만, 그 위엄 있는 문 앞에 서면 역시 적잖이 기가 죽는다.

"인터폰 발견!"

린이 귀신같이 빠르게 인터폰을 눌렀다.

"야, 마음의 준비 정도는 하게 해줘."

두 번째이긴 하지만 이것만은 연기가 아니라 본심에서 나온 말이었다.

"준비? 왜? 우와아앗?!"

묘하게 타이밍 좋게 놀란 린의 시선을 쫓듯이 뒤돌아본다.

거기에는 찌푸린 얼굴의 회장이 서 있었다.

도착시간을 의도적으로 크게 미루면 회장과 만나는 걸 피할 수도 있었겠지만, 쉽사리 과거를 바꿀 수도 없는 노릇이라.

"어째서, 너희가 여기에 있는 거지?"

"그, 그건 우리가 할 말이야! 뭐야! 또 빈정대려고?!"

린이 주먹을 쥐며 응전해도 회장은 전혀 상대해주지 않는다.

"선생님께 부탁받은 일이 있거든. 이 집에 사는 애한테 건네줄 게 있어."

회장이 가지고 온 건 2주 후에 있을 여름방학 전의 삼자면담 프린트였다.

"이 집, 우리 학교 다니는 녀석이 살고 있어?"

"우리 반 애야."

인터폰을 통해서 고용인에게 예절 바른 인사를 한 회장에게 편승해 나와 린도 슬그머니 저택으로 들어간다.

"너희는 돌아가. 방해돼."

"이미 부지 안에 들어와 버렸고, 여기서 옥신각신하면 회장의 인상도 나빠지는 거 아냐?"

회장과 린이 불꽃을 탁탁 튀겨도 승부가 될 리가 없다. 기가 죽은 린이 내 뒤에 숨었다.

"얌전하게 있을 테니까 참아줘."

"……이번엔 도대체 뭘 꾸미고 있는지."

서로 으르렁거리면서도 남의 집이라 다투지도 못하고, 우리는 히키코모리 드러머 모친의 안내를 받아 응접실로 인도되어 얌전하게 대기하게 되었다.

"그렇다고 해도 우리 반에 이런 부자가……."

나는 응접실의 인테리어를 둘러보면서 회장에게 들리게끔 말했다.

전통양식의 이 저택은 비전문가가 보기에도 아주 잘 만들어져 있었고, 청소도 완벽하게 되어 있었다.

"모르더라도 무리는 아니지. 그 애, 입학 당시부터 거의 양호실로 등교했고, 요즘 들어서는 그것조차 관두고 틀어박혀 있거든."

그래서 회장은 진로상담 프린트를 구실로 같은 반 친구로서 학교에 나오게끔 설득해주지 않겠느냐고 선생님께 부탁받았다고 한다.

"너와 다르게 성적은 우수한 모양이라서 학교로서도 제

대로 졸업하고 진학해 주었으면 하는 거겠지."

여전히 틈만 나면 빈정대며 공격해온다.

라고 생각한 순간,

"으?! 꺄아아아아아악?!"

회장이 귀여운 비명을 지르며 펄쩍 뛰었다.

벽 쪽으로 후퇴하고, 방석을 방패 삼아 들고, 얼굴은 바싹 오그라져 있다.

나와 린이 회장의 시선이 향하는 쪽으로 돌아보니, 맹장지 틈으로 물끄러미 우리를 내려다보는 음침한 여자가 서 있었다.

여자치고는 꽤나 키가 크다.

170센티인 나와 같거나 약간 큰 정도다.

그 큰 신장에도 불구하고 기다란 머리칼이 발목까지 내려와 있고, 앞머리가 얼굴을 완전히 뒤덮고 있어서 표정을 짐작할 수 없다.

"……뭐야? 이 녀석이 혹시 '사다코'야?"

내가 중얼거리자마자 맹장지 너머에 있는 '사다코'가 어깨를 떨면서 달아나고,

"쟤가 귀신이야?!"

눈을 반짝인 린이 그를 고양이처럼 추격하기 시작했다.

"아자! 붙잡았어! 귀신 잡았다!"

복도에 나가보니, 린과 '사다코'가 기다란 머리카락에 휘

감겨서 꿈틀거리고 있었다.

흥분하는 린과 "우에에에에엥!" 하고 울기 시작한 '사다코'를 어르고 달래는 데 약간의 시간이 필요했다.

'사다코'의 본명은 카쿄우인 히메코라고 했다.

그 정체는 이 저택의 외동딸로 금이야 옥이야 하며 길러진 탓인지 세속의 풍파에 대항하는 방법을 깨우치지 못하고 어느샌가 다른 사람의 시선을 남보다 배는 무서워하는 성격이 되어 버렸다는 모양이다.

오랜만에 집을 찾아온 급우에게 실례가 없도록 인사만이라도 해야겠다고 생각했지만, 내 악당 같은 얼굴과 '사다코'라는 악담에 기가 죽어 도망가고 말았다는 것이다.

그리고 무엇을 숨기랴, 바로 이 녀석이 린이 찾아낸 인터넷 드러머였다.

우리 밴드의 드럼을 맡게 될 그녀를 나는 애정을 담아 '히미코'라고 불렀었다.

"으~음, 그러면."

더듬거리며 신상 정보 등을 말해준 히미코의 이야기를 확인하기 위해 나는 입을 열었다.

"심야에 배회했던 것도, 몰래 찍은 동영상을 올린 것도 우리의 공연을 한 번 더 보고 싶어서 그런 거라고?"

"……네, 네에."

나와 린의 정면에 앉은 히미코가 절절매면서 수긍한다.

"그리고 우리와 같이 밴드를 하고 싶다?!"

"……어, 으음, 그런데…… 저는…… 사람들 앞에서는…… 조금…… 힘들어서요……."

몸을 쭉 내미는 린에게 겁을 먹은 히미코가 더듬더듬 거절한다.

내가 마지막으로 본 히미코는 린의 장례식에서 누구보다도 커다란 소리로 울던 모습이라 그런지 지금 목소리는 기억에 있는 것보다 훨씬 더 가늘게 들렸다.

아직까지도 방석을 안고 벽 귀퉁이에 서 있는 회장이 크게 한숨을 쉬었다.

"어이가 없다. 너희랑 동류잖아."

날카로운 눈총을 받은 히미코는 보는 것도 무참할 정도로 몸이 굳어버리고 말았다.

"이것도 일이니까 일단 알려주겠는데, 너, 출석 일수가 아슬아슬해. 오늘은 그걸 전달하러 온 거야. 다음 주까지 학교에 오지 않으면 바로 유급 결정. 유급한 상태로 등교할 배짱은 없어 보이니까, 이대로 자퇴하는 수순이겠네."

고개를 숙이고 머리카락으로 얼굴을 숨긴 채 미동도 하지 않는 히미코에게 회장이 추가타를 박는다.

"뭐, 그래도 괜찮지 않을까? 집은 꽤나 부자인 것 같고,

어머니도 다정해 보이시고, 인터넷 상에서 드럼?을 쳐서 용돈도 벌고 있는 것 같으니. 이대로 좋아하는 일만 하고 싫어하는 일을 피하는, 그런 너를 오냐오냐 해주는 세상 안에서 만족하는 게 어때?"

"잠깐! 우리 드럼 괴롭히지 마!"

"……저기, 저…… 밴드 한다고는…….."

린이 히미코를 안으며 이를 드러냈다.

나도 이때 있었던 장면을 떠올리면서 린의 위협을 지원사격하듯 회장을 쪼았다.

"회장, 평소보다도 말이 심하잖아. 아까 자지러지게 놀란 걸 얼버무리고 싶은 거야?"

"놀란 거 아니라고 아까부터 몇 번이나 말하고 있잖아!"

그렇게는 말하지만 회장은 아까부터 벽을 등지고 1밀리도 움직이지 못하고 있다.

기가 드세고 솔직하지 못한 찌질이는 다루기가 매우 까다롭다.

"보고 있으니 화가 나서 그래. 얘처럼, 싫어하는 일에서 도망만 치고, 심지어 그걸 당연하다고 생각하는 응석꾸러기가 말이야. 그리고 얘가 등교하면 너희의 만행도 더욱 심해지겠지."

히키코모리 설득을 회장에게 부탁한 인간은 학생이 잘하고 못하는 걸 파악하는 게 서툰 인물인가 보다. 회장의 마음속에서 히키코모리 교정이라는 명제는 사라진 것 같았다.

이 이상 회장의 폭언을 허용해 봐야 자리를 들쑤실 뿐이지만, 나는 잠자코 보기만 했다.

나중에 우리 사이에서는 우스운 추억이 될 말다툼이 눈앞에서 벌어지고 있다. 이것은 린을 향한 감정을 참는 것과는 또 다른 고통이 되어 내 마음을 자극하려 했지만, 이 또한 문화제 라이브를 위해 필요한 트러블이라고 스스로를 타이르며 나는 철저히 방관했다.

"애초에, 내가 무슨 소릴 하든 안 하든 똑같아. 이런 애가 동급생이 설득 좀 했다고 등교할 리가 없잖아."

"그렇지 않아!"

다시 린이 항의했다.

"히메코는 우리랑 같이 밴드할 거야! 우리 드럼을 바보 취급하지 마!"

"저, 저기, 나…… 역시 밴드는 좀……."

히미코를 뒷전으로 미루고, 회장과 린이 서로를 노려본다.

회장과 린의 눈싸움은 한동안 계속되었고, 이윽고 회장이 일어나 히미코 옆에서 무릎을 꿇었다.

린이랑 불꽃을 팍팍 튀겼던 건 아까 놀랐던 걸 수습할 때까지의 시간 벌기였나 보다.

회장의 손이 히미코의 머리칼을 살며시 치운다.

"히익?!"

히미코가 놀라서 벌렁 자빠졌다.

"이것 봐. 낮에는 집에서 못 나가. 사람과 제대로 대화도 못 해. 눈 좀 마주치려고 했을 뿐인데 이 모양. 이런 애가 학교에 온다니, 나아가 사람들 앞에서 밴드 공연이라니, 가능할 리가 없어."

"가능해!"

한 치의 양보도 없이 회장과 대치하는 린.

뚜둑, 뚜둑, 뚜두……둑.

그때, 응접실의 목제 테이블이 불온한 소리를 냈다.

히미코가 쥐고 있던 테이블 다리가 삐걱거리고 있었던 것이다.

빠지직!

"꺄아악?!"

테이블 다리에 균열이 일었고, 회장은 또 놀라서 자지러졌다.

"앗, 잠깐만, 히메코?!"

느닷없이 괴력을 선보인 히미코가 응접실에서 나갔고 린이 그 뒤를 쫓았다.

응접실에는 나와 회장만이 남겨졌다.

"정말이지, 완전 헛걸음만 쳤네. 난 그만 돌아갈 테니까 너희끼리 알아서 해."

다다미에 주저앉은 채 회장이 위압적인 태도로 내뱉는다.

"……."

"……."

서로 아무 말 없이 몇 분이 흘렀다.

나는 타이밍을 대강 가늠하고 회장에게 말을 건다.

"……안 돌아가냐?"

"너, 너야말로 왜 계속 거기서 멍하니 있는 건데!"

"아니, 린이랑 그 애가 어디로 갔는지도 모르고. 남의 집을 마음대로 돌아다니기도 좀 그렇고."

"……으."

회장이 얼굴을 붉히며 입을 꼭 다문다.

나는 그 이상 놀란 거에 대해선 건드리지 않고, 린이 부르러 올 때까지 엉뚱한 방향을 바라보고 있었다.

응접실로 돌아온 린을 따라 히미코네 집의 기다란 복도를 걷고 있던 때였다.

"회장이랑 무슨 이야기했어?"

심장이 좋지 않은 방향으로 뛰었다.

"아니, 딱히 뭐."

"흐~음."

나를 히미코가 있는 곳으로 끌고 가는 린과 그런 말을 나누었다.

또 기억에 없는 대화다. 뭔가 린을 향한 태도에서 잘못된 게 있었나 싶어 경계하면서, 흐름이 이상해질 것 같으면 바로 수정해야겠다고 마음의 준비를 했다. 그러나 린은 그저 대수롭지 않은 호기심으로 물어본 것뿐인지 그 이상의 뭔가 있지는 않은 모양이었다.

이 또한 커다란 흐름과는 관계없는 오차쯤이겠지.

두꺼워 보이는 문 앞에 나를 안내한 린은,

"굉장해, 굉장하다구!"

아무 일도 없었던 것처럼 내 기억과 다르지 않은 모습으로 떠들면서 그 문을 열었다.

그래, 흐름은 변하지 않는다.

나는 안도하면서, 문틈으로 새어 나오는 격렬한 비트에 귀를 기울였다. 전신이 떨릴 정도로 격렬한 난타다.

눈으로 따라갈 수 없을 만큼 빠른 속도로 스틱이 드럼 위를 뛰어다녔고, 그 중심에는 머리칼을 뒤로 묶은 히미코가 있었다.

눈을 감은 채 무언가를 중얼거리며 온몸으로 약동하듯이 드럼을 두드리고 있다.

이윽고 연주가 끝나고, 땀투성이가 된 히미코가 상쾌하다는 듯이 크게 숨을 쉬었다.

"대단해! 잘했어, 히메코! 역시 우리 드럼이야!"

콰-앙! 문을 열고서 린이 박수와 함께 난입한다.

"히이이이이이이이익?!"

린의 등장에 히미코는 펄쩍 뛰었고, 드럼 의자에서 굴러 떨어졌다. 머리칼을 풀고 얼굴 앞에서 포니테일을 다시 묶는다. 회장의 기습도 통하지 않은, 머리칼로 완전히 시야를 막은 히미코의 완전방어 모드다. 비주얼만 보면 새로 나온 요괴 같기도 하다.

참고로 감정표현이 서툰 히미코는 울적한 감정을 드럼에 터뜨리는 성격으로, 지금의 연주는 필경 회장에 대한 살의를 발산하고 있었던 것이라고 사료된다.

"어, 어어어, 어떻게…… 문…… 열쇠……."

"'친구예요!' 라고 했더니 기뻐하시며 건네주셨어! 어머니가 참 상냥하시네!"

린이 열쇠를 번쩍 들며 웃었고, 히미코는 머리를 싸쥐었다.

속공으로 마음을 터놓은 린도 린이지만, 히미코네 어머니는 정말로 상냥하신 걸까.

"역시 히메코야, 완전 잘 쳐! 생으로 들으니 100% 더 잘하는 것 같아! 응? 우리랑 밴드 하자아!"

"……나는…… 그런 건……."

린의 생떼에 히미코는 정말로 이도저도 아닌 태도였다.

계속 틀어박혀 지내던 녀석에게 갑자기 친한 척을 하면 좀 버겁긴 하겠지만.

"야, 린. 그러면 성공할 권유도 성공 못 한다."

"걱정 마. 나한테 비책이 있어!"

린이 가방에서 꺼낸 것은 낯익은 노트북이었다.

표시되는 건 〈히메히메☆〉라는 명의의 트위터와 블로그 계정.

"여기 〈히메히메☆〉의 트위터 계정과 블로그가 있습니다."

"?!"

히미코가 완전방어 모드를 해제하고 머리칼 틈을 통해 노트북을 응시했다.

"과거 몇 년에 걸쳐 쓴 시, 변태 트윗이 낭독되길 바라지 않는다면 우리와 밴드를, 꺄아아아아아아아아악?!"

히미코가 린을 덮쳤다.

"……죽여야 돼…… 죽여야 돼…….."

린을 깔고 앉은 히미코가 조금 전 책상 다리를 부순 손바닥으로 린의 목을 쥐려고 손을 뻗친다.

린도 필사적으로 공격을 피하지만 소용없는 저항이었다.

"야, 진정해! 린, 너도 그런 막가파식으로 멤버가 모이겠냐!"

나는 히미코와 린 사이에 끼어들었다.

처음 여기에 들어왔을 때는 깨닫지 못했지만, 드럼을 중심으로 한 이곳 히미코의 방에는 편집 기재 말고도 20킬로짜리 덤벨과 턱걸이 머신 등 트레이닝 기구가 뒹굴고 있었다. 히미코는 틀어박혀 있는 동안에도 웨이트 트레이닝을 거르지 않는 건강한 히키코모리였던 것이다. 너무 건강해서 이미 괴물 같아 보이는 그 체력과 괴력이, 울적한 감정을 드럼으로 발산하는 데에 필요했던 것이리라.

"시끄럽게 해서 미안했다. 오늘은 물러갈게."

살의를 띤 히미코에게서 구사일생으로 도망친 린을 끌고서 히미코의 집을 뒤로했다.

"야, 린. 방식이라는 게 있잖아."

돌아가는 길, 린에게 이의를 제기했다.

그러자 린은 여느 때의 웃는 얼굴이 아니라 부끄러워하듯이 연한 미소를 보였다.

"히메코가 진심으로 밴드를 하기 싫어하는 거면 나도 그렇게까지 억지를 부리진 않았을 거야."

"못 믿겠는걸."

"아냐, 진짜로."

린이 웬일로 진지한 얼굴을 하고 그렇게 말했다.

"어딘가에서 변하지 않으면, 결의하지 않으면, 분명 평생 후회할 순간이라는 게 있는 법이라구. 히메코는 지금, 바로 그 갈림길에 있어."

언젠가는 가볍게 듣고 흘려버린 말이, 지금은 상당히 무겁다.

"그러냐."

"응. 그렇다구."

그것은 분명 린도 지나온 길이리라.

키타고 입학이 결정되고 그 직후 몸에 이상이 발견되었지만, 린은 그때 후회하지 않을 선택을 했다.

때문에 이처럼 단언할 수 있다.

그래서 다소 막무가내로라도 히미코를 이쪽으로 끌어들이려 하는 것이다.

"그런고로, 내일부터는 트위터와 블로그 내용을 프린트해서 '나를 죽이면 사토시가 역 앞에 뿌려버릴 거야' 작전으로 가려고 하는──."

"똑바로 좀 생각해."

조금 감상적이 될 것 같았던 감정을 가라앉히며, 나는 가볍게 놀리는 듯한 음성을 의식하며 린의 작전을 기각했다.

히미코의 유급 리미트까지 앞으로 일주일. 나와 린은 방과 후 매일 히미코네 집으로 출석했다.

린은 과자, 나는 기타와 미니 앰프를 챙긴 방문이었다.

히미코가 듣고 싶다고 찾아다녔던 소리를 들려주면 할 마음이 생기지 않을까 생각해서 실행한 계획이었지만, 십수 년에 걸쳐서 형성된 히미코의 소극적인 사고는 그렇게 쉽게 무너지지 않았다.

방음실에서 나와 린이 Animato animato의 곡을 연주하는 동안 히미코는 완전방어 모드로 쪼그려 앉아 미동도 하지 않은 채 꼬박 일주일을 보낸 것이다.

린과의 연주 그 자체는 즐거웠지만, 과거와 똑같은 일주일은 정말 안타까운 시간이었다.

히미코가 3개월 후에 이 일주일을 후회한다는 것을 알고 있었기 때문이다. 학교에 갈지 말지 망설였던 시간을 밴드 연주에 쓰고 싶었다고, 린과 좀 더 놀고 싶었다고, 히미코는 울었다. 누구보다도 커다란 소리로.

미래를 알고 있는 내가 무언가 지혜를 짜내면 히미코는 기억에 있는 것보다 빨리 학교에 나오게 되지 않을까. 그렇게 하면 베이스 녀석도 좀 더 빨리 우리와 합류해, 네 명이서 연주하는 기간이 늘지는 않을까.

몇 번이고 그런 생각을 했다.

하지만 그런 행동을 할 수는 없었다.

나는 린에게 후회 없는 3개월을 보내게 해주고 싶다. 그러기 위해서는 문화제 라이브의 실현을 목표로 과거를 그대로 옮기는 게 가장 확실하다. 이 무렵의 히미코는 무척이나 불안정해서, 섣불리 과거와 다른 행동을 하면 쉽게 과거가 변해버릴 것 같았기 때문에 괜한 행동을 할 수는 없었다.

그렇게 답답한 시간이 지나고, 유급 타임 리미트가 금세 내일로 닥쳤다.

히미코가 스틱을 쥐는 장면조차 제대로 보지 못한 채 그날의 설득도 끝났다.

방음실에서 나올 때, 린은 매일 반복한 작별인사를 재차 히미코에게 고했다.

"내일 봐, 학교에서 보자!"

후다닥 현관으로 향하는 린.

어제까지와 완전히 똑같은 전개다.

이대로 그냥 돌아간다고 히미코가 학교에 오리라는 보장이 없다고 당시의 나는 생각했었다.

그래서 나는 이때 방음실 문을 손으로 잡은 채, 쪼그려 앉은 히미코에게 말을 걸었다.

"너 말이야, 진짜로 우리 연주가 듣고 싶기만 했을 뿐이었어?"

생각해 보면 기묘한 이야기였다.

이렇게나 사람과 사귀는 게 서툴러서 야간산책도 극히 드물었던 히미코가 다시 한 번 우리의 음악을 듣고 싶다는 이유 하나만으로 마을 안에 소문이 날 정도로 외출을 반복했다니.

'사다코' 상태의 히미코와 조우하고서야 비로소 알았다.

이 녀석은 그때 필사적으로 내게 말을 걸려고 했었다는 것을.

그날, 역 앞에서 연주하고 있었던 사람을 누가 좀 모르나

하고 길가는 사람에게 물으려고 했던 것이다.

단순히 낯을 가리는 수준이 아닌 이 히미코가.

"혹시 너도 우리와 마음이 같아서, 함께 연주하고 싶다고 생각해준 거라면 나도, 린도 엄청 기쁠 거야."

반드시 상실하게 되는 관계지만, 네가 얼마나 슬퍼하게 될지 나는 이미 알고 있지만.

히미코는 움직이지 않았다.

히미코가 등교를 결의한 것은 알고 있지만, 소극적인 그녀의 성격상 등교하기로 결단해준 것은 기적에 가깝다고 나는 인식하고 있었다.

그래서 솔직히 똑같은 말이긴 해도 목소리의 억양이나 분위기의 작은 차이 때문에 히미코가 등교를 포기하지는 않을까 싶어, 나는 뒤숭숭한 마음을 누르고 히미코에게 말을 거는 중이었다.

"그럼, 밴드에 대해서, 다시 한 번만 생각해줘."

불안에 사로잡혀서 과거에는 하지 않았던 말을 붙이게 된다.

하지만 그 이상의 말은 분명 사족으로밖에 들리지 않을 거라고 생각하면서 나는 히미코의 집을 뒤로했다.

이렇게 나와 린의 설득은 끝이 났다.

다음 날, 히미코 유급 타임 리미트.

나와 린은 교실 출입구를 물끄러미 주시하고 있었다.

수업 시작 5분 전.

같은 반 애들이 뛰어 들어올 때마다 회장은 의자에서 벌떡 일어나 "조용히 해."라고 핀잔을 주었다.

"아직도 그런 거한테 기대하고 있는 거야?"

"그런 거라니 무슨 소리야–!"

린이 강아지같이 회장을 위협한 그때였다.

복도 쪽에서 비명이 들려온 것은.

소란을 알아들은 학생이 복도를 엿보고, 한층 더 큰 비명을 지른다.

연쇄적인 비명이 이 교실로 점점 다가온다.

그리고,

──스윽.

교실 문에 하얀 손가락이 걸쳐졌다.

그러고서 한참 뜸을 들인 다음 불쑥 나타난 검은 무언가에 교실 전체가 굳었다.

회장은 이번에도 놀라 자지러졌다.

"……하아아……하아아……."

전신을 부들부들 떨고 몸을 질질 끌며 교실에 들어온 것은 히미코였다.

발목까지 내려오던 머리칼은 명치 부근에서 싹둑 잘려져

있지만, 앞머리가 여전히 길어서 표정을 엿보는 것조차 녹록치 않았다.

움직임은 진짜 사다코가 더 날렵하지 않을까 싶을 정도로 느릿해서, 오랫동안 구석에 공석으로 남아 있었던 본인의 자리에 도착할 때까지 상당한 시간을 요했다.

"히메코!"

린이 달려든다.

그리고 히미코는 교실 전체의 시선을 받은 상태에서 떨리는 목소리를 입 밖에 냈다.

"······나도······ 모리야마네 친구들과 밴드 하고······ 싶어서."

"린이라고 불러도 돼."

히미코한테 볼을 마구 비비는 린의 무서울 정도로 으스대는 얼굴을 마주친 회장은 한숨을 푹 쉬었다.

"······등교한 거 정도로 우쭐대기는."

불쾌한 감상을 내뱉은 회장은, 그러나 워낙 크게 놀랐는지 이다음 홈룸 시간 때는 기립도 하지 못해 린에게 엄청난 놀림을 받게 된다.

이렇게 또 하나 소동을 일으킨 후, 우리의 밴드는 내 기억대로 드럼을 맞이하게 되었다.

히미코, 역시 너는 강한 녀석이야.

린의 죽음에 큰 충격을 받고도, 망설이기만 하다 헛되이 보낸 일주일을 후회하면서도, '그래도 린과 만날 수 있어서 다행이야'라고 이별의 장에서 말할 수 있을 만큼. 도망만 다녔던 나와 다르게, 너는 나 같은 게 걱정할 필요가 없을 정도로 처음부터 강한 녀석이었어.

히미코가 등교를 결의해줄지 어떨지 불안했던 나는, 어쩌면 처음으로 히미코가 교실에 와준 것을 봤을 때보다도 더 큰 기쁨을 느꼈는지도 모르겠다.

2 이시다 로쿠로

히미코가 등교한 다음 날.

사장에게 인사도 할 겸, 곧장 연습에 들어가기 위해 악기점을 방문했다.

"헤~, 이 녀석이 드럼이냐?"

부들부들, 쭈뼛쭈뼛하는 히미코를 카운터 맞은편에서 사장이 졸린 눈동자로 품평하듯이 관찰한다.

등교 개시 이틀째에 이미 상당히 정신력을 소모한 히미코에게 사장의 거리낌 없는 시선은 꽤나 괴롭기도 할 것이다.

"뭐, 일단 연주해 봐."

사장이 임대 스튜디오의 금속 열쇠를 내밀었다.

뭐어, 결론부터 말하자면 좀 심했다.

드럼은 베이스와 아울러 밴드의 근간을 이루는 포지션인데 스튜디오에서 우리와 합주한 히미코는 이전의 연주가 환상이었던 것은 아닌가 하는 의심이 들 정도로 풋내기였다.

긴장해서인지 손은 바들바들 떨었고, 스틱을 여러 번 놓치는 추태를 보였다.

함께 연주해주는 것만으로도 커다란 진보지만, 히미코의 드럼은 방음실에서 혼자 두드리고 있을 때보다 확실히 퇴화한 상태였다.

장기간의 히키코모리 생활이 탈이 되어, 히미코는 남 앞에서 뭔가 하려고 하면 몸이 굳어버리는 체질이었던 것이다.

"휴식! 그리고 작전회의 타임!"

보다 못한 린은 손님이 거의 오지 않는 1층 카운터에 진을 치고, 어딘가에서 가져온 대량의 과자를 늘어놓았다.

"연주는 천천히 익히자! 일단은 우리 음악을 사람들한테 알릴 수 있는 수단을 궁리하자구!"

"그러려면 애초에 전제로서, 연주의 퀄리티가 좀 되어야지!"

담배를 피우면서 사장이 참견을 한다.

깜짝 놀라는 히미코를 지켜주듯이 안으면서, 린은 사장의 지적을 무시하고 말을 이었다.

"그런 이유로, 히메코가 우리의 연주를 편집해서 사이트에 올려줬으면 하는데 어때?!"

"……으음, 그건…… 가능한데요…….."

히미코에게 맡기면 이전에 생각했던 리스크를 낮춰서 동영상을 배포할 수 있을 것이다.

사람들 앞에서는 긴장해서 드럼을 칠 수 없다 하더라도 나중에 소리를 합성하면 들어줄 만한 것이 된다.

하지만 불특정 다수에게 인기를 얻으면 다른 리스크가 발생하지 않겠느냐는 이야기가 나왔다.

애초에 키타고에서 밴드 활동이 금지된 이유는 팬들 가운데서 행패를 부리는 패거리가 적잖이 나왔기 때문이다. 소음에, 대량의 쓰레기, 싸움 등의 트러블. 팬의 매개변수가 많았기 때문에 불만의 목소리도 많았고, 그것이 밴드 활동 금지로 이어졌다.

그렇기 때문에 무턱대고 이름을 알리는 건 피하는 편이 좋지 않을까, 하는 근심이 생긴 것이다.

그렇다고 해도 인기가 폭발한다는 전제로 이야기하는 린의 자신감에는 여전히 존경을 넘어서 기가 막힌다.

"인터넷이 안 된다면 CD로 구워서 뿌릴까!"

"돈 엄청 든다, 그거. 안 그래도 10만 엔이나 빚이 있는 너희한테는 힘겨울 거야."

사장의 현실적인 지적이 날아온다. 그리고 어째선지 빚이 늘어나 있었다.

"……프리 다운로드, 같은 건…… 어때요……?"

"바로 그거야, 히메코!"

히미코의 제안은 타당한 것이었다.

요즘, 인터넷상에 업로드한 음원을 다운로드해서 듣는 기기는 누구나 다 가지고 있다.

녹음하거나 편집하거나 하는 기기에 투자가 필요하지만, 그쪽은 자주 동영상을 올리던 히미코가 이미 갖추고 있어서 실질적으로는 공짜가 된다.

의논한 결과, 완전 프리 다운로드가 아니라 패스워드를 설정하고, 키타고 학생을 중심으로 지명도가 높아지도록 만든다는 결론에 이르렀다.

"그만큼 품을 들인다면 음원의 퀄리티도 상당히 높아야 겠군."

기분이 고조되고 있던 우리에게 사장이 담담하게 찬물을 끼얹었다.

"언제까지고 아니마토의 카피만 해댈 수도 없잖아."

이 시점의 우리에게 있어 그 말은 어떤 의미로 치명적인 지적이었다.

카피 밴드라는 길도 없는 건 아니지만, 그래서는 '우리의 밴드'라는 느낌이 영 나지 않는다.

다만 이에 대해서는 린도 진즉에 생각을 마친 모양인지 가방에서 노트북을 꺼내며 말했다.

"걱정 마! 문제없어! 이것 봐!"

표시되어 있는 것은, 연주는 다른 사람이 하지만 본인이 직접 만든 노래를 지속적으로 올리는 사람의 동영상 계정이 었다.

"……어떻게…… 그걸……, 으."

히미코가 노트북을 으스러뜨리러 덤벼든다.

드럼과는 다른 계정으로 노래도 만들고 있었던 모양이다.

히미코는 성장환경이 좋아서 그런지 어렸을 때부터 이것저 것 배운 모양이라 음악의 소질은 멤버 가운데 으뜸이었다.

"여기에다 히메코의 블로그에서 끌어온 시를 합치면 오

리지널 곡은 문제없—— 히메코, 숨 막혀!"

"……안 돼…… 그런, 재앙 수준의 망글을…… 세상에
내놓아선…… 안 돼……."

낭독하면 맑은 물이 탁해지고 대지는 갈라져, 오염된 대
기에 활력을 빼앗긴 사람들 사이에 역병을 만연시키는 내용
이라도 되는 걸까.

여하튼 곡에는 자신이 있는 것 같아서 공개NG는 하지 않
았다.

저 히미코가 자신 있어 하는 만큼 곡의 완성도는 상당했
고, 연주하기 굉장히 즐거운 것들뿐이었다.

시는 나중에 몰래 확인했다 후회했기 때문에, 아무래도
두 번 볼 마음은 들지 않았다.

사장이 오리지널 곡을 몇 갠가 들은 다음,

"그런데 베이스는 어떡할 거야?"

"……여차하면 사토시한테 겸임해 달래야지."

"아니, 당치않은 소리하지 마."

기타리스트가 베이스로 전향하거나 그 반대는 드문 일이
아니다.

그리고 사전에 어느 한쪽의 음원을 녹음해놓고 라이브 때
흐르게 하면 사실상 겸임도 가능할 것이다.

하지만,

"3개월 후에 있을 문화제를 목표로 지금부터 베이스까지

연습하는 건 아무래도 어렵단 얘기야."

거기에 무엇보다 베이스 기타를 새로 살 만한 돈이 없었다.

"서둘러 베이스를 찾는 편이 좋을 거야. 드럼과 함께 밴드의 중요한 부분임에도 불구하고 치는 사람이 적으니까."

사장의 말은 지당하다. 린은 주먹을 꽉 쥐었다.

"우수한 베이시스트는 변태! 변태를 찾자!"

"그거 편견이다."

아마.

알고 지내는 음악 관계자는 거의 없으니까 실제로는 잘 모르지만.

"애초에 변태를 찾자고 해도 그렇게 잘 풀릴 리가——."

"……그거라면……."

히미코가 갑자기 가게 입구를 향해 로켓 스타트를 끊었다.

다음 순간 "으아아아악!" 하는 신음 소리가 노상에서 울려 퍼졌다.

"……잡았다."

히미코가 그 괴력으로 붙잡은 것은 장신의 남자였다.

긴 앞머리가 달콤한 그 마스크를 반 정도 가리고 있다.

"……어제부터 계속 우리 주위를 얼씬거리고 있었어요……."

실은 이 '이시다 로쿠로'라고 하는 남자, 히미코가 동료가 되기 전부터, 일주일도 넘게 우리를 따라다녔다고 하는데, 다른 사람의 시선에 민감한 히미코이기에 눈치챈 것이다.

린이 소망하는 '변태'라는 조건에는 더할 나위 없이 딱이었다.

"좀 놓아주지 않겠어? 옷이 더러워지거든."

현행범으로 체포된 주제에 로쿠로는 당당했다. 혹시 우리가 잘못한 건가 착각해버릴 정도로 차분하다.

처음 이 장면을 맞닥뜨렸을 때부터 이 유아독존 태도에 짚이는 데가 있었던 나는 "경찰에겐 말 안 할 테니까 우리 밴드에서 베이스 안 할래?"라고 협박——아니, 권유를 시작한 린을 일단 제지했다.

"이 녀석으로 하지 말자."

"왜?"

막 전학 온 린이나 방에만 틀어박혀 지냈던 히미코는 알 도리가 없겠지만, 로쿠로는 키타고에서 제일가는 기인으로 소문이 자자한 남자였다.

180센티 가까운 신장에 연예인을 무색게 할 정도로 비주얼이 빼어나고, 무슨 일에도 동요하지 않는 마이 페이스는 성인(成人)의 품격을 띠어 숨을 쉬는 것만으로도 수많은 여학생을 들었다 놨다 하는 짜증나는 남자지만, 유감스럽게도 알맹이가 참으로 아쉽다.

소위 예술가 기질이라는 것으로, 작품의 퀄리티를 위해서라면 무엇이든 하는 스타일이다. 게다가 활력이 넘쳐서 다

이내 밀한 기행에 치우치는 일도 많아, 경찰과는 이미 낯익은 사이라고 한다. 초봄에는 무슨 생각이었는지 수영복 차림으로 시내를 폭주하다 경찰에게 "너라서 안심했다."라는 수수께끼의 말을 들었다고 하는 이야기까지 있었다.

또 그 성격은 독불장군이라고 해야 하나, 자기중심적이라고 해야 하나, 작품 제작을 우선하는 통에 학교 행사를 땡땡이치는 일은 일상다반사고, 협조성이라고는 일절 없다는 평판을 듣는 남자이기도 했다. 2학년 때 간 수학여행에서, 자유시간에 영감을 찾는다며 조에서 이탈, 행방불명되어 조장과 담임의 위에 구멍을 낸 사건은 너무나도 유명하다.

그래서 붙은 별명이 '반쪽 미남', '하이스펙 지뢰'로, 시내 여학생들에게 저 녀석은 꽝이라는 블랙리스트가 돌고 있다. 기이하게도 우리 역시 블랙리스트였지만, 친근감은 조금도 들지 않았다.

"그렇지 않아도 사고 쳐서 교감과 회장에게 눈총을 받고 있는데, 이런 불상사 종합세트를 어떻게 동료로 들이냐?"

"만나자마자 그건 실례잖아. 됐으니까 빨리 좀 놓아주지 않겠어?"

"으스대기는……."

아스팔트에 계속 쓰러져 있으면 남의 눈에 띄니까, 히미코가 단단히 붙잡아 가게 안으로 끌고 들어갔다.

둥근 의자에 앉히고, 도망갈 수 없게 둘러싼다.

"그래서, 왜 우리를 따라다니는 거지?"

"나도 그걸 잘 모르겠어. 어째선지 불현듯 마음에 걸려서 말이야."

말을 조금 주고받았을 뿐인데도 말이 통하지 않겠다는 생각이 드는 이 말투가, 이 녀석의 진짜 본바탕이라는 게 기가 막힌다.

"그보다, 나도 한가하지 않아. 작품의 마감이 가까워서 말이지. 어서 풀어주지 않겠어?"

심문, 사정청취와 같은 부류는 경찰을 상대하며 익숙해졌을 거다. 우릴 완전히 얕보고 있다.

"뭐 만들고 있는데?!"

그러나 이쪽도 밀리지는 않는다.

린이 흥미진진해하며 로쿠로에게 물었다.

"이번엔 조각이야."

로쿠로는 어렸을 때부터 회화, 조각, 도예 등 여러 분야에 걸쳐 활약 중이고, 관계자에게는 신동이라고 불리고 있었다.

조각이라는 말을 들은 린은 아이처럼 눈을 반짝이며,

"조각?! 보고 싶다!"

심문은 내팽개치고 갑자기 지른 소리에, 천하의 로쿠로도 당황했나 보다.

단순한 호기심임을 알고 있는데도, 린이 로쿠로를 반짝거리는 눈으로 보고 있으니 어두운 감정이 꿈틀댔다.

그것이 질투임을 깨닫자 자기혐오에 기분이 더욱 가라앉았다.

"어떤 걸까?!" 하고 흥분하는 린에게 응답하기 위한 별거 아닌 한 마디 한 마디를 짜내는 데에 나는 상당한 체력을 소모해야 했다.

악기점에서 네 명이 나란히 키타고로 돌아왔다.

"보통은 여기에서 작업하고 있어."

로쿠로가 안내해준 곳은 긁힌 문자로 미술준비실이라고 쓴 교실이었다.

수업에서 사용하는 미술실과 미술준비실은 따로 있기 때문에 처음엔 고개를 갸우뚱했지만, 아무래도 이곳은 더는 사용하지 않는 옛 미술준비실인 모양이다.

이 옛 미술준비실은 학교 본교사에서 조금 떨어진 특별교실동 구석에 있어서 인기척이 없었다.

지금은 방과 후이기도 해서 클럽활동을 하고 있는 학생들의 목소리가 들려오는데, 멀리서 들려오는 그 목소리가 왠지 슬픔을 조장하는 것 같다.

"지금 만들고 있는 건 이거야."

옛 미술준비실은 거의 로쿠로의 사적인 공간이 된 상태였다.

학교의 비품과 잡동사니로 꽉 찬 교실 안에 작업대가 있고, 그 주위에 용도를 알 수 없는 도구와 무언가의 자료가 어수선하게 놓여 있다. 로쿠로에게는 이게 가장 의욕이 생기는 배치라고 하지만.

"우오오오……."

작품을 직접 본 린이 눈을 반짝이며 신음한다.

로쿠로가 '제작 중인 작품 있음!'이라고 빨간 글씨로 커다랗게 쓴 종이를 붙인 골판지 상자에서 30센티는 될 법한 용의 조각을 꺼냈다.

비늘 하나하나, 수염 끝까지 섬세하게 조각된 게 당장에라도 움직이기 시작할 것 같은 약동감을 발한다.

"이걸 네가 만든 거야?!"

"물론이지."

"채용! 오늘부터 네가 베이스야!"

"야야야야잠깐잠깐잠깐잠깐."

"……으. ……으."

나만이 아니라 히미코도 부들부들 고개를 젓고 있다.

"왜 이 흐름에서 베이스가 결정되는 거야?"

"손가락이 쩌니까 그렇지. 변태이기도 하고."

채용 기준이 대충인 동시에 너무 아크로바틱하다. 무엇보다 문장이 저속하다.

"베이스라는 건 베이스 기타를 말하는 건가?"

우리의 내분을 훔쳐 듣고 있었는지, 로쿠로가 물었다.

"악기를 만진 적이 없어서 잘은 모르지만, 기타는 손가락 가죽이 두꺼워진다고 들은 적이 있어. 손끝의 감각을 바꾸고 싶지는 않아. 미안한데 너희의 러브콜에는 응할 수 없겠군."

"피크로 하면 돼!"

"들은 얘기로는 베이스는 손가락으로 튕기는 쪽이 좋다 던데?"

"그래?!"

린이 나를 돌아본다.

"사람에 따라 다르지. ……뭐, 피크로 치는 게 수준 낮게 보이기 십상이라는 건 들은 적 있지만 말이야."

"어쨌든 나는 음악을 듣는 쪽이 전문이야. 이 녀석에게서 눈을 뗄 수도 없고 말이지."

로쿠로가 용의 조각을 작업대에 살며시 놓았다.

이 조각을 출품할 예정인 콩쿠르가 로쿠로의 진로에 크게 관계되어 있다고 한다.

그런 말까지 들은 이상 히미코 때처럼 막무가내로 밀어붙일 수도 없어 린은 "으으으." 하고 물러났다.

"그, 그래도, 마음이 변할지도 모르니까 그때는 언제든지 얘기해줘!"

린이 체념하지 못하고 끈질김을 발휘했을 때였다.

"또 너희니……."

등 뒤에서 날아온 어처구니없어하는 목소리는 회장의 것이었다.

"우왓, 떴다!"

린이 실례되는 리액션을 보였고, 히미코는 순식간에 옛 미술실 쪽으로 도망쳐 숨었다.

"설마, 너희의 장난에 이시다까지 끌어들일 생각이야?"

회장은 여름방학 전에 있을 전교 집회에서, 봄 콩쿠르에서 입상한 로쿠로를 표창하는 절차를 확인하기 위해 이곳에 온 것이라고 했다.

"이시다는 실적도 있고, 학교에서도 활동을 인정하고 있는 인물이야. ……뭐, 소행에 다소 문제가 있는 것 같지만, 너희와는 달리 진지하게 임하고 있는 사람을 방해하지 말도록."

린이 "무슨 소리를!" 하고 반격할 겨를도 없이 우리는 옛 미술준비실에서 쫓겨났다.

"진짜~ 조금만 더 하면 동료로 만들 수 있었는데!"

"아니, 그건 아니다만."

옛 미술실에서 웅크리고 있던 히미코도 회수하고, 우리는 터덜터덜 도망쳐 돌아왔다.

그러고 나서 다시 일주일 뒤.

여름방학이 목전에 다가온 그 무렵, 우리는 어떤 의미에서 베이스 찾기나 음원 배포보다 더 절박한 과제에 직면해 있었다.

고등학교 3학년의 여름방학 직전.

그런 시기에 실시되는 삼자면담은 일부의 야무진 애들을 제외하면 상당히 마음 무거운 행사다.

삼자면담 당일, 나는 등교 전부터 풀이 죽어 있었다.

7월 삼자면담은 이미 한 번 경험했으니까 면담 자체는 그다지 큰 문제가 아니었다.

내 성적에 두 손 든 담임과 내 존재에 수건을 던진 어머니의 잡담을 가장한 밑도 끝도 없는 저격을 듣고 흘리면 끝나는 이야기니까.

문제는 린과의 별거 아닌 대화 속에 있었다.

"그럼, 이따 봐. 이시다 건, 잘 부탁할게."

"응."

면담이 끝난 나와 교대해서, 이번엔 린이 교실로 들어갔다.

그 뒷모습을 배웅한 뒤, 나는 그대로 복도에 우두커니 서 있었다.

"……."

린은 어떤 기분으로 선생과 장래에 대해서 이야기하는 걸까.

그런 생각이 뇌리를 스치자 가슴이 아팠다.

"응? 사토시?"

교실에 들어간 줄 알았던 린이 불쑥 문이 있는 곳에서 나를 엿보고 있었다.

아차, 싶었다.

원래대로라면 바로 옛 미술준비실로 향해야 했었는데.

"왜 그래? 교실에서 처음 만났을 때처럼 흉악한 악당 얼굴을 하고 있는데?"

"……무슨 소린지."

나는 얼버무리면서 린에게서 얼굴을 돌리고 빠르게 미술실로 향했다.

나와 린은 이 상황에서 이런 대화는 나누지 않았으니까 바로 끝을 맺어야 할 것 같았다.

"있잖아."

내 등 뒤에 린의 목소리가 닿았다.

"사토시는, 나랑 있는 게, 역시 싫은 거야?"

기억에 없는 린의 말, 불안하게 들리는 그 음성.

그럴 리 없다고 외치고 싶어지는 걸 참기 위해서, 한 박자 틈이 생기고 말았다.

"……이제 와서, 무슨 바보 같은 소릴 하냐?"

당시의 나라면 어떻게 대답할까 고민하다 나온 말은 적잖이 흔들리는 것이었다.

하지만 표정만큼은 필사적으로 웃는 얼굴로 꾸미면서 뒤

로 돌아, 린을 똑바로 쳐다봤다.

린이 안심한 듯 미소 짓는 걸 확인한 다음,

"됐으니까 빨리 면담하러 들어가. ······로쿠로를 설득할 시간이 줄어들잖아."

"앗, 그렇군!"

내 말에 린은 교실로 쑥 들어갔다.

······뭐였던 거야, 지금 거는.

마음이 조금 가라앉자, 아까의 위화감이 새삼 느껴졌다.

린의 불안해 보이는 태도.

린이 그렇게 소심하게 남의 눈치를 살피고 그러는 녀석이었나.

타임 리프 직후에 거리를 두려고 한 일이 이제 와서 영향을 주고 있는 걸까, 그렇지 않으면 내 태도가 어딘가 이상했던 걸까.

어느 쪽이든 방심은 금물이다.

사소한 순간에도 긴장을 늦출 수 없다. 내가 린의 수명을 알고 있다는 것과 좋아하는 감정을 품고 있는 걸 알 수 없게끔 신중하게 행동하지 않으면 안 된다.

다시금 스스로를 훈계하면서 나는 옛 미술준비실로 발걸음을 옮겼다.

내가 옛 미술준비실로 향한 것은 린의 지시에 따른 것이었다.

도통 체념할 줄 모르는 린이 '일단 자주 찾아가서 호감도를 올려놓자!' 고 해서 틈만 나면 로쿠로가 있는 곳에 얼굴을 내미는 상황이 되었기 때문이다.

마감이 얼마 남지 않은 로쿠로의 입장에서는 삼갔으면 하는 행동이겠지만, 이상하게 귀찮아하는 일은 없었다.

이날은 린과 히미코가 내 다음으로 면담을 하기 때문에 나만 한발 앞서 로쿠로를 찾아오게 되었다.

옛 미술준비실 앞에 도착하니 문이 조금 열려 있었다.

원래대로라면 여기서 '이봐~, 로쿠로' 하고 불러야 하지만, 안에 있는 인물이 만에 하나라도 알아채버리면 과거가 바뀌어 버릴지도 모르므로, 나는 문틈으로 안을 살피기만 했다.

옛 미술준비실 안에는 로쿠로가 아니라 회장이 있었다.

창가에 혼자 우두커니 서서 멍하니 바깥 풍경을 바라보고 있다.

평소의 날카로운 분위기는 없고, 눈동자는 무기력하게 가늘어져 있었다.

울적한 듯이 한숨을 쉬고는,

"힘들다……."

하지만 계속 그러고 있을 수는 없다는 결론에 이르렀는

지, 다시 한 번 크게 숨을 쉰 다음 평소처럼 표정을 다잡고 내 쪽을 향했다.

시선이 마주쳤다.

"꺄아아아아아아아아악?!"

회장은 성대한 비명을 지르고 요란하게 나자빠졌다.

쌓여 있던 골판지 상자와 무언가가 무너져 회장이 파묻혔다.

"괜찮아?!"

로쿠로의 작업대, 작품이 들어 있는 골판지 상자는 무사했지만, 회장의 상태는 지독했다.

황급히 일으켜 세우려고 하는데, 회장이 내 손을 쳐냈다.

"혼자서 일어날 수 있어."

하지만 아직 진정되지 않았는지 일어서면서 기대고 있던 골판지 상자에 붙어 있던 종이를 벗겨내며 다시 나자빠지고 황급히 다시 붙이는 등의 추태를 거듭했다.

이 종이를 지금 어떻게든 해두면 그런 성가시고 해결할 수 있을지 의심스러운 트러블이 일어나지 않고 끝날 테지만, 모르는 척을 할 수밖에 없었다. 로쿠로를 동료로 맞이하기 위해서는 여느 때와 마찬가지로 흐름에 몸을 맡기는 게 가장 확실할 것이기 때문이다.

"네가 그 악당 같은 얼굴로 틈을 통해 엿봐서 이렇게 된 거야!"

회장이 얼굴을 붉히고 노려보기 시작했다.

"미안하대도. 하지만 왠지 말 걸기 어려운 분위기였어."

'어디부터 봤어?' 라고 묻지 않는 걸 보면 일부러 무덤을 팔 생각은 없나 보다.

"애초에 왜 이런 곳에 있는 거야?"

"……일 때문에. 문제가 좀 생겼거든. 종업식 순서가 바뀔 것 같아서 이야기를 하러 온 건데, 삼자면담 시간이랑 겹친 모양이네."

이 이상 이야기할 것은 없다는 듯 회장은 나를 밀치고 복도로 도망쳤다.

그 뒤에다 질문을 던진다.

"너, 취미 같은 거 있냐?"

"무슨 소리야, 갑자기?"

"아니, 스트레스 발산이라든가 하고 있나 싶어서."

"쓸데없는 참견은."

회장은 이런 때에도 착실해서, 결코 달리는 일 없이 **빠른** 걸음으로 시선에서 사라져버렸다.

"……."

스트레스를 착착 쌓고 있는 회장을 내버려둘 수밖에 없는 게 안타깝다. 게다가 이것은 문화제 라이브를 확실하게 성공시키기 위해, 결국은 린을 위해서 회장을 버리는 것과 같은 선택이다. 좋고 싫고를 떠나 죄악감이 가슴을 찌른다.

하지만 조금 전 린과의 사건처럼 사소한 순간에 과거가 바뀌어 식은땀을 흘리는 일도 있는 만큼 섣불리 나설 수는 없었다.

그런 생각을 하고 있는데 회장과 교대하듯 린이 달려왔다.

"내 말 좀 들어봐, 사토시! 아무 짓도 안 했는데 방금 회장이 째려봤어!"

"또 네가 이상한 짓 한 거 아냐?"

"생트집 잡지 마!"

린의 음성도, 표정도 기억에 있는 그대로다. 조금 전의 대화가 꼬리를 남기지 않은 것 같아 안도가 된다.

불만을 토로하는 린에게 로쿠로가 면담 중이라서 없다는 걸 알리고, 우리는 잠시 후 다시 오기로 했다.

히미코의 면담이 끝날 때까지 린과 식당에서 밥을 먹으며 시간을 때우고, 히미코를 데리러 간 다음 옛 미술준비실에 돌아왔을 때였다.

옛 미술준비실 앞이 뭔가 소란스럽다.

문 앞에는 회장과 교감이 각자 금강역사 동상 같은 아형(阿形))과 훔형(吽形)을 연상케 하는 자세로 서 있었고, 그 옆에 슈트 차림의 장년 남성이 서 있었다.

주위에는 소란을 듣고 온 듯한 학생도 몇 명인가 있어 삼엄한 분위기를 풍겼다.

그때 우리를 본 교감이 "세 사람 다 이리 오도록." 하고 고압적인 말투로 입을 열었다.

"이시다 군의 작품이 어디 갔는지 짚이는 데 있나요?"

그 한마디로 대강의 사정을 알 수 있었다.

로쿠로의 작품이 분실되었다는 것도, 우리가 의심받고 있다는 것도.

"설마 없어진 건가요?"

"시치미를 떼네."

회장이 팔짱을 끼고 우리를 노려본다.

"내가 돌아간 다음 너희가 숨긴 거 아니야?"

"그런 짓 안 해! 애초에 그럴 이유가 없잖아!"

린이 격렬하게 따졌으나,

"또 모르지. 작품이 없어지면 일이 쉬워질 거라 생각했을 수도 있으니까."

지독한 누명이 돌아왔다.

하지만 로쿠로도, 회장도 돌아간 다음에 옛 미술준비실에 있었던 건 분명히 우리뿐이니 상황적으로는 극히 의심스럽겠다.

우리가 로쿠로에게 밴드를 권유하기 위해서 옛 미술준비실을 들락거렸던 것은 회장한테도 탄로 나 있었고, 무엇보다 우리에겐 여러 전과가 있어서 교감이 가진 인상도 최악이었다.

"여러분의 처우에 대해서는 담임선생님과 이야기하도록 하지요."

교감은 반론을 허락하지 않는 어조로 선을 긋고, 우리를 어떻게 요리할지 상담하러 담임과 함께 떠나갔다.

교감과 회장의 태도를 본 구경꾼 학생들도 '저 녀석들, 사고 쳤구만.' 이라고 말하는 듯한 표정으로 저마다 뿔뿔이 흩어져버렸다.

과거에 이미 한 번 경험했던 분위기지만 역시나 거북하다.

"……못 찾겠어."

로쿠로가 자기 반 담임과 함께 준비실에서 나왔다.

"주의사항까지 써 붙여서 보관하고 있었는데."

로쿠로에게 자세하게 사정을 들으려고 했을 때, 뒤에서 누군가가 말을 걸었다.

뒤돌아보니, 곤혹스러운 표정을 한 교직원 아저씨가 서 있었다.

회장이 사정을 이야기했더니 아저씨는 깜짝 놀란 얼굴이 되어서,

"……설마 그 골판지 상자가." 하고 탄식했다.

로쿠로가 "짚이는 데가 있나요?" 하고 다가서자, 아저씨가 수긍한다.

아저씨는 조금 전에 전부터 부탁받았던 옛 미술실의 쓰지 않는 물건을 정리해서 버렸다고 했다.

로쿠로는 옛 미술실을 작업장으로 사용하는 대신에 정리와 청소를 하기로 돼 있었는데, 정리를 하다가 잡동사니와 작품이 뒤범벅되어 버린 게 아닌가 하는 이야기였다.

"그럴 리가 없어……. 주의사항을 적은 종이를 똑바로 붙여놨을 텐데."

"예에, 그래서 그 상자만은 남겨 두었는데……."

로쿠로가 남아 있는 골판지 상자를 확인했다. 내용물을 조사하려고 열어놓았던 뚜껑을 닫자, 거기에는 분명히 언젠가 본 '제작 중인 작품 있음!' 이라고 빨갛게 쓴 종이가 붙어 있었다.

그것을 본 회장의 새파래진 얼굴이 시야 가장자리에 들어왔다.

"로쿠로, 네 녀석 소행 아니냐?"

하고 엉뚱한 사람을 의심한 것은 조금 전까지 한마디도 하지 않았던 장년의 남성이었다.

바로 로쿠로의 부친이다.

삼자면담 중 로쿠로의 작품에 관한 이야기를 하다가 담임과 이곳까지 온 모양이었다.

"작품에 자신이 없었던 거겠지."

"아니야. 그렇지 않아."

부친에게 맞서는 로쿠로는 어딘가 힘이 없어 보였다.

"사고로 작품이 분실되면 재능이 고갈된 것을 드러내지

않고서 끝낼 수 있을 줄 알았냐? 진로를 정할 때까지 시간이라도 벌 수 있을 줄 알았어?"

"아버지, 아니야. 나는 그런 생각 안 했어."

"글쎄다. 작품이 분실된 걸 알았을 때, 너는 왠지 안심한 것 같은 얼굴을 하고 있었다만."

"……."

로쿠로의 부친은 로쿠로를 일방적으로 비난한 후 등을 돌리고는 담임의 등을 밀었다.

"작품도 없어졌으니, 졸업 후의 진로에 대해서 다시 상담하죠. 뭐어, 거의 확실하게 우리 회사에 들이게 되겠지만요."

담임과 함께 계단 아래로 사라진다.

로쿠로는 가만히 서 있다가 그 뒤를 힘없이 따라갔다.

"잠깐만!"

그걸 불러 세운 건 린이었다.

"아직 늦지 않았을지도 몰라!"

하지만 청소차가 학교를 떠나고 상당히 시간이 지나서 이미 집하장에 도착했을 거라는 게 교직원 아저씨의 견해였다.

"그 집하장에 가서 찾으면 나올지도!"

터무니없는 소릴 하는 린을 보며 로쿠로가 힘없이 웃었다.

"이제 됐어."

로쿠로의 작품은 요 1~2년 동안 이렇다 할 평가를 받지 못하고 있었다.

회장이 전교 집회에서 표창한다고 했던 콩쿠르도 상당히 문턱이 낮은 대회로, 그때까지 로쿠로가 수상해온 대회에 비하면 아무리 봐도 그것들만 못한, 말하자면 재활과 같은 수준이었다는 모양이다.

그리고 이번 조각으로 전국적인 콩쿠르에서 수상을 못 하면 미련 없이 부친이 근무하는 미술상에 낙하산으로 입사한다는 약속이 되어 있었다.

로쿠로는 일의 성격상 무시할 수 없는 심미안을 가진 부친에게서 '신동이었던 것은 과거의 이야기', '독선적이고 수준 낮은 작품', '이런 걸로 먹고살 수 있을 리가 없다' 같은 혹독한 평가를 받고 있었다.

"……사실 아버지 말대로, 나는 조금 안심하고 있었어. 나도 솔직히 그걸로 입상할 수 있을 거라곤 생각하지 않았으니까."

"그래도——."

"이제 그만 놔줘라."

여전히 물고 늘어지는 린에게 로쿠로는 등을 돌린다.

"그렇게 염려해줘도 나는 밴드 멤버가 될 생각은——."

그때였다.

린이 신장 차도 무시하고 로쿠로의 어깨를 잡고서 억지로 우리 쪽을 향하게 했다.

놀라는 로쿠로에게 린이 소리친다.

"그게 지금 무슨 상관이야!"

린은 화를 냈다.

로쿠로를 호되게 꾸짖는다.

"입상을 못 한다고 해도 그 작품은 계속 남을지도 모르는 거야! 만약 네가 내일 죽더라도 너 대신 영원히 남을지도 모르는 거라구!"

내 뇌리에, 음악 플레이어를 통해 울려 퍼지는 린의 노랫소리가 되살아난다.

영원히 남는 것.

그 사람이 살았다는 증거를 새기는 것.

그것을 남기려 하고 있는 린에게 있어, 그것을 버리려 하고 있는 로쿠로는 결코 용서할 수 없는 존재였을지도 모른다.

"사토시, 히메코, 가자!"

"……진심으로 하는 소리냐?"

내가 천연덕스럽게 묻자, 린은 이미 달리기 시작하면서,

"당연하지! 나는 무엇 하나 후회하고 싶지 않아! 절대로! 마지막까지!"

린은 언제나 진심이었다. 온 힘을 다했다.

그 올곧음은, 내가 좋아했던 린의 강함은, 저 아이가 자신의 수명이 얼마 남지 않았음을 자각하고 있었기 때문인지도 모른다.

그렇다면 내가 린에게 끌린 까닭은, 린이 죽는다고 정해

져 있었기 때문인 셈이 되는 걸까.

그거야 뭐, 이제 와서 생각한들 어쩔 수 없는 일이긴 하지만.

"너희, 무슨 짓을……."

새파란 얼굴로 서 있던 회장이 달리기 시작하는 우리를 불러 세웠다.

"회장이 씌운 누명을 풀러 가는 거야!"

그 말은 린에게는 대수롭지 않은 보복에 지나지 않았을 것이다.

하지만 이때의 회장에게는 매우 깊숙이 박혔을 게 틀림없다.

그렇게 나와 히미코, 콧김을 쉭쉭거리는 린, 이렇게 세 명은 멍하니 있는 회장도, 비틀거리며 삼자면담을 하러 가는 로쿠로도 거들떠보지 않고 바보처럼 쓰레기 처리장을 향했다.

"그러고 보니 린. 너, 자전거 없어?"

키타고는 자택이 학교에서 2킬로 이상 떨어진 학생에 한해 자전거 등교를 허가하고 있다.

자전거 등교를 하는 나와 히미코는 주차장에서 애마를 꺼내와 올라탔는데, 린은 처음의 기세는 어디 갔는지 교문 바로 옆에 있는 주차장 앞에서 따분해하고 있었다.

"그게, 난 도보 통학이라."

사장의 거처에 갈 때도 린은 항상 도보였다.

"그럼 같은 반 애한테 자전거 빌려 올게. 잠깐 기다리고 있어."

"됐어, 그건. 없어도 괜찮기도 하고, 좀, 미안하잖아."

거동이 영 수상하다. 뭔가 걸리는데.

결말을 알고 있어서 조금 내키지는 않았지만, 나는 자전거에서 내려 린에게 내밀었다.

"타볼래? 높이 조절해줄 테니까."

"……."

린이 침을 꿀꺽 삼키고 자전거에 올라탄다. 털썩. 쓰러졌다.

"못 타면 못 탄다고 처음부터 말해."

"탈 수 있을 줄, 탈 수 있을 줄 알았지."

울상 짓는 린의 손을 잡아당긴 것은 히미코였다.

"……뒷자리, 탈래요……?"

솔직히 이건 내가 할 일이 아닌가 하고 당시에도 생각했었지만, 실제로는 히미코에게 맡겨서 다행이었다.

히미코가 린을 태우고서도 나보다 빠르고, 나보다 안전하게 운전했기 때문이다.

녀석하고 나는 단련된 수준이 다르다.

그렇게 우리는 서둘러 쓰레기 처리장을 향했다.

자전거 하나에 둘이 탄 것에 대해서는 긴급 상황이었다고 말해, 모두 눈을 감아주기로 했다.

──자, 여기서부터가 진짜 고비야.

"우와……."

그 쓰레기 처리장은 시가지에서 떨어진 산골짜기에 있었다.

도착한 무렵에는 날이 완전히 저물어서 산더미같이 쌓인 재활용 쓰레기의 산이 어둠 속에서 더욱 진한 형체가 되어 그 윤곽을 드러내고 있었다.

"이 안에서 찾는 거냐?"

꽉 찬 듯한 지독한 냄새에 얼굴을 찌푸리면서 나는 말했다.

린의 열의에 져서 이곳에 들어오게 해준 직원이 오늘 이곳으로 반입된 쓰레기가 있는 부근을 가르쳐줬지만, 그 일각만으로도 정신이 아찔해질 만큼 엄청난 양이었다.

이 안에서 다시 한 번 로쿠로의 작품을 찾아내는 기적을 일으킬 수 있을까.

히미코가 학교에 등교해줬을 때보다도 불리한 내기에 벌써부터 불안하여 견딜 수가 없다.

조각을 찾은 대강의 장소는 기억하고 있지만 진짜로 또

찾을 수 있을지는…….

"좋아! 시작하자!"

그렇다고 망연자실해 있을 수도 없는 노릇.

손전등을 휘두르는 린의 신호에 맞춰 우리는 탐색을 개시했다.

날이 밝자, 여름의 태양이 힘차게 동쪽 하늘을 뛰어올라 순식간에 꼭대기에 도달해 있었다.

밝아져서 찾기 쉬워졌어! 하고 떠들어댄 건 처음뿐이고, 여름의 햇살은 우리의 체력을 착착 빼앗아갔다.

무조건 찾아야만 한다는 중압감, 타임 리프 이전에 조각을 찾아냈던 장소를 아무리 뒤져도 나오지 않는 조바심 때문에 나는 기억에 있는 것보다도 훨씬 더 일찍 지치기 시작한 상태였다.

하지만 린을 위해서라도 포기할 수는 없어서 이를 악물고서 필사적으로 쓰레기를 치웠다.

체력에는 자신이 있다던 히미코도 오랜 기간의 히키코모리 생활로 직사광선에 약해진 탓에 나와 마찬가지로 숨을 헐떡이기 시작했다.

도중에 조달한 도시락을 먹으며 휴식, 수분도 충분히 보충한 다음 탐색을 재개한다.

우리 가운데 가장 체력이 없음에도 가장 정력적으로 쓰레기를 뒤지는 건 린이었다.

"애들아, 슬슬 그만하지 그러냐?"

보다 못해 다가온 것은 어젯밤 우리의 고집을 꺾지 못하고 들여보내 준 직원 아저씨였다.

"오늘 들어오는 쓰레기는 조금 떨어진 곳에 버리기로 해서 괜찮다만, 그게 문제가 아니라 너희가 쓰러질 것 같아."

아저씨는 손에 과자와 주스를 들고 와서는 진심으로 우리를 막을 생각은 없는지 얼굴은 웃고 있었다.

"고맙습니다! 그래도 조금만 더 찾을게요."

린은 더러워진 뺨을 닦으면서 머리를 숙였다.

괜찮아. 이제 곧 찾을 수 있을 거야.

날이 저물기 시작할 무렵에는, 틀림없이.

터무니없는 쓰레기 산을 앞에 두고 포기할 것만 같은 자신을 그렇게 타이른 나는, 기도하듯이 쓰레기를 계속 치웠다.

하지만 기도는 이루어지지 않았다.

완전히 날이 저물어 버렸음에도 불구하고 조각은 도무지 나올 기미가 없다.

"……젠장."

조바심이 입 밖으로 튀어나오기 시작했다.

시가지 전역의 쓰레기를 모으는 이 집하장은, 말하자면 내가 이전에 보낸 시간축과의 사소한 차이가 전부 축적되어 있는 것 같은 장소다. 조각이 묻혀 있는 위치도 바뀌어버린 걸지도 모른다.

그리고 좀 더 말하자면, 나는 이 집하장에서 과거와 완전히 똑같이 수색할 수 없었다. 내 움직임이 바뀌면 린도, 히미코도 찾는 범위가 바뀔 테니까.

그런 작은 차이가 쌓이고 쌓인 결과인지, 용의 조각은 아무리 시간이 지나도 발견되지 않았다.

린은 조금도 포기하지 않고 열심히 쓰레기 산을 뒤지고 있었지만, 체력의 한계가 가까운지 그 움직임은 몹시 완만해져 있었다.

이렇게 되면 내가 아니어도 된다. 빨리 용의 조각을 찾아 줘.

그렇지 않으면 로쿠로가 동료가 되는 흐름이 바뀌어 버릴지도 모른다.

간절히 기도하면서 커다란 냉장고를 치웠을 때였다.

"앗!"

나도 모르게 목소리가 높아졌다.

수많은 쓰레기 속에, 손전등의 빛을 받아서 희미하게 빛나는 것이 보였다.

내가 낸 소리를 민감하게 감지한 린이 히미코를 데리고

쏜살같이 다가온다.

셋이서 근처에 있는 쓰레기를 신중하게 치운다.

그러자 그날 로쿠로가 보여준 훌륭한 용의 얼굴이 부자연스러운 각도로 조금씩 보이기 시작했다.

"다행이다⋯⋯."

저절로 말이 새어나왔다.

기억에 있는 것보다 훨씬 늦어지고 말았지만 이만하면 분명 오차 범위 안일 거다. 이걸로 로쿠로도 동료로──.

"해냈다아아아아아아아!"

"윽?!"

그것은 완전히 불의의 습격이었다.

과거의 기억에 없는 사건이었던 데다 무엇보다 조각을 찾아서 맥이 빠져 있었다.

린이, 나한테 달려들었다.

린도 맥이 빠진 건지 껴안는다기보다 힘없이 기대는 듯한 느낌이었고, 나는 정면에서 그런 린을 받았다.

"⋯⋯윽!"

린의 연약하고 가녀린 몸이, 그럼에도 불구하고 태양처럼 달아오른 따뜻한 몸이, 얇은 하복을 사이에 두고 거기에 있었다. 린의 가느다란 양손이 등에 둘러져 셔츠를 꼭 쥐었다.

겨울의 그날, 손등이 정말 살짝 닿았을 뿐인데도 그토록 가슴이 설레어서 제대로 말도 못 했었는데.

땀투성이가 된 린은 그때보다도 훨씬 강렬한 존재감과 함께 거기에 있었고, 향기로운 냄새가 머릿 새하얗게 만들었다. 린이 내 가슴 언저리에 얼굴을 묻고 있어, 뜨거운 한숨이 옷에, 피부에 스며들었다.

몸이 제멋대로 움직일 것만 같았다.

라이브 공연장에서 돌아오는 길에 느낀 것보다도 훨씬 세게, 린을 껴안고 싶었다.

지금까지 감정을 억제하고 냉정하게 있으려고 했었던 것에 대한 반동인 걸까. 치미는 충동이 거의 반사적으로 몸을 움직이려 했다.

하지만 그 폭발할 것 같은 충동이 몸을 움직이게 하려는 것과 동시에 나의 뇌리에서 '나가!' 하고 외치는 린의 얼굴이 떠올랐다.

"……으윽."

린의 등에 두르려고 한 팔이 린의 양어깨로 그 목적지를 바꾼다.

그럼에도 더욱 급격하게, 자꾸 부풀어 오르는 린을 향한 마음을 억누르면서 린의 양어깨를 딱 잡았다.

목구멍이 조여져서 가냘픈 소리가 새어 나왔다.

이대로 린의 어깨에 닿아 있으면 좋았을지도 모른다.

하지만 린을 껴안고 싶은 본능적인 감정과 들떠서는 안 된다는 사명감과도 비슷한 이성이 몸속에서 날뛰며 당장에라도 몸 안에서 터져나갈 것 같았다.

괴로워서, 기뻐서, 힘들어서, 사랑스러워서 울음이 터질 것만 같았다.

머리도, 마음도 상반되는 감정의 격류에 휩쓸려 완전히 혼란에 빠져 있었다.

그리고, 린의 어깨를 잡고 있었던 양손이 아주 조금 움직였다.

"앗."

린이 당황하는 듯한 목소리를 냈다.

내 양손은 살며시 거절하듯이 린의 몸을 되돌려놓고 있었다.

정말로 미약한 흐름이었다.

"어어, 미안……. 내가 좀 까불었지."

"……린."

린의 대사는 과거에 들은 적 없는 것이었다.

그 말에는 그냥 내버려둘 수 없는 불온한 낌새가 배어 있어, 나는 무심코 린의 이름을 부르고 말았다.

방금 그건 오해라고 설명하고 싶었다.

하지만 그로 인해 과거가 어떻게 뒤틀릴지 상상할 수 없어서 허둥대고 있는 사이에 히미코가 "……이거……." 하고 린의 소매를 당겼다.

갑자기 범하고 만 나의 실수를 아랑곳하지 않고 과거는

담담히 흐른다.

히미코가 가지고 있던 것은 몸을 잃은 용의 머리였다.

"세상에······."

린이 일변해서 어두운 표정을 지었다.

반대로 나는 기억에 있는 흐름으로 돌아온 것을 내심 안도하며 가슴을 쓸어내렸다.

이 시점에서 용의 조각은 이미 파손되어 다섯 개로 나뉜 상태이기 때문이다.

린이 순간적으로 울상을 지었지만 바로 회복하고 말했다.

"다른 부분도 분명히 근처에 있을 거야! 라스트스퍼트! 파자, 파자!"

린의 구호에 따라 다시금 쓰레기 산을 파헤친다.

내게 안겨든 린의 온기. 내가 거부하여 충격을 받은 것 같은 린의 표정.

마음을 어지럽히는 정보를 머리 구석으로 쫓아 보내기라도 하듯 나는 죽어라 몸을 움직였다.

그 후 우리는 그다지 시간을 들이지 않고 뿔뿔이 흩어진 용을 과거의 전개와 같이 찾을 수 있었다.

"······진짜로 찾아내다니. 그때부터 밤새도록······."

"이미 부서진 상태지만······."

우리는 찾아낸 용의 조각을 로쿠로의 집까지 직접 가지고 갔다.

돌아가는 길은 우리의 몸 상태를 걱정한 아저씨가 자전거까지 차에 싣고 태워다주었다. 몇 번이고 감사 인사를 하고 조금 전 헤어진 참이다.

"콩쿠르에는 이제 낼 수 없지만, 지금의 이시다가 가득 차 있는 물건이니까."

"……아냐."

로쿠로는 잠시 안쪽으로 들어갔다가 셀로판테이프를 가지고 돌아왔다.

그리고 그 테이프로 천천히 용을 복원하기 시작했다.

"야, 그거 말고 다른 거 있잖아, 접착제라든가."

"아니, 이거면 돼."

내 항의에 로쿠로는 만족스럽게 웃으며 대답했다.

"이걸로 콩쿠르에 낼 거야."

"제정신이야?"

다소 촌스러운 질문이었을지도 모른다.

로쿠로는 씨익 웃었다.

"아버지 말대로 나는 지금까지 혼자 너무 고집을 부리고 있었던 걸지도 모르겠어."

로쿠로의 작품은 결국 콩쿠르에서 입선하지 못했다.

입선은커녕 이유도 설명하지 않고 말도 안 되는 보수를

해서 출전했다는 이유로 큰 빈축을 샀다고 한다.

후일, 사장의 악기점에서 베이스 기타를 구입했을 때 로쿠로는 당돌한 미소를 지었다.

"독선적인 작품은 그걸로 마무리할 생각이야."

여전히 무슨 소릴 하고 있는 건지, 무슨 생각을 하고 있는 건지, 잘 모르겠는 녀석이다.

잘 모르겠다고 하니 하나 더 떠오르는데, 로쿠로는 대충 보수한 이 조각을 3개월 후 장례식장에서 나에게 억지로 떠맡겼다. '부서져도 남는 건 있을 거야.' 라면서.

회장이나 히미코와 다르게 그 이후 로쿠로가 내게 연락하는 일은 없었다.

하지만 회장이 말하길, 수험공부에 지장이 생길 정도로 매일 거르지 않고 베이스 연습을 하고 있다는 것 같았다.

무슨 생각을 하고 있는지 잘 모르겠다. 짚이는 데가 없어서 밴드에 대한 애착이 있는 건지조차 명확히 알 수 없었다.

하지만 어쩌면 로쿠로는 반년 후의 세계에서 밴드가 부활하기를 누구보다도 바라고 있을지도 몰랐다.

3 칸노 에이코

쓰레기 처리장에서 과거와 다른 사건이 일어난 것에 대해서 잠시 고민했지만, 특별히 다른 문제가 발생하는 일도 없이 우리는 문화제를 향해 순조롭게 걸어 나가고 있었다.

린의 태도도 그때로부터 바뀐 점 없이 기억에 있는 천진난만한 모습 그대로다. 쓰레기 처리장에서 린이 상처 입은 것 같은 표정을 지은 것은 역시 내 착각이었나 보다.

일찌감치 그렇게 결론을 지은 나는 몇 번이고 스스로를 그렇게 타일렀다.

더 나아가 나는 지금까지 이상으로 한결 신중하게 과거의 자신을 모방하고 있었다. 쓰레기 처리장에서 린이 날 껴안은 이후, 제동을 걸 수 없게 될 것 같은 감정을 억누르기 위해 한층 더 강하게 자신을 다스릴 필요가 있었기 때문이다.

그날도 과거의 모습대로 시간은 흐르고 있었다.

"멤버가 네 명 모였으니까 오늘은 중대한 이야기가 있습니다!"

로쿠로의 멤버 가입이 결정되고, 여름방학을 목전에 앞둔 그날.

우리는 린의 호출로, 사장이 지독한 숙취라는 이유로 휴업 중인 악기점에 모여 있었다.

린이 레모네이드를 들며 당당하게 선언한다.

"오늘 이곳에서 밴드명을 정할 거야!"

"아직 정하지 않았던 거야?"

로쿠로가 산 지 얼마 안 된 베이스를 피크로 퉁기면서 말했다.

믿음직하기도 하고, 부럽기도 한 로쿠로는 베이스를 손에 넣고서부터 급속하게 실력이 향상되는 중이었다.

그 배경에는 이렇듯 시간도, 장소도 가리지 않고 행해지는 연습이 있지만, 그렇다고 해도 로쿠로는 이미 이 시점에서 요전까지 초심자였다고는 생각할 수 없을 정도의 기량을 갖춘 상태였다.

"결정이랄까, 밴드명은 내가 이미 생각해 놨으니까 다들 거기에 동의해줘!"

"네 네이밍 센스를 아는데 그런 독재를 용납할 것 같냐?"

"일단, 그 생각했다는 이름을 들려주지 않겠어?"

"……으." (히미코가 말없이 끄덕인다)

우리의 재촉에 린이 일부러 준비한 것으로 보이는 화이트보드에 꾸욱, 꾸욱, 꾸욱 하고 밴드명을 쓰고서, 의기양양하게 들어서 보여주었다.

Primember.

그것이 린이 생각한 밴드명이었다.

"뭐라고 읽는 거야? 프리멤버?"

"'프라이멤버' 야!"

"뭔가 어감이 촌스럽지 않아?"

"사람들이 프리멤이라고 줄여서 부를 것 같네."

".............엉덩이, 같아요."

3인 3색의 지적을 받은 린이 카운터를 팡팡 때렸다.

"뭐, 뭐어야아! 너무해! 아주 옛날부터 아껴두고 있었던 건데!"

"너무 아껴서 썩었다, 그거."

내 밉살스러운 말에 결국 린의 볼이 부풀어 올랐다.

"그럼 너희는 어떤 밴드명을 생각하고 있는데?!"

그 뒤로 우리 넷은 기탄없는 의논을 주고받았지만 나는 평범, 히미코는 중2병, 로쿠로는 너무 예술적이라 이해 불가능한, 제각기 방향도 다르고 센스도 부족한 비참하고 볼썽사나운 논쟁만이 되풀이되었다.

결국은 린이 처음에 말했던 게 가장 낫다는 매우 유감스러운 결과가 나왔고, 우리는 그날부터 다시 'Primember'라는 이름을 갖게 되었다.

이리하여 슬슬 음원을 배포할 곡의 작곡과 그 곡의 연습을 할 단계가 되었지만, 문제가 두 개 정도 있었다.

여름방학 직전에 있는 기말고사와 가사 만들기다.

보통 오리지널 곡을 만들 때, 특히 아마추어가 난항을 겪는 부분은 작곡일 것이다.

하지만 우리의 경우는 린이 좋아하는 업템포 느낌의 곡을 히미코가 몇 갠가 비축하고 있었기 때문에 그것을 편곡 혹은 조정하는 것만으로 처음에는 어떻게든 되었다.

그러나 가사를 쓰려는 사람이 없었고, 어쩐지 뒤로 미루는 형국이 되고 말았다.

여기서 손을 든 게 로쿠로였다.

"어쩔 수 없지. 우리 집에 있는 시집에서 인용해 가사를 짜자."

"아니, 표절은 안 되잖아."

"착각하지 말아줄래. 시집의 권리는 내게 있어."

"뭐?"

"내가 그 시집의 저자니까. 당연하잖아."

"흔한 자작시 아니야?"

로쿠로의 굉장한 점은 수치심 따위는 모친의 배에 두고 온 듯 당당한 행동거지에 있다. 남들 같으면 평생 봉인할 자작시를 우리 앞에 쌓아 올렸을 때는 오히려 우리가 달아나고 싶은 충동에 사로잡혔다.

"곡의 분위기에 맞는 걸 골라줘. 거기서부터 넓혀가자."

"너 이거, 우리한테 보여주고 안 창피하냐?"

"자신의 내면을 드러내는 걸 무서워하는 예술가가 어디 있어?"

로쿠로의 말을 들은 린이 반짝하고 눈을 번쩍였다.

"사진 찍을 거야, 보존해. 10년 후에도 똑같은 말을 할 수 있을지 볼만하겠어!"

능글맞게 웃으며 히미코와 함께 시집의 사진을 팡팡 찍었다.

그러나 당당하게 우리에게 공개할 만큼 로쿠로의 시를 쓰는 능력은 대단해서, Primember의 곡은 히미코와 로쿠로, 거기에 이따금 끼어들어 조정하는 린, 이렇게 세 명이 만들어나가게 되었다.

그리고 또 하나의 문제는 여름방학 직전에 끝판왕과 같이 군림하는 기말고사였다.

여기서 지독한 점수를 받았다간 여름방학 전반에 보충수업을 받아야 해서 귀중한 연습 시간이 사라지고 만다. 또, 여기서 보충수업을 받게 되면 나는 경사스럽게도 3년 연속 여름방학 보충수업이라는 매우 유쾌한 사태가 벌어지므로 그것만은 단연코 피해야만 했다.

또, 로쿠로한테도 문제가 있었다.

요전 사건으로 인해 로쿠로는 대학에 진학하기로 진로를 굳혔기 때문이다.

부모님의 연줄로 취직하는 게 아니라 대학에 들어가서 시간을 벌고, 그동안에 실력을 향상시켜서 부친의 코를 납작하게 해줄 생각이라고 한다.

하지만 역시 로쿠로. 미대 같은 데에는 가지 않고, 우리와 같은 대학이나 가까운 곳에 가서, 실력은 독학으로 연마한다고 하니까 이게 과연 발전이라 할 수 있는 건지, 하나도 변한 게 없는 건 아닌지 판단이 서지 않는다.

아무튼 로쿠로도 나와 마찬가지로 엉망인 학력을 어떻게든 바로잡을 필요가 있었고, 여름방학 전 시험까지는 반드시 보완해야 했다.

"그래도, 여름방학 전에는 음원 배포를 했으면 좋겠는데."

"……으으…… 죄송해요……."

린이 팔짱을 끼고, 히미코가 앞머리 뒤로 울상을 짓는다.

연습 중에 히미코는 아직 그 실력을 완전히 발휘하지 못하는 상태였다.

우리와 연주하는 것에는 익숙해진 모양이라 시작 부분은 괜찮은데, 소리의 토대를 형성하는 드럼은 히미코에게는 아직은 중압감이 큰지 아무리 연습해도 어색함이 사라지지 않았다.

그래서 충분한 연습 시간을 확보하고 싶지만, 공부도 대충할 수 없다는 딜레마가 발생하고 만 것이다.

하지만 그런 문제를 해결로 이끈 사람은 또다시 로쿠로였다.

"흐음. 그럼 한번 끝까지 연습해 보자."

히미코의 증상을 들은 로쿠로는 그게 당연하다는 듯이 베이스를 잡고 자세를 취한다.

"나와 히미코의 포지션은 흔히 리듬 섹션이라고 묶여서 불리는 거잖아? 그렇다면 내가 있으면 중압감도 다소 줄어들 거야."

이때는 아직 오리지널 곡이 완성되지 않았기 때문에 네 명이 모여서 처음 한 연주는 Animato animato의 곡 중에서도 베이스와 드럼의 존재감이 큰 「지옥열차 3번가」였다.

실력 향상의 속도만큼은 대단했으나 로쿠로의 베이스는 아직 레벨이 높다고는 말하기 어려워서, 당연하지만 연주의 완성도는 그럭저럭인 수준이었다.

그러나 히미코와는 상극, 마이페이스라 다소의 실수는 전혀 개의치 않는 로쿠로의 당당한 베이스는 히미코의 위축을 없애주는 신기한 힘을 발휘했고, 그 탄탄한 토대 위에서 나와 린은 힘껏 소리를 펼칠 수 있었다.

마침내, 네 명이 다 모였다.

아직 문화제 라이브 때의 그것과는 거리가 멀지만, 오래간만에 네 명이 만드는 생생한 음색이 몸을 에워싸는 느낌에, 당시의 감각이 되살아난다.

두 번 다시 모일 일 없으리라 생각했던 미소와 소리가 그곳에 있었고, 조용히 가슴이 죄어왔다.

린과 재회했을 때의 가슴을 태우는 듯한 감정과는 또 다른, 졸업한 중학교나 초등학교에 발을 들여놓았을 때와 같은 평온하고 애달픈 감정이다.

앞으로 두 달 후면 또다시 잃어버릴 것을 알아도, 네 명이 자아내는 소리의 여운에 가만히 잠기고 싶어진다.

처음으로 네 명이 모여서 연주했다는 고양감에 빠져 있는 린이 웃는 얼굴로 선언한다.

"좋아! 연습 쪽은 어떻게든 되겠어!"

떨리는 양손으로 드럼 스틱을 쥔 채 마음을 놓는 히미코를 껴안고 승리의 포즈를 취하는 린.

"남은 건 거기 두 사람을 지옥의 스터디에 초대하는 것뿐이네!"

만족스러워하며 차분하게 한숨 돌리고 있던 로쿠로가 노골적으로 어두운 표정을 지었다.

나도 마찬가지로 씁쓸한 얼굴을 하면서 '이미 배운 부분을 모르는 것처럼 행동하기는 힘들지도 모르겠군.'이라며 다른 걱정을 했다.

하지만 똑똑히 말해서 그것은 그저 기우였다.

린이 죽고 두 달 이상 방치된 내 머리는 완전히 원래의 유감스러운 물건으로 돌아가 있었기 때문이다. 특히나 암기

과목은 괴멸적인 수준이라서 연기할 것도 없이 모르는 부분 천지였다.

지옥의 스터디는 말 그대로 지옥이 되었다.

즐거워하는 얼굴로 공식의 사용법을 주입시키는 린의 정체가 실은 지옥의 악마가 아닐까 하는 의심이 들었을 정도이니.

기말고사 전날, 나는 극도의 피로로 인해 교실 책상에 머리를 박고 엎드려 있었다.

타이밍을 재고 커다란 한숨을 쉰다.

""하아…….""

의도대로, 그 우울해 보이는 한숨에 내 탄식이 겹쳤다.

얼굴을 들자 회장과 눈이 마주쳤다.

"뭐야?"

"아무것도 아냐."

"……."

회장은 무언가 말하고 싶은 눈치였지만, 무엇 하나 빈정대지 않고 총총히 내 앞에서 도망치듯이 떠나갔다.

당시엔 지옥의 스터디에 대한 것밖에 머리에 없었기 때문에 생각이 미치지 않았는데, 회장은 이때 우리에게 부담감을 느끼고 있었던 것 같다.

나쁜 짓은 금세 세상에 퍼진다더니, 참 옳은 말이다. 로쿠로의 작품이 분실된 사건과 그 범인이 우리라는 소문은 교내에 널리 퍼졌는데.

혼자 행동하길 좋아하는 로쿠로가 우리와 어울리는 것을 보고, 우리가 작품을 인질로 잡고서 로쿠로를 협박해 억지로 밴드 멤버로 끌어들여 부려먹고 있다는 황당무계한 소문까지 들리니 참으로 어이가 없었다.

그리고 이 악평의 원인을 만든 게 자기 같아서 혼자 자책에 사로잡혀 있었다고, 회장은 나중에 이야기한 바 있다.

하지만 이때로서는 다만, 나날이 지쳐가는 회장을 보는 것밖에 할 수 없었다.

얼마 후 시험 결과가 게시되었다.

1등을 차지한 린이 성적과는 정반대로 대단치 않은 가슴을 폈고, 5등인 히미코와 어깨동무를 하면서 멍청한 남자 두 명, 즉 나와 로쿠로에게 의기양양하게 얼굴을 돌렸다.

나와 로쿠로는 가까스로, 기적적으로 보충수업을 면하긴 했지만 쓰레기 같은 성적임에는 변함이 없어 달갑게 린의 도발을 받아들였다.

성적 발표 현장이 갑자기 술렁거렸다.

처음엔 보충수업 대상자 일람에 나와 로쿠로의 이름이 없다는 사실을 칭찬하는 소리인가 했지만, 하위권의 미미한 성장을 신경 쓸 만큼 수험생은 한가하지 않다.

술렁이는 소리의 중심에는 아연실색한 표정으로 순위표를 쳐다보는 회장이 있었다.

린이 전학 오기 전까지는 입학 당시부터 항상 학년 1등을 차지하던 회장이 20등 가깝게 순위가 떨어졌기 때문이다.

그럼에도 나나 로쿠로와 같은 존재가 봤을 땐 손가락을 물어뜯을 정도로 욕심나는 성적이지만, 회장 입장에서는 절망적인 점수였던 모양이다.

꾸욱 쥔 주먹을 떨고, 입술을 깨물며, 회장은 빠른 걸음으로 자리를 떠났다.

"그러고 보니 회장, 전부터 상태가 안 좋아 보이긴 했어."

"······잘 아네."

나는 흠칫 놀라 말소리가 들린 방향을 보았다.

목소리의 주인은 린이었다.

이걸로 벌써 몇 번째인지.

린이 입에 담은 그 말은 또다시 내 기억에 없는 것이었다.

덧붙여 거기에 담긴 감정은 린에게 어울리지 않는, 강한 비난조의 말투라서 나를 적잖이 동요시켰다.

아까의 흐름에서 비난할 요소가 어디에 있었던 거지.

대체, 뭐야. 어째서 과거가 바뀌는 거야?

나는 과거와 똑같은 언동을 했을 텐데.

쓰레기 처리장 사건 이후 나는 매우 엄격하게 스스로를 제어했다. 스터디에서 둘만 있게 되었을 때. 귓갓길에 손이 닿고 말았을 때. 제어가 불가능할 정도로 부풀어가는 감정은 가슴 깊숙이 밀어 넣었고, 그러는 한편 부자연스럽게 린을 멀리하지 않게끔 세심한 주의를 기울이고 있었다. 삼자면담 때와 같은 실수를 범하지 않도록 주의도 소홀히 하지 않았고, 지금 이 장면에서도 무언가 내게 잘못이 있었던 것 같지는 않다.

그런데도 어째서 이런 일이, 사소한 오차라고 간과할 수 없는 수준에서 과거가 변하고 있는 걸까.

아니면 설마, 쓰레기 처리장 사건이 내 생각 이상으로 커다란 영향을 끼친 걸까.

린이 이런, 누군가를 질투하는 듯한 태도를 취하다니──.

'……으! 그럴 리 없잖아! 이 한심한 놈아!'

린에게 안기고서부터 계속 억누르고 있었던 나 좋을 대로의 생각이, 있을 수 없는 망상이 스멀스멀 부상하기 시작했다.

나는 그 생각을 끊어버리듯 과거의 흐름을 원래대로 돌리는 데에 의식을 집중시켰다.

"잘 알고 그런 게 아니라. 그냥, 면담 때 말이지."

울적한 얼굴로 '힘들다.'고 말하는 회장을 우연히 목격했다고, 변명처럼 설명했다.

이 설명 자체는 과거에도 했던 것이니 딱히 문제는 없을 거다.

"그런 일이 있었구나."

린이 내 설명에 납득한다. 그렇게 해서 이 자리의 대화는 겨우겨우 과거의 것과 똑같이 흘러갔다.

두 번 다시 되돌아오지 않는, 즐거웠을 과거의 기억 그대로.

"좋아! 완벽해!"

여름방학 전날.

프리 다운로드로 배포할 곡이 몇 개 완성됐다.

사장의 거처에서 녹음한 음원을 히미코가 편집했고, 남은 건 전교 학생에게 패스워드를 배포하는 것뿐이다.

교내에서 우리의 입지는 최악이긴 하지만 그래도 이야기를 들어주는 사람은 있으니, 거기서부터 음원을 퍼뜨리면 되겠다는, 약간 장기적인 계획이다.

"여름방학 중에도 특활은 하니까, 곡만 좋은 평가를 받으면 지지하는 사람은 늘어날 거야."

로쿠로는 미술부를 알아본다고 했고, 나와 린은 같은 반 애들을 중심으로 패스워드를 무차별적으로 뿌려보기로 했다. 히미코는 그런 커뮤니케이션 능력이 없으므로 나와 린을 옆에서 돕기로 했다.

1학기의 종료를 알리는 전교 집회와 홈룸을 거쳐, 이 날은 오전에 학교가 끝났다.

나와 린이 패스워드를 받아줄 사람 없나 하면서 교내를 누비고, 그 뒤를 히미코가 벌벌 떨면서 따라오고 있었을 때다.

평소보다 인기척이 적은 교무실에서 목소리가 들려왔다.

목소리의 주인은 교감이었다.

또 누굴 고압적인 태도로 설교하고 있는 모양인데, 누가 피해자일까 하고 세 명이 나란히 엿본다. 거기서 야단맞고 있던 불쌍한 피해자는 바로 회장이었다.

"요즘 학생회 업무에도 실수가 눈에 띄던데. 거기에 이 성적. 너무 해이해진 거 아닌가요?"

"……죄송합니다."

"성적은 물론, 학생회장으로서도 우수한 칸노 양이라도 이런 시기는 있겠지만 앞으로 신경 좀 쓰도록 하세요."

"네."

회장이 고개를 숙인 채, 우리가 도망쳐 숨을 시간조차 없을 정도로 순식간에 교무실에서 나왔다.

"…….'

우리와 바짝 맞닥뜨린 회장이 눈을 크게 뜬 채 굳는다.

"……뭐야. 주는 거 없이 싫은 사람이 야단맞고 있는 걸 보며 즐기는 중이야?"

강한 척 빈정거려도 패기가 없는 탓에 날카로운 맛이 없다.

그리고 이번에도 무언가 말하고 싶은 듯이 눈을 좌우로

굴리더니, 결국은 말하지 않은 채 사라지고 말았다.

그 뒷모습을 바라보면서 나는 린과 히미코에게 말을 걸었다.

"있잖아. 회장한테 말이야, 우리의 연주를 들려주지 않을래? 개운한 걸로."

"……회장 앞에서 연주하는 건…… 무서워요…….."

"거기에다, 골탕 먹이는 일밖에 안 될 것 같은데……. 헉! 사토시, 설마, 그게 목적?! 막타?! 얼굴뿐 아니라 마음도 악당이…….."

내 제안에 히미코와 린이 난색을 표한다.

하지만 고민할 필요 없다. 나는 두 사람을 어떻게 설득하면 좋을지 이미 알고 있으니까.

확실히 린이 말한 대로 골탕 먹이는 일밖에 안 될지도 모른다.

연주하는 쪽만 신나고, 듣는 쪽은 견디지 못하겠다는 경우도 왕왕 있는 법이고.

뭣보다, 고민하고 있는 것 같다고 해서 우리의 연주로 개운하게 해준다는 것 자체가 무슨 놈의 아이디어냐 이거다.

"그래도 어쩐지 말이야, 음악이란 그런 녀석을 위해서 있는 게 아닐까 싶단 말이지."

흔하디흔한 표현일지도 모른지만.

단 한 사람에게도 통하지 않는데, 많은 사람에게 통하는 걸 과연 연주할 수 있을까.

"그리고 회장은 소꿉친구이기도 하고. 계속 저렇게 풀이 죽어 있으면 영 개운치 않거든."

여기서 겨우 린도, 히미코도 납득해주었다.

"……하지만 회장이…… 고분고분하게 우리의 연주를 들어……줄까요……?"

히미코의 걱정에 린이 씨익 하고 못된 웃음을 지었다.

"회장을 객석에 앉히려면 작전이 좀 필요하겠어."

그리고 우리는 로쿠로와 합류해 회장을 속이기 위한 흉계를 꾸미기로 했다.

"있잖아, 사토시."

히미코가 로쿠로 합류 전에 화장실로 모습을 감췄을 때였다.

린이 슬쩍 소매를 당기고서 내게 묻는다.

그 얼굴은 나도 모르게 소름이 돋을 정도로 무표정한 것이었다.

"사토시는, 회장을 좋아해?"

"……무슨 소릴 하는 거야, 너."

또 느닷없이 찾아온 기억에 없는 린의 말과 표정에 나는 당황했다.

이만하면 틀림없다.

그 쓰레기 처리장에서 날 껴안은 린을 밀어낸 이후, 과거가 뒤틀리기 시작하고 있었다.

여름방학이 시작되고 며칠이 지났다.

어떻게 해서든 회장에게 우리 노래를 들려준다는 흉계가 난항을 거듭하며 우리 네 사람은 특별 교실동에 있는 음악실에서 머리를 싸매고 있었다.

프리 다운로드의 패스워드를 특활 중인 학생에게 들이밀면서 학생회 업무로 학교에 와 있는 회장에게 이런저런 떡밥을 날려봤지만, 덫에 걸릴 낌새가 도무지 없다.

우리 네 사람이 못된 꾀를 부려서 치밀하게 꾸민 여러 가지 작전을 회장은 족족 피했고, 우리가 허둥대는 사이에 회장의 피로만 더 깊어지고 있었다.

오히려 우리가 어설프게 계속 부산을 떤 탓에 괜한 스트레스까지 쌓여버렸다는 주장이 있을 정도다.

"아오, 답답해!"

뭐가 그리 잘나셨는지 이쪽의 배려를 계속 수포로 돌리는 회장에게 화가 치민 린이 마침내 히미코에게 지령을 내렸다.

"히메코, 그걸 해! 회장을 납치해오는 거야!"

그리고 5분 후에는 울상을 한 회장이 거적에 돌돌 말린 채 우리 앞에 쓰러져 있었다.

다짜고짜 덮쳐오는 히미코가 몹시 무서웠을 것이다. 아마나라도 울 거다.

"너, 너희, 도대체 무슨 생각이야?!"

있는 힘껏 으르렁거리는 회장에게 린은 썩은 미소를 지으며,

"헤헤헤. 지금부터 회장에게 해로운 전파를 집어넣어서 세뇌시킬 거야."

라고 큰소리를 친다.

아주 틀린 말은 아니다만 회장이 정말로 졸아 있으니까 자제시켜야겠다.

"야, 린. 슬슬 풀어주라."

"녜~녜."

회장에게 퉁명스러운 척을 하던 린이 오랏줄을 푼다.

린의 그 언동은 내 기억에 있는 그대로였다.

하지만 어쩐지 말에 가시가 있는 것처럼 들린 건 기분 탓일까.

"이 일은 학교에 보고해서 엄중한 처분을——."

엄포를 놓던 회장이 우리의 모습에 눈을 동그랗게 떴다.

"……무슨 짓 하려고?"

나는 기타, 로쿠로는 베이스를 들고, 린은 의기양양하게 마이크를 쥐었다.

장소는 특별 교실동 음악실.

벽은 작고 둥근 구멍이 숭숭 난 방음재로 되어 있었고, 교

무실에서도 거리가 있다. 조금 시끄럽다고 해서 금방은 알아채지 못할 것이다.

히미코가 천적인 회장 앞에서 정상적으로 연주할 수 있을지 몹시 의문이었기 때문에 본의는 아니지만 드럼은 녹음한 것을 틀기로 했다.

불완전한 연주지만 그 부분은 정열로 커버하기로.

"회장한테 우리의 연주를 들려주고 싶었거든."

"귀가 썩을 거야."

이 자식이…… 하고 생각했다, 솔직히.

"회장, 요새 기운 없었잖아. 기분전환도 겸해서 한번 좀 들어봐."

회장은 들을 생각 따윈 없다는 듯 도망치려 했지만, 할 일이 없는 히미코가 퇴로를 견고하게 막고 있었다.

……아니, 사실은 머리카락을 관통하는 회장의 안력에 눌려서 당장에라도 길을 양보할 것 같았지만 어떻게든 버티는 중이었다.

"……왜 나 같은 앨 걱정하는데."

회장이 우리에게 등을 돌린 채 불쑥 입을 열었다.

"내가 누명을 씌운 탓에 너희의 상황이 아주 나빠졌잖아. 거기에 그때, 이시다의 작품이 못 쓰게 된 건…… 내 실수가 원인인데."

그 고백에 린이 "뭐어어?!" 하며 펄쩍 뛰었고, 회장은 어깨를 움츠렸다.

그러나 이어서 린의 입에서 나온 건 회장의 실수를 규탄하는 말이 아니었다.

"……하지만 그 실수가 돌고 돌아서 이시다는 답답했던 상황을 개운하게 정리할 수 있었고, 우리 밴드는 멤버가 모였어."

린이 조용한 말투로 회장에게 고한다.

"뭐가 최선이었는지는 모르겠어. 하지만 결과는 좋았으니까, 앞으로도 잘될 것 같으니까, 조금 더 편하게 생각해도 되지 않을까?"

린의 그 말은 치료를 거부한 자신에게 하는 것일지도 모른다고 생각하는 건 지나친 억측일까.

"너희가 괜찮다고 말해줘도 나는 나를 용서할 수 없어."

하지만 회장은 완고했다. 여전히 자책감에 사로잡혀 있다.

"그렇다면 회장의 실수가 뭘 낳았는지, 가르쳐줄게."

회장의 어깨를 톡 두드려서 이쪽을 돌아보게 만든다.

녹음한 드럼을 히미코가 재생하고, 거기에 맞춰서 로쿠로도 비트를 새긴다. 우리는 연주를 시작했다.

실제로는 히미코가 빠져있기는 했지만 네 사람의 연주를 관객 앞에서 공개한 것은 이게 처음이었다.

네 명이 제로에서부터 만들어낸 사운드가 음악실을 채운다.

오직 한 사람의 마음을 향해, 몸을 뒤흔드는 선율을 내던진다.

봉쇄된 여름의 음악실은 금세 견디기 힘들 정도의 열기로 가득 찬다.

소리와 열기가 뒤섞인 탁류 속에서 회장은 망연하게 그것을 받아들이고 있었다.

연주가 끝났을 무렵, 회장의 얼굴에서는 정말로 조금이지만 씌었던 귀신이 떨어져 나간 듯한 상쾌함이 느껴졌다.

"……그럭저럭이네."

회장의 무뚝뚝한 얼굴은 여전했고, 아니나 다를까 평가도 그런 것이었다.

"하지만 역시 너희가 하고 있는 건 그냥 놀이야."

그러고 나서 회장은 히미코를 밀어내고 음악실을 나갔다.

"……이래저래, 미안했어."

실컷 연주하고 난 뒤라서 더욱 작게 들리는 그런 대사를 불쑥 중얼거리고서.

"쳇, 감동의 눈물로 음악실을 잠기게 만들어줄 생각이었는데."

린이 아쉬운 듯이 중얼거렸다.

……기분 탓이 틀림없겠지만.

린의 옆얼굴은, 내 기억에 없는 희미한 근심을 띠고 있는 것 같은 얼굴이었다.

그다음 날, 패스워드 배포를 일단락하고 네 명이 모여 식당에서 쉬고 있을 때의 일이다.

어제의 연주로 모처럼 조금은 상쾌해진 줄 알았던 회장이 여느 때보다 심하게 찌푸린 얼굴을 하고 우리를 습격했다.

"너희, 이건 뭐야?"

회장이 가지고 있던 것은 프리 다운로드용 패스워드로, 손에 든 스마트폰에는 다운로드 페이지가 표시되어 있었다.

횡설수설하는 린이랑 히미코에게 반격할 틈도 주지 않고 회장이 우리를 몰아세운다.

"이러니까 너희가 하고 있는 짓은 장난이라고 하는 거야."

교감에게 일러바치면 이제 끝이라고 생각한 그때.

회장은 정반대의 방향으로 말을 계속했다.

"이런 건 금방 들켜서 배포 못 하게 될 거야. 금세 너희의 소행임이 들통날 거고, 처벌받을 수도 있겠지. 너희, 이 이상 학교 측에 나쁜 인상을 줘서 어쩔 셈이야?"

회장은 이마에 손을 대면서 한숨을 내쉬었다.

"어차피 문화제 때 공연도 게릴라로 하면 되겠지, 하고 생각하고 있을 테지."

"……특활 신청 허가가 안 나오니까 어쩔 수 없잖아."

입을 삐죽이는 린에게 회장은 기가 막힌다는 듯이,

"방법이 잘못됐어. 기세만으로 뭐든지 다 어떻게 될 리가 없지 않아?"

그리고 회장은 시선을 딴 데로 돌리면서,

"내가 협력해줄게."

"······앙?"

린의 입에서 새어 나온 소리에 회장이 얼굴을 붉힌다.

"너희의 입지가 나빠진 원인은 나한테도 있으니까, 그, 책임 정도는 질게."

우리 넷은 얼굴을 마주 보았다.

회장이 무슨 말을 하는 건지, 이때는 아무도, 바로는 이해할 수 없었기 때문이다.

"그러니까, 너희가 문화제에서 라이브를 할 수 있도록 도와주겠다는 얘기야. 무슨 불만이라도 있어?!"

오히려 성을 내는 회장을 달래는 데에 주스와 약간의 시간이 필요했다.

이리하여 우리는 다 같이 문화제 라이브를 향해 본격적으로 활동하게 된다.

──내가 모르는 파란을 수면 아래에서 부풀리면서.

그날, 집으로 가는 길의 일이다.

헤어질 때 린이 중얼거렸다.

석양 때문에 그 표정은 살필 수 없었다.

"회장이 기운 차려서 다행이야."

이 또한 내가 모르는 린의 태도였다. 무언가를 억누르는 듯 딱딱한 린의 목소리는, 내가 알고 있는 린의 목소리가 아닌 것처럼 느껴졌다.

말을 하다 말고 도망치듯이 떠나가는 린을 불러 세울 만한 말이 없어서, 나는 그 자그마한 뒷모습을 그저 바라보는 수밖에 없었다.

집에 돌아온 다음, 침대에 쓰러져서 몸부림치며 머리를 쥐어뜯었다.

"대체 뭐야, 도대체."

뒤틀려가는 과거.

그중에서 눈에 띄는 건 들은 적 없는 린의 말과 본 적 없는 태도이다.

그것들은 이제 착각이라고 부정하기에는 너무나 명백한 것이 되어 있었다.

"대체 뭐지."

그런, 마치, 린이 회장을 질투하는 것 같은.

"……그럴 리 없는데."

그렇다, 그럴 리가 없다.

나 좋을 대로만 생각하지 말자.

그런 일은 있을 수 없음을, 그날, 린에게 고백한 그때, 뼈저리게 느꼈잖아.

린은 나를 이성으로 보지 않는다.

그러니, 그만두자.

내 입맛에 맞는 상상을 하고 내 멋대로 린을 향한 감정을 부채질하는 건, 너무나도 이기적인 짓이다.

──그래도 어쩌면, 이 시점에서는 린은 나를.

──지금 고백하면 다른 미래가 있는 게 아닐까.

──아니면 처음 며칠의 사건이 계기가 되어 과거가 바뀌어서 린은 나를…….

아무리 스스로를 타일러도, 그런 행복한 망상이 자꾸만 솟아오른다.

내가 이 모양이라, 그때도 린을 상처 입히고 만 게 아닐까.

상대를 존중하지 않고, 그저 자신이 편해지고 싶다는 이유로 감정을 터뜨렸고, 그러다 종국에는 깨지고 만 건 아니었을까.

그것을 뼈저리게 느끼고 있을 텐데, 어째서 똑같은 잘못을 반복하려고 하는 거지, 나는.

바보 같은 놈.

이런 기적, 두 번 다시는 없다.

시간이 되돌아오다니, 다시 시작할 수 있다니, 보통은 있을 수 없는 일이다.

이런 뜻밖의 행운을, 이기적인 감정 때문에 망칠 셈이냐.

그렇게 아무리 자신을 억눌러도, 감정은 멋대로 계속해서 솟구쳤다.

남을 좋아하게 된다는 감정은, 참으로 역겹다.

이토록 더럽기 때문에, 사람은 사랑을 노래할 때 지나치다 싶을 만큼 아름답게 꾸미는 게 아닐까 하고, 반쯤 진심으로 그렇게 생각했다.

제3장
합숙

멤버가 모두 모인 우리는 문화제를 목표로 본격적인 준비에 들어갔다.

여름방학이 되고 며칠이 지난 지금, 우리는 오로지 연습에 절은 나날을 보내는 중이었다——는 건 아니지만.

연습에는 물론 힘을 쏟고 있지만, 그와 동시에 하지 않으면 안 되는 일, 고려하지 않으면 안 되는 일이 다수 있었다. 그중 하나가 공부다.

주로 나와 로쿠로를 감시 감독하는 인물은, 무엇을 숨기랴, 그 학생회장님이었다.

"좋은 성적을 거두면 어른들을 상대할 때 이래저래 유리해."

이는 회장님의 말씀으로, 성적이 시원치 않은 탓에 선생과 부모에게 부당한 취급을 받고 있는(그런 기분이 든다) 나로서는 납득이 가는 이야기였다.

"그리고 당면한 연습 목표가 필요해."

문화제에서의 공연을 성공시키려면 한 가지 커다란 허들이 있었다.

그것은 밴드 활동 금지가 교칙에 명확하게 규정되어 있다는 점이었다.

키타고 축제는 3일간에 걸쳐 실시된다.

1일째가 체육대회, 2일째가 가까운 현립 홀을 빌린 무대 발표, 3일째가 교내에서 각종 전시를 하는 문화제인데, 대학교 진학에 중점을 두는 학교답게 학교행사를 잽싸게 해치워버리려고 여러 행사를 한데 뭉쳐 놓은 것이다.

특히 3일째 밤은 그라운드에 설치한 무대를 중심으로 폐막식이 진행되는데, 이때가 매년 최고로 고조되는 순간이다.

Animato animato가 두각을 나타낸 것도 바로 그 무대에서였다.

밴드 활동 금지가 되고서는 외부의 밴드를 부르거나 하며 그 분위기는 유지하고 있지만, 학생들이 만든 밴드는 결코 출장이 허가되지 않고 있다.

"너희가 키타고 축제에서 공연하려면 교칙을 바꿔야만 해."

그러려면 전교 집회와 학부모 총회에서 채결할 필요가 있다.

학교 측에 들키는 것을 경계해서 노래 배포는 중단한 상태이고, 로쿠로 사건도 있어서 학생들의 지지를 모으는데 시간이 걸릴 것 같다며 린과 멤버들이 걱정하는 가운데, 가장 큰 난관은 학부모회 쪽이라고 회장은 단언했다.

"키타고 보호자의 평균 연령은 50대 중반. 밴드 활동에 대한 이해가 깊다고는 할 수 없을 거야. 거기에 이 지역 사람이 많아서 Animato animato가 원인이 되어 일어났던 당시의 소동을 기억하고 있는 사람도 많겠지. 이걸 설득하기는 아주 힘들 거야."

게다가 보호자 측에는 교감도 있다.

설득이 더없이 곤란할 거란 사실은 명백했다.

"……역시 게릴라 공연이 상책 아닐까?"

유카타 차림으로 솜사탕을 먹다 말고, 린이 머리에서 김을 팍팍 내뿜으며 최종 수단을 입에 담았다.

매년 8월 이 지역에서는 시가지를 양분하는 1급 하천에서 불꽃놀이 축제가 열린다.

연습과 공부는 뒷전으로 미루고 '보고 싶다, 보고 싶다' 떼를 쓰는 린에게 천하의 회장도 두 손 들어, 지금은 불꽃놀이를 관람하며 작전회의를 하는 중이다.

평소에는 한산한 시가지와 강변이 지금까지 어디에 숨어 있었는지 어리둥절할 만큼의 인파로 가득 차 있었다.

그런 축제의 장에까지 고지식하게 교복 차림으로 온 회장이 린을 나무란다.

"게릴라 공연 같은 건 내가 허락하지 않을 거야. 알겠어? 이벤트는 분위기만 고조시키면 되는 게 아니라, 주위의 이해를 얻어 확실한 성과를 거두어야 성공이라고 할 수 있는 거야. 오늘 이 불꽃놀이도 그래. 너희, 동경하는 라이브를 실패로 끝낼 생각이야?"

찍소리도 할 수 없는 정론이다.

하지만 애초에 라이브를 할 수 없다면 의미 자체가 없는 상황이라 회장 또한 그 부분은 고민스러워 보인다.

"뭔가 화려한 실적이라도 있으면 좋겠는데. 너희, 시내에 블랙리스트가 나돌고 있다며?"

참 한심하다는 시선에 나와 린은 얼굴을 돌렸다.

린과 눈이 마주친다.

원래대로라면 여기서 '대박⋯⋯.' 하고 함께 웃었을 텐데, 굳어진 린의 표정에 가슴 언저리가 갑갑해져 마찬가지로 표정이 굳어지고 말았다.

"앗, 슬슬 불꽃놀이가 끝나겠다!"라며 린이 나한테서 시선을 돌려 하늘을 가리켰다.

회장에게서 시선을 돌리고 이야기도 돌리려고 시도하는 린의 행동 자체는 과거와 똑같았지만, 그 과정이 명백히 달랐다.

"얼버무리지 마. 활동을 못 한대도 그 나름으로 할 수 있는 일은 있으니까."

키타고에는 매년, 취주악부가 보호자를 위해 연주회를 여는 이벤트가 있다.

여름방학 종료 직전에 실시되는 그 연주회에 외부 참가라는 형태로 우리를 욱여넣겠다는 것이 회장이 세운 작전이었다.

"지금까지 들은 너희의 자작곡은 전부 다 젊은 사람 취향이야. 조금 더 템포를 누른 격조 높은 느낌의 곡을 몇 곡 준비해서 연습해둬."

이것이 바로 회장이 제안한 '당면한 연습 목표'였다.

그것을 통해 어떻게든 지지를 얻어서 보호자를 설득하는 재료로 쓰고 싶다고 한다.

이 작전에서 가장 부담이 큰 사람은 작곡, 편곡을 담당하는 히미코다. 곡을 만드는 것만으로도 고생일 텐데, 나아가 평소와는 다른 층을 타겟으로 작곡을 하게 된 그 노고는 헤아리고도 남는다.

'뭔가 도울 수 있는 게 있으면 무엇이든 할 테니까'라는 마음을 담아서 모두가 히미코에게 야키소바와 사과사탕 등을 계속 사 줬다.

"그리고 역시 이런 교섭을 할 때 성적은 중요해. 여자 쪽은 문제없다 치고, 너희는 둘 다 여름방학 직후 시험에서는 전교 50등 이내를 목표로 하도록."

회장의 말을 들은 나와 로쿠로는 '아무래도 도와줄 여유는 없겠다' 라는 뜻을 담아서 히미코에게 건네준 먹거리를 회수했다.

"잠깐만! 왜 다시 가져가는 거야!"

린이 히미코를 보호하듯이 항의의 목소리를 높인다.

그 모습은 기억에 있는 것과 똑같이 즐거운 대화 그 자체였을 텐데, 린은 한 번도 나를 봐주지 않았고, 이것은 이제 사소한 오차라고 낙관적으로 볼 수 있는 게 아니게 되었다.

목표도 정해졌고, 공부와 양립하면서도 연습은 격렬했다.

히미코와 로쿠로가 만든 노래를 합쳐서 연습했고, 이런저런 개량을 거듭해 문화제 무대용 라인업과 보호자 설득용 노래를 갖춰갔다.

사장의 거처에 있는 임대 스튜디오를 썼고, 이따금 히미코의 집에 들렀다. 기본적으로는 화기애애, 때때로 회장이 상황을 보러 와서 활기를 넣으며 현장 보고를 해주었다.

회장이 프로듀스하는 공부와 연습의 밸런스는 절묘하다는 한마디로 압축 가능했고, 푹푹 찌는 더위를 날려버릴 만한 충실한 나날이 눈 깜짝할 사이에 지나갔다——이것이 내 기억에 있는 여름방학이었다.

"잠깐, 쉬는 편이 좋지 않을까?"

"……그러……네요……."

로쿠로의 말에 히미코가 물을 마시면서 고개를 끄덕였다.

전원 땀투성이에다 숨도 가쁘다.

하지만 로쿠로가 연습에 스톱을 건 이유는 멤버의 피로가 원인이 아님이 명백했다.

내 연주와 린의 노랫소리가 아무리 해도 맞지 않았다.

"잠깐 편의점에서 과자 좀 사올게!"

린이 스튜디오를 빠져나갔다.

교대로 회장이 찾아왔고, 린을 의아하다는 듯이 돌아보면서 열기에 가득 찬 스튜디오에 들어온다.

"중간중간 끊는 텀이 조금씩 짧아지는 듯한 기분이 드는데."

로쿠로가 시간이 남아돈다는 듯이 베이스를 울리면서,

"사토시. 너, 린한테 뭔가 쓸데없는 말이라도 한 거 아냐?"

"내가 왜."

"……사토시라면, 그랬을지도, 몰라요……."

히미코까지 그런 소릴 한다.

회장은 특기인 미운 소리를 하지도 않고 나무라는 것처럼 나를 쏘아보고 있었다.

회장을 상대로 연주했을 때부터 계속 이 상태다.

어째선지 린과는 그 이후 어딘가 어색한 공기가 흘렀고, 자신의 감정을 억제하는 데에 열심이었던 나는 과거와의 어긋남을 두려워한 이유도 있어 어느샌가 린과의 거리가 벌어졌다.

조금 전에도, 린은 연주를 중단하고 나갈 때까지 내 쪽을 전혀 보지 않았다.

어딘가에서 생긴 구멍이 점점 커져, 손쓸 방도가 없을 정도로 과거가 일그러지고 있다.

이대로는 라이브에서 할 노래가 완성될지조차 의심스럽다.

"……미안해. 나도 잠깐, 밖에서 머리 좀 식히고 올게."

기타를 놓고 스튜디오를 나갔다.

아스팔트를 달구는 여름의 햇볕에 위아래로 지글지글 구워지는 듯한 감각.

매미 울음소리가 점점 시끄러워진다.

나는 내쫓기듯이 그늘로 피난해 쭈그리고 앉는다.

땀으로 축축해진 팔을 이마에 박고 시야를 가린다.

"어째서, 이렇게……."

차오르는 감정에 어지럽혀지는 마음도, 린과의 관계도, 일그러져가는 과거도, 어떻게 수복하면 좋을지 이젠 모르겠다.

다음 날.

"너희, 알바 같은 거 관심 없냐——?"

히미코의 집에서 지옥의 스터디를 하고 있던 우리 다섯

명을 찾아온 사장이, 졸려 보이는 눈을 문지르면서 안내 용지 한 장을 펄럭였다.

"숙식하면서 하는 알반데 시급이 괜찮아."

사장이 가져온 것은 이웃 현에서 실시되는 야외 록 페스티벌, 여름 페스티벌로 통하는 이벤트의 스태프 모집 전단이었다.

해수욕장과 캠프장에 인접한 시설에서 실시되는 페스티벌로, 설치와 관객 유도, 포장마차 도우미 등 이벤트에 필요한 모든 자질구레한 용무를 담당할 인원을 구하고 있었다.

여기서도 또 과거가 바뀌어 있었다.

사장이 이 아르바이트를 권유하는 건 조금 더 나중일 텐데.

"여름 페스티벌?!"

린이 전단에 달려들었지만 그것을 막고서 회장이 냉정하게 대응한다.

"죄송합니다만, 사장님. 연습도 있어서요."

그 밖에 공부도 있어서 아르바이트 같은 걸 하고 있을 수 없다는 뉘앙스가 담겨 있었다.

"음~. 그렇지만 그러면 너희, 어떻게 해서 빚을 갚을 생각이야?"

"……빚?"

회장의 목소리가 갑자기 낮아진다. 두렵다.

나와 린이 둘 다 입을 다물자 사장이 가차 없이 이어서 말했다.

"너희가 빨랑 10만 엔을 갚아주면 저녁 술안주도 좀 더 좋아질 텐데 말이지."

"그렇게 많이 안 빌렸어요!"

"……그럼, 얼마나 빌린 거야? 고등학생 신분에."

회장이 린의 턱에 아이언 클로를 먹인다.

린이 그 손을 찰싹 때리면서 라이브 하우스에서의 사건을 설명했다.

설명을 다 들은 회장은 미간을 콕 찌르며,

"……그런 일이라면 어쩔 수 없지. 스터디 스케줄을 다시 짜도록 할게."

지옥의 스터디가 진짜 지옥이 된 순간이었다.

"그래서, 아르바이트 일정은 어떻게 되나요?"

회장이 묻자, 사장은 "모레부터네."라고 대답했다.

"그렇게 일찍부터 현장에 들어갈 필요가 있나요?"

회장과 린에 이어서 나도 고개를 갸웃거렸다.

여름 페스티벌의 본무대는 좀 더 뒤다. 일정이 분명히 너무 이르다.

내 기억으로는 이 아르바이트를 겸한 합숙이 시작되는 건 사장이 제시한 '모레'에서 며칠이 더 지나서인데.

"사실 이렇게 일찍 가지 않아도 되는데 관계자한테 부탁을 받아서 말이야."

사장이 힐끔 본 것은 우리 뒤에서 계속 모르는 척하고 있던 로쿠로와 히미코였다.

혹시 합숙 일정이 과거에 비해서 빨라진 것은, 우리의 낌새가 이상하다는 사실을 걱정한 이 녀석들이 뒤에서 움직여 줬기 때문인 걸까.

"공부든 연습이든 애먹고 있으니까 합숙기간이 길면 좋지, 뭐."

이는 바꿔 말해 합숙 중에 실시되는 지옥의 스터디 시간이 내가 알고 있는 과거보다도 길어진다는 뜻이다.

"숙박비는 어떻게 되나요?"

우리 쪽에서 멋대로 일찍 현장에 들어가는 거니까 앞당겨 이용하는 금액만큼의 숙박비는 우리가 어떻게든 내지 않으면 안 된다.

회장의 빈틈없는 물음에 사장은,

"아~. 걱정 마, 걱정 마. 그 숙소 주인이 나한테 빚이 있거든. 이걸로 퉁치기로 했어."

여기에서도 수수께끼의 인맥을 발휘한 사장의 지시에 따라, 우리는 며칠 일찍 여름 합숙에 돌입하게 되었다.

멤버들의 배려에 부응하기 위해서라도 빨라진 합숙 기간 동안 어떻게든 린과의 관계를 수복해야 할 텐데.

"좋았어! 출발!"

이른 아침.

우리 Primember + 회장까지 다섯 명은 역에 집합했다. 여름 페스티벌이 열리는 곳까지 전차와 버스를 갈아타며 가야 한다.

며칠 빨라지긴 했으나 역에서 나눈 대화는 내 기억에 있는 것과 크게 다르지 않았다.

"무슨 짐이 이렇게 많냐?"

과거의 기억에 따라서, 가능한 한 아무렇지도 않은 모습으로 린이 짊어진 빵빵한 배낭을 툭 친다.

가볍게 쳤는데도 린은 균형을 잃고 엉덩방아를 찧었다.

"바다랑 캠프장에 가는 건데?! 추석이랑 설이라구?! 짐이 늘어나는 게 당연하잖아!"

린의 목소리는 신나게 떠들었지만, 역시 어딘가 어색하다.

"합숙목표는 거기 있는 바보 두 명의 공부를 봐주는 거하고, 너희의 꼴사나운 연주를 어떻게든 하는 거야. 놀고 있을 시간이 어딨다고 그래."

옆에서 회장이 날카롭게 지적한다.

그러는 회장의 복장에 전원의 시선이 모였다.

"그런데 어째서 회장은 교복이야?"

나는 적당한 티셔츠에 반바지와 샌들. 히미코는 긴소매에 롱스커트지만 소재가 얇고 낙낙해서, 표정을 가릴 정도로 무성한 머리카락과는 상대적으로 품위 있고, 색상도 시원하다. 로쿠로는 무언가 잘 이해되지 않지만 세련된 옷을 캐주얼하게 빼입었고, 린은 초등학교 3학년 남자 하복 같은 복장이다.

불꽃놀이 때도 그랬지만, 딱 보기에도 혼자만 붕 떠 있는 회장에게 나는 당연한 질문을 던졌다.

회장은 단호한 표정으로,

"휴일이라도 외출할 때는 교복을 착용하도록 교칙으로 정해져 있어."

전에도 생각했지만 요새 누가 그런 규칙을 지킨다는 건지.

"설마 너, 사복이 촌스——."

"늦겠다. 이런 곳에 머물러 있으면 민폐야. 빨리 가자."

회장은 내 의심을 강제로 끊은 다음 발권기를 향해 빠른 걸음으로 걸어갔다.

문득 린을 보자, 발권기에서 산 표를 손에 들고 사뭇 진지한 얼굴을 하고 있었다.

"왜 그렇게 긴장하고 있어?"

"아니, 표를 잘못 넣으면 따당 해서 창피한 데다가 뒷사람한테 눈총받잖아?"

"표를 잘못 넣어? 따당?"

우리는 고개를 갸웃거린다.

이 아무것도 아닌 동작 하나를 연기할 때조차 어딘가 딱딱한 린의 음성이 마음에 걸려서 혹시 린은 나를――이딴 망상이 머리를 스쳐 내 움직임은 어색해져 버린다.

"모리야마가 말하는 건 자동개찰구 얘기 아닐까?"

로쿠로가 우리와 린 사이에 있는 어긋남을 간파했다.

"린, 잘 봐. 저게 개찰구야."

"어?"

린이 바라본 방향에는 허리 높이 정도 되는 울타리가 있었는데, 그 한가운데쯤에 통로가 뚫려 있다.

그 옆에는 역무원이 서서 승객에게 직접 받은 표를 처리하고 있었다.

"수동개찰구?! 게다가 하나?!"

이것이 시내 최대의 역이라는 사실에 눈물이 나온다.

센터 시험 때만 이용자가 일거에 늘어나기 때문에 개찰구에 수험생이 가득 차서 혼잡해지는 건 매년 있는 일이다.

이 마을로 이사 올 때 비행기와 버스밖에 이용하지 않았던 린은 저 초라한 개찰구를 지금 처음 본 것이다.

"개찰구에서 버벅대지 않도록 이미지 트레이닝을 했는데 다 소용없게 됐어."

린이 어깨를 푹 떨어뜨렸다.

……이와 같은 일상의 대화는 과거와 똑같이 잘 풀리는데, 나와 린의 사이에 떠도는 공기는 아직도 어색하기만 하다.

이대로는 안 된다고 생각하면서도 제멋대로 생각한 가설

이 머리 한쪽 구석에 웅크리고 앉아, 쓰레기 처리장 사건 때부터 계속 부풀어 오르는 린을 향한 감정이 내 움직임을 자꾸만 둔하게 만든다.

과거의 흐름을 베끼는 것만으로는 소용없는 게 아닐까. 무언가 다른 액션을 일으켜야만 하는 걸까 고민하면서도, 더더욱 돌이킬 수 없게 될지도 모른다는 공포가 내 발을 움츠러들게 만든다.

결국, 감정을 죽이고 과거의 자신을 그대로 연기하는 것 말고는 해결책을 생각해내지 못한 채, 합숙은 시작되고 말았다.

배꼽시계가 점심을 달라고 조르기 시작했을 무렵, 우리는 목적지인 숙소에 도착했다.

도중부터 도보였기 때문에 숙박용 짐 외에 기타와 연습용 기재까지 들고 온 우리는 땀투성이가 되었다.

밥을 먹기 전에 일단 짐을 먼저 놓기로 하고 사장에게 빚이 있다는 주인에게 방을 안내받았다.

"네, 유우 씨한테서 들었어요."

벌레라도 씹은 듯한 얼굴이었던 것은 신경 쓰지 않기로 했다.

이래저래 상황이 파악된 듯한 회장이 공손하게 인사를 했다.

남녀로 나눠서 방에 짐을 놓고 근처 식당으로 갔다.

"자, 그럼 합숙 일정을 확인할게."

주문을 마치고 요리가 나오기를 기다리는 동안, 회장이 그렇게 말을 꺼냈다.

"오전 중에는 공부. 오후엔 연습. 밤에는 오전에 한 공부의 복습이랑 암기과목을 중점적으로 할 거야."

안 만들어 와도 되는데 굳이 작성해온 것 같은 스케줄 표를 보니 식욕이 사라진다.

"알바가 시작되면 시간도 별로 안 날 테니 처음 며칠이 승부야."

공부는 남자 방에 모여서 하고, 밴드 연습은 근처의 시설을 빌리기로 했다.

여름 페스티벌에서 연주하는 밴드도 매년 거기서 조정을 하는 모양이라 마음대로 사용할 수 있는 건 그 사람들이 현장에 들어오기 전까지다. 그 이후에는 방해가 되지 않도록 타이밍을 봐서 이용해야 한다.

"그리고 또 하나, 너무 기본적이라서 확인하는 걸 잊고 있었는데."

회장이 나와 로쿠로에게 시선을 돌린다.

"여름방학 숙제, 진척 상황은 어때?"

나는 시선을 떨어뜨렸다. 틀림없이 로쿠로도 나와 마찬가지로 시선을 돌릴 거라고 생각했는데 정작 로쿠로는 태연하

게 냉수를 마시며,

"그런 건 여름방학이 시작되기 전에 다했다고."

무슨 말인지 못 알아들었다.

"매년 그러는데."

"배, 배신자!"

예상대로 로쿠로는 내 항의에도 아랑곳하지 않고,

"학생 각자가 잘하는 것과 못하는 것을 무시하고 일률적인 과제를 강제하는 건 학력 향상을 저해한다고밖에 생각되지 않아."

"학교가 내는 과제는 너 같은 게으름뱅이한테 공부하는 습관을 붙이기 위해서 존재하는 거야. 남는 시간을 몽땅 자신에게 맞춘 학습이 아니라 창작활동에 사용하던 주제에 뭘 잘했다고 그러는지."

자신만만한 로쿠로의 지론을 회장이 간단히 해치웠다.

"뭐, 다했다면 일단 불만은 없어. 그래서? 너는 어떤데?"

무릎을 쳐다보는 내 정수리에 회장의 시선이 꽂히는 낌새가 느껴진다.

"여름방학도 반쯤 끝나가고 있는데 설마 전혀 손을 대지 않은 건 아니겠지?"

린과의 어색한 분위기에 정신이 팔려서 숙제 같은 건 완전히 잊고 있었다.

타임 리프 이전에도 연습에 몰두해서 숙제 같은 건 뒷전.

지금과 완전 똑같이 회장에게 야단맞았었지.

"너, 너희는 어떤데?"

"어리석은 질문이네. 나는 진즉에 마치고서 지망하는 학교에 맞춘 공부를 하고 있어."

"그런 건 금방 끝나지."

"……3학년이라서…… 오히려 적었어요……."

알면서 물어봤어.

일어난 사건 그 자체는 과거와 같이, 표면상으로는 평온하고, 크게 흐름이 바뀌는 일도 없다.

린과의 관계를 수복하기 위해서 뭘 하면 좋을지도 모르는 채, 멤버들이 만들어준 시간이 하염없이 흘러간다.

그렇지만 어떻게 할 수도 없다.

바뀌어버린 게 과거의 사건이었다면 수복하는 건 용이했을지도 모른다.

하나 사람의 감정이 바뀌어버린 건 어떻게 수정해야 할지 도무지 짐작이 가지 않았다.

내 기억보다 일찍 시작된 합숙은 특필할 만한 파란 하나 없이 진행되었다.

스터디는 여전히 지옥 그 자체고, 회장과 히미코는 염라대왕과 하데스 같은 콤비네이션으로 나와 로쿠로를 엄격하게 감독했다. 때때로 투구벌레나 매미를 잡아서 난입하는 린이 그나마 구세주였지만, 나와의 거리는 부자연스럽게 벌어진 채 변하지 않았고, 시선을 마주치는 일도 점차 드물어졌다.

연습은 시간을 많이 잡은 것도 있어서 그런대로 진전이 있었지만, 아무리 해도 메울 수 없는 나와 린 사이의 간극 때문에 연주가 충분히 달아오르지 않았다.

내 기억을 따라잡듯이 곡은 완성되어 갔지만 왠지 수박 겉 핥기 같은 느낌이 든다.

합숙 동안 우리의 연주를 눈앞에서 들은 회장은 스터디와는 정반대로 일절 참견하지 않았다. 그저 가만히 우리의 연습을 견학했다.

그렇게 눈 깜짝할 사이에 시간은 지났고, 내일부터 아르바이트가 시작된다.

매우 좋지 않은 흐름이었다.

이대로 연주가 완성되지 않으면 여름 페스티벌 최후의 고비를 극복할 수 없게 된다.

하지만 아무리 기를 써도 연주는 수박 겉 핥기였고, 전혀 개선될 기미가 없었다.

여름 페스티벌 전야, 나는 혼자서 숙소 근처의 모래사장을 걷고 있었다.

원래대로라면 걷다가 린이 날 발견해 별거 아닌 잡담을

하고 방으로 돌아가는 흐름인데, 린과 만나는 일 없이 산책을 끝낼 타이밍을 놓쳤다.

린은 애초에 산책을 나오지 않은 걸까, 아니면 먼저 나를 발견하고서 되돌아가 버린 걸까.

잡담으로 이어지는 흐름을 재현하기 위해 린을 찾는 중이지만, 발걸음은 몹시 무겁다.

"……내, 잘못이겠지."

파도 소리를 들으면서 생각하는 건, 당연히 린과의 일이다.

린과의 관계가 이상해져 버린 건 내게 책임이 있다.

확실히 린의 상태도 이상하지만 거기에 동요한 내가, 다짜고짜 부풀어 오르는 감정이, 린과의 관계를 어색하게 만들어서 사태를 더욱 악화시키고 있음은 틀림없다.

좀 더 마음을 가라앉히고, 감정을 죽이고 이전과 똑같은 태도로 린을 대한다면 원래대로 돌아갈 수 있지 않을까.

그러나 나 좋을 대로 하는 망상이 방법이 없을 정도로 가슴속을 가득 채우고 있어서, 그것이 겉으로 나오지 않도록 의식하면 할수록 린에 대한 태도는 이상해지는 것 같았다.

"……뭐가 린을 위해서야."

결국, 다시 한 번 린과 함께 있고 싶었던 것뿐 아닌가, 나는.

린을 위해서라느니, 속죄라느니. 그럴싸한 구실로, 린에게 다가가.

정작 린과의 과거를 되풀이해 보니 결국 자신의 감정을 컨트롤하지 못해서, 린이 웃으며 회고했던 이 3개월을 엉망진창으로 만들게 생겼다.

나는 왜 이렇게 이기적일까. 린을 얼마나 상처 입혀야 만족하려고 이러는지.

"……응?"

문득 모래사장에서 인기척이 느껴졌다.

별빛이 있다고 해도 지상에 광원이 모자라 기척이 나는 방향으로 시선을 돌렸지만 누가 있는지 알아볼 수는 없었다.

"그래서, 할 말이라는 게 뭐야?"

심장이 기분 나쁘게 뛰었다.

잔잔한 파도 소리에 섞여 들려온 그 목소리는 린의 것이었다.

누군가와 이야기하고 있는 듯한 그 말투에 가능한 한 인기척을 죽이고 다가가 음지에 숨었다.

"히미코만 따돌리면 불쌍한데."

"괜찮아. 히미코는 이시다한테 봐달라고 해놨어."

린과 함께 있는 사람은 회장이었다.

숙제에 관해서 나와 로쿠로를 몰아붙였을 때 이상으로 목소리가 심각하다.

뭐지, 이건.

이것도 과거가 뒤틀린 결과인 건가? 아니면 내가 몰랐을 뿐, 타임 리프 이전에도 똑같은 일이 있었던 걸까?

이런저런 의문이 머리를 돌아다니지만 어떤 것에 대해서도 명확한 대답은 나오지 않았다.

"답답한 건 싫으니까 단도직입적으로 물을게."

물가에서 장난치는 린에게 회장이 느닷없이 말을 꺼냈다.

"너, 시노하라랑 무슨 일 있었어?"

"……무슨 소리야?"

회장의 돌직구에 린은 동요한 기색도 없이 대꾸했다.

"시치미 떼지 마. 명백하게 태도가 이상하잖아. 특히 연습할 때."

"그런가? 우린 평범하게 사이가 좋은 것 같은데."

"으음, 글쎄. 하지만 그건 이시다 사건 전의 이야기 아닌가?"

회장이 인정사정없이 추궁한다.

파도 소리와 심장 소리가 섞여 몹시 시끄러웠다.

"예를 들어서 하는 이야긴데…… 네가 시노하라한테 고백했다 차였다든가, 그런 일이 있었던 거 아니야?"

회장의 노골적인 질문에 나는 아연실색했다.

뭐냐, 그 말도 안 되는 상상은.

회장은 그런 종류의 이야기에 밝지 않을 것이라고 생각했는데 이렇게까지 생뚱맞을 줄이야.

내가 고백하고 린이 찼다는 상상이라면 몰라도 그 정반대라니 말도 안 된다.

"어때, 모리야마?"

"아하하, 그게 무슨 소리야. 왜 내가 사토시한테 고백하는데?"

린의 목소리는 가라앉아 있었다.

밤이슬같이 고요하고 차가웠다.

"왜기는. 너, 시노하라를 좋아하잖아."

"응. 좋아해."

일변해서, 린의 목소리는 뛰어오르듯이 명랑해졌다.

순간, 내 몸 전체가 확 뜨거워졌다.

하지만 린의 말에 그러한 뜻이 없다는 것은 금방 알 수 있었다.

"동료로서가 아니라 이성으로서 좋아하는지 묻고 있는 거야."

회장의 짜증이 담긴 추궁에 린의 목소리가 얼음같이 차가워졌다.

"좋아하지 않아."

사실, 그렇게 차가운 음성은 아니었을지도 모른다.

"……너도, 그런 거짓말을 할 줄 아는구나."

"거짓말 아니야. 난 사토시를 좋아하지만, 좀 다르다구."

하지만 그 목소리는 무척이나 건조하고, 매정해서.

그때까지 내 안에서 속절없이 날뛰고 있던 이기적인 감정이 양초의 불처럼 훅 하고 꺼졌다. 정말 아연실색할 정도로 싱겁고, 간단하게.

그 자리에 남은 것은 가슴에 구멍이 뻥하고 뚫린 것 같은 감각과 위를 가득 채우는 희미한 통증.

걷잡을 수 없을 만큼 바보였던 나를 정신 차리게 하는 데에 딱 알맞은 통증이었다.

"그렇다면 요새 사토시하고 분위기가 왜 그래?"

회장은 소리를 지르듯이 린에게 묻는다.

"나도 몰라. 기껏 친해졌는데, 이상한 건 사토시……라구……."

못내 말하지 못하고 자리를 뜨는 린을 회장은 뒤쫓지 않았다.

조금 우회하듯 걷다가, 울적한 발걸음으로 숙소로 돌아왔다.

나는 자리에 주저앉은 채, 무릎에 얼굴을 묻고 숨을 푹 쉬었다.

"……."

그래.

그렇겠지.

이상한 건 나야.

린이 웃는 얼굴로 끝마칠 수 있게 한다.

오직 그것만이 목표였을 텐데, 조금 예상치 못한 일이 일

어난 것 가지고 동요해서.

병상에서 어쩌다 린이 이성을 잃었는지 잊어버리고. 린이 나를 좋아하는 게 아닌가 하는 말도 안 되는 망상에 휘둘려서.

좋아한다는 감정 때문에 또다시 린을 상처 입히고 말았다.

과거를 되풀이하는데 잘못까지 되풀이해 버리면 의미가 없다.

"내일부터는 정신 차려야지."

나는 다시금 스스로 주의를 준다.

나는 나의 마음을 전하지 않기 위해서 타임 리프를 했다.

린이 즐거웠다고 웃으며 회고한 3개월을 똑같이 보내고, 마지막에 깔끔하게 작별한다.

오직 그것만을 위해서 나는 과거로 돌아온 것이다.

변해버린 사람의 마음을 수정하는 건 어렵다고?

무슨 한심한 소리를.

애초에 이 과거에서 먼저 변한 것은 내 감정이 아닌가.

톱니바퀴가 어긋난 원인은 전부 내 감정 때문이 아닌가.

그렇다면 린의 감정도, 린과의 관계도, 내 감정을 수정하기만 한다면 원래대로 돌아올 것이다.

린을 좋아하는 감정을 없었던 걸로 하고, 오로지 광대처럼 연기하자.

그렇게 하면 틀림없이 린은 웃어줄 것이다.

그리고 나는 잠시, 모래사장에 가만히 주저앉아 있었다.

몰래 방으로 돌아왔을 무렵, 시곗바늘은 오전 두 시를 가리키고 있었다.

여름 페스티벌 아르바이트는 다음 날부터였다.

나와 로쿠로는 이벤트 회장의 설치를 위해서 상당히 무거운 골조류를 계속 날라야 했다. 솔직히 히미코도 함께했으면 좋았을 텐데 생물학상 여자인 히미코는 회장, 린과 함께 당일 교통정리와 구호(救護) 절차를 확인하는 중이었다.

며칠에 이르는 이 아르바이트에서 가장 열심이었던 건 회장이었다.

이 여름 페스티벌은 10년 가까이 계속되는 행사로 이벤트 운영의 노하우와 리스크 매니지먼트, 근처 주민에 대한 이해를 얻기 위한 노하우 등 배울 점이 많았기 때문이다.

회장은 자신에게 배당된 업무를 완벽하게 소화할 뿐 아니라, 틈만 나면 숙련된 스태프에게 질문을 하며 현장의 지혜를 폭넓게 흡수했고, 이미 아르바이트라고는 생각되지 않는 수완을 발휘하기 시작했다.

학생회 임원으로서 학교 이벤트 운영에 관여하던 경험도 그 기저에 있을 테지만, 그렇다고 해도 조금 무서울 정도로 성장이 빨랐다.

"사토시, 수고했어!"

"너도. 체력도 약한데 잘한다."

휴식시간, 린이 달려왔다.

어딘가에서 받았는지 손에는 주스 캔이 들려있었고, 그걸 내 등에 쑤셔 넣으려고 천천히 거리를 좁혀왔다.

나는 손으로 신호를 했다.

으슥한 곳에 대기하고 있던 히미코가 린의 목덜미에 주스를 바짝 갖다 대었다.

린의 입에서 비명이 나왔다.

"두, 둘이서 덤비다니, 너무해!"

"정면에서 온 네 잘못이지."

아르바이트가 시작되고 이틀이 지나자 나와 린의 사이에 흐르는 공기는 이전과 똑같이 돌아가 있었다.

이 이상 과거를 바꿔서는 안 되겠다고 생각한 내가 갑자기 이전과 완전히 똑같은 태도와 거리감으로 대하기 시작하자 린은 처음에는 당황스러워했다. 얼마간은 눈을 마주치지 않았고, 목소리도 변함없이 딱딱했다. 하지만 그것을 넘자 그다음은 빨랐다.

어느덧 린은 이전과 같은 미소로 나를 바라보게 되었다.

역시 모든 것은 내가 초래한 것이었다.

나와 회장이 이야기하고 있으면 린의 표정이 조금 흐려지는 것도, 그렇게 생각해서 그런지 노랫소리가 흔들리는 것도, 전부 내 자의식과잉이 낳은 착각이었던 것이다.

이대로 감정을 죽이고 이전과 같이 행동하면 린과 웃는 얼굴로 작별할 수 있다.

단단히 감정을 가라앉힌 채, 그리고 그것이 결코 밖으로 나오지 않도록 나는 아르바이트에 힘썼다.

우리가 고용된 이번 여름 페스티벌은 이틀에 걸쳐서 개최된다.

1일 차 정오 무렵에 시작되어 이튿날 아침 녘까지, 열 팀 이상의 아티스트가 저마다의 연주를 연속으로 피로하게 되어 있다.

회장에 들어올 수 있는 건 사전에 입장권을 구매한 사람뿐이라서 비교적 혼란스럽지는 않지만, 그래도 처음 이벤트에 참가하는 사람이나 주차장이 가득 차서 오도 가도 못하는 사람들이 있어서 그들을 유도하느라 분주했다.

그런 아수라장도 익숙해지면 어떻게든 된다지만 상품판매와 포장마차 잡무, 분실물을 비롯한 각종 트러블 대응 등 자잘한 일이 수북했다. 우리는 각자의 부서로 흩어져 제각기 업무를 소화했다.

저녁 무렵 스포츠 드링크를 마시면서 세 번째 휴식을 취하고 있을 때였다.

쉬는 시간이 겹친 건지 린이 다가와 내 옆에 살며시 앉았다.

어깨와 어깨가 살짝 닿으며 체온과 포근한 향기 같은 그런 것이 바로 옆에서 느껴졌다.

땀에 흠뻑 젖은 머리카락도, 스태프 티셔츠도 바다에 뛰어든 직후처럼 수분을 머금고 있었다.

스스로를 억누르고 억눌러서 간신히 되찾은 그 거리감. 불순물이 들어간 것처럼 쓰린 가슴도, 린과의 관계가 깨질 것 같았던 때에 비하면 제법 나아져서 린을 향해 미소를 짓는 것도 이전만큼 괴롭지는 않았다.

가슴에 응어리진 감정과 표정을 떼어내는 데에 익숙해져 버린 것인지, 감각이 부서지기 시작하는 것인지, 알 수 없었지만.

"굉장하다, 여름 페스티벌!"

"응."

린이 스포츠 드링크를 꿀꺽꿀꺽 들이켜면서 스테이지 쪽으로 눈을 돌렸다.

라이브 하우스와 달리 상당히 많은 관객을 수용할 수 있는 옥외광장에는 사람들로 북적거렸고, 스테이지 위에서 울려 퍼지는 연주에 맞춰 날뛰고 있었다.

린의 손가락이 리듬을 새긴다.

전신을 들썩거리는 린의 머릿속에는 틀림없이 키타고 축제에서 실컷 노래하고 뛰노는 자신의 모습을 떠올리고 있는 것이리라.

　무척이나 환한 린의 옆모습이 여름의 더위를 상회하는 듯
한 축제의 공기를 전신으로 만끽하고 있는 것 같았다.

　이만하면 틀림없이 이다음의 트러블에도 문제없이 대처
할 수 있을 것이다.

　바로 그때.

　"쉬고 있는데 미안하지만 두 사람 다 바로 와줄 수 있을
까?"

　내가 기억하고 있었던 것과 같은 타이밍에 회장이 달려왔
다.

　담당구역에서 빼왔는지, 곁에는 히미코와 로쿠로도 있었
고 회장과 함께 절박한 분위기를 자아내고 있었다.

　"무슨 트러블이라도 생겼어?"

　멀뚱멀뚱 물어보는 린에게 회장은 "응. 초대형 트러블
이."라며 미간을 찌푸렸다.

　"메인 밴드 몇 팀이 교통 체증 탓에 시간 내에 회장으로
오지 못할 것 같아."

　"어? 출연자는 일찌감치 현장에 와 있는 거 아니었나……?"

　"설명은 나중에 할게. 아무튼 본부로 와줘."

　우리는 회장을 따라 초상집이 된 본부로 달렸다.

교통 체증의 원인은 산사태였다.

산간도로가 무너져서 사용할 수 없게 되었고, 다른 루트에서 이쪽으로 오는 동안에 교통 체증에 걸려 움직일 수 없게 되어 버렸다는 것이다.

여름방학 중반이라는 최대의 행락 시즌에 통행금지까지 겹쳐서 일시적이긴 하지만 교통이 완전히 마비되어 버렸다고 회장이 설명해주었다.

"핵심 밴드인 만큼 서로 데려가려는 사람이 많다나 봐. 원래는 여유를 가지고 현장에 들어올 예정이었던 것 같은데, 지금은 교통 체증에서 언제 빠져나올 수 있을지 모르는데다 벗어난다 해도 멀리 돌아오게 될 거라서 언제 도착할지 전혀 예측이 안 돼."

그 우회한다는 루트도 통행금지를 피한 차가 흘러들면 적잖이 혼잡할 것이다.

낙관적으로 생각해도 그 사람들은 연주 예정시각 한 시간 후에나 도착한다는 말이었다.

한 시간이라면 어떻게든 되지 않을까…… 하고 당시엔 생각했지만, 그것은 아마추어스러운 의견이었다.

"이렇게나 분위기가 뜨거워졌는데 메인이 없어서는……."

비통함을 풍기며 운영 책임자가 중얼거린다.

회장이 가열되고 '드디어 메인이!' 하는 상황에서 '메인이 없습니다.' 라고 발표하게 되면 열기는 단숨에 식을 거고, 늦게 도착한 밴드가 연주할 즈음에는 처음부터 다시 분위기를 달궈야 할 것이다.

이대로 이벤트에 차질을 가져올 수는 없는 노릇인데.

여차하면 지금 현장에 와 있는 밴드 사람들에게 다시 스테이지로 올라가달라고 부탁하는 것도 검토하고 있지만, 어느 밴드나 난색을 표하는 모양이다.

그들은 메인 레퍼토리를 거의 다 소비한 상태.

만전의 상태라면 몰라도 완창을 한 다음에 다시 같은 연주곡을, 그것도 이벤트 핵심 밴드의 구멍을 메우기 위해서 하기에는 부담이 크다고 판단한 것이리라.

괜히 빈축이나 살 가능성이 높은 이상, 앞으로의 일도 생각하면 흔쾌히 맡고 싶은 부탁이 아니긴 하겠다.

여기서 바로 우리가 발탁되었다.

아르바이트하는 짬짬이 근처에 있는 시설에서 연습한 우리의 연주——좀 더 정확히 말하면 린의 노랫소리를 우연히 들은 운영 책임자가 '이거라면 먹히지 않을까?' 하고 판단해 직접 부탁해온 것이다.

실력을 인정받았다는 이야기이니 원래대로라면 경사스러워야 하겠지만, 지금까지의 경위를 상세히 설명한 회장의 표정은 내내 어두웠다.

"다른 밴드가 난색을 표한 건 당연해. 대신 나오는 쪽에 잘못이 없다고 해도 마이너스 이미지가 붙는 건 피하고 싶을 테니까. 그리고 그건 우리도 마찬가지. 아니, 오히려 우리야말로 그건 피해야만 해."

키타고는 밴드 활동 금지.

블랙리스트는 여기까지 돌고 있지 않으니 연주 자체야 가능하겠지만, 그러다가 실패라도 하면 차마 눈을 뜨고 볼 수 없는 처지가 된다.

아무리 이쪽에 잘못이 없고, 나아가 부탁받은 입장이라고는 해도 이렇게나 큰 이벤트가 실패했을 때 전면에 서 있었다고 한다면 라이브 하우스 소동과는 비교할 수 없을 정도로 큰 문제가 된다.

문화제 라이브는 꿈도 못 꾸게 될 것이다.

심지어 유명 밴드의 땜빵이라는 모양새.

좋든 싫든 실력이 뛰어난 그들과 비교될 테니 실패할 가능성이 높다.

"하자."

하지만 린은 이런 상황에 조금도 겁내지 않고, 하나도 기죽지 않고 똑똑히 말했다.

"할 수밖에 없어."

망설임 없는 린의 말에 회장의 얼굴은 여전히 심각했고, 히미코는 실신하는 게 아닐까 싶을 만큼 긴장해 떨고 있었다.

나도 당시에는 긴장과 흥분으로 머리가 어떻게 될 것 같았고, 지금도 적잖이 불안하기는 하다. 나 때문에 연습이 정체된 상태라서.

하지만 린은 전혀 두려워하지 않으며,

"이런 기회, 분명 두 번 다시는 없어."

떨리는 히미코의 손을 잡았다.

오기 있게 웃고서 당돌하게 우리를 둘러본다.

타임 리프 전에는 알아채지 못했지만, 이제 보니 린의 손이 살짝 떨리고 있는 것처럼 보였다.

"우리가 이 라이브를 살리자. 이 멤버라면 할 수 있어!"

"……어쩔 수 없구만."

나는 과거에 했던 것보다도 한층 더 힘차게, 회장과 운영 스태프에게 선언했다.

"Primember, 즉석 참가 준비, 부탁드립니다."

본무대까지 대략 두 시간.

우리는 근처 스튜디오를 빌려 점검하는 시간을 가졌다.

본무대를 앞두고 체력을 많이 소모할 수는 없으므로 어디까지나 본무대를 위한 예행연습이다.

하지만 느닷없이 큰 무대에 나가게 되자 요 며칠 겨우 맞기 시작한 소리가 다시 어색해지기 시작했다. 특히 히미코가 심하다. 그렇게 생각해서 그런지 내 기억보다 한층 더 죽은 사람 같은 안색을 하고 있다.

로쿠로와 린은 비교적 평소대로 과거와 같은 상태였는데 히미코가 이래서는 전체적으로 흐트러지게 생겼다.

본무대 30분 전, 회장이 스튜디오에 뛰어 들어왔다.

"너희의 소개문, 이렇게 하면 어떨까?"

스케줄에 없던 무명 밴드의 즉석 참가라서 MC에게서 원고를 보내라는 지극히 당연한 요구가 있었고, 회장이 베테랑 스태프와 협력해서 과대광고를 넘어 화끈거릴 만한 소개문을 만들었다.

회장은, 처음에는 '왜, 내가'라며 꺼렸지만, '우리의 첫 관객이자 최고의 프로듀서니까'라며 억지로 떠넘겼다. 회장의 책임감에 통째로 맡긴 셈이다.

"조금 거창하기는 한데."

회장이 예방선을 치며 건네준 작문은 역시나 회심의 퀄리티였다. 린이 "의욕이 나는데!" 하고 열을 낸다. 그러나 히미코는 반대로 중압감을 느꼈는지 손에서 스틱을 흘렸다.

"이쯤 되면 내 리드로도 끌고 갈 수 있을지……."

로쿠로가 냉정하게 분석한다.

기억보다 훨씬 더 긴장한 듯 보이는 히미코에게 나는 위기감을 느꼈다.

"……저, 저기…… 하다못해…… 평소와 똑같은 환경에서…… 연주할 수 있다면……."

하지만 그건 필요 없는 걱정이었던 것 같다. 그때까지 휴

대폰 매너모드처럼 잠자코 부들부들 떨고 있던 히미코가 내가 기억하고 있는 것과 같은 해결책을 요구해왔다.

평소와 똑같은 환경이란 즉 이 좁은 스튜디오에서 우리끼리만 연주하는, 현재 앞두고 있는 본무대와는 정반대의 환경을 말한다.

언뜻 듣기에도 터무니없는 이야기에 우리 밴드 일동은 곤혹스러워했지만, 히미코는 그런 리액션은 신경도 쓰지 않고 회장의 셔츠 옷자락을 쭈욱 당겼다.

"……회장이…… 다른 관객이랑 함께 보고 있어준다면…… 제대로 할 수 있을……지도…… 몰라요……."

이 말에는 천하의 회장도 당황했는지 "어?" 하고 눈이 휘둥그레졌다.

"……그…… 회장이…… 항상…… 우리의 연습을…… 봐줬으니까…… 처음엔…… 솔직히…… 무서워서 연주하기 힘들었……는데…… 지금은 오히려……."

더듬거리며, 하지만 똑똑히 자신의 마음을 털어놓는다.

그토록 회장을 거북해하던 히미코가. 변하려고 노력하면 변하는 법이다.

"……나는 나대로 포장마차도 도와야 하고, 혼자만 업무에서 빠질 수는 없어."

그러나 회장도 착실하고 고지식한 성격이다 보니 히미코가 드물게 자신의 희망을 밝혔음에도 좀체 승낙하지 않았다.

"회장, 메인 밴드 사람들은 도착할 것 같아?"

나는 회장에게 물었다.

회장에게는 소개문 작성과 동시에 다른 스태프들과 메인 밴드가 어떻게든 시간 내에 도착할 방법이 없는지를 찾아보게 하였다.

하지만 그런 편리한 방법은 찾지 못한 모양이다.

뿐만 아니라 오히려,

"……본무대까지 도착하기는커녕 너희의 연주 시간이 늘어나게 생겼어."

"그렇다면 라이브가 성공할 확률을 더욱 끌어올려야겠군."

"하지만——."

여전히 저항하는 회장.

"잘 들어, 회장? 넌 아직 우리의 진짜 연주를 안 들었어."

"무슨 소리야. 네 명이 모여서 한 연주는 그때부터 여러 번 들었는데."

"아~니, 안 들어봤어."

내가 단언하자 회장이 입을 다물었다.

옆에는 거의 울상이 된 히미코도 있고, 린과 로쿠로도 가만히 무언의 중압감을 주고 있다.

히미코 말고도 이런저런 이유로 회장이 객석에 있어줬으면 하는지도 모르겠다.

"……알았어. 단, 너희의 연주로 분위기가 살지 않으면 스태프랑 합류해서 대응책을 짜야 하니까 객석에서 빠져나 갈 거야."

그리고 회장은 스태프에게 그 뜻을 전하러 가려는지 방음 문에 손을 대고,

"얼빠진 연주를 하면 용서 안 할 거야."

나와 린을 째려보고서 종종걸음으로 스튜디오를 나갔다.

"……자, 이제 도망칠 수 없군."

무대 옆에서 회장을 바라본다.

불운하게도 아직 날이 완전히 저물지 않아 수백 명이나 되는 관객의 표정이 다 보인다.

MC가 다음 밴드 몇 팀의 도착이 늦어지고 있다는 소식과 즉석에서 참가하는 우리의 소개를 했을 때 "그 밴드가 누군 데?"라는 반응을 보이는 것을 아주 잘 알 수 있었다.

수백 명의 시선. 처음 듣는 밴드를 품평하고자 하는 적잖이 차가운 공기. 이것이 군중이 내포하는 에너지와 함께 무시무 시한 중압감이 되어서 무대 옆 대기실로 쏟아지고 있었다.

"…………아, 회장……, 있다……."

긴장한 나머지 부모의 원수라도 찾듯이 혈안이 되어서 관 객 측을 노려보고 있던 히미코가 수많은 관객 속에서 보란

듯이 회장을 발견했다.

회장은 가장 앞줄보다 조금 뒤의 가장자리에서 무뚝뚝하게 팔짱을 끼고 우두커니 서 있었다.

"오, 있다, 있어. 회장이 지켜봐준다면 기합이 들어가지."

나는 이마에 손바닥을 대고 회장을 보면서 말했다.

자아, 이제는 린의 신호와 함께 스테이지로 뛰어나가는 것뿐이다.

그렇게 생각하면서 마음의 준비를 하고 있었는데, 아무리 기다려도 린이 움직일 기미를 보이지 않았다.

이상하다 싶어 머리를 돌려보니,

"······응?"

린의 상태가 이상했다.

허리 근처를 꾹 잡은 양손이 히미코만큼은 아니지만 떨리고 있었다.

갑자기 찾아온, 그것도 과거와 매우 다른 모습에 나는 당황했다.

"······아."

내가 응시하고 있음을 알아챈 린과 눈이 마주쳤다.

"에헤헤. 아무래도 긴장이 좀 되나 봐."

그 말에 어떻게 대답해야 좋을지 모르겠다.

과거에 보낸 3개월 동안 린이 긴장한 모습은 한 번도 본 적이 없기 때문이다. 나는 늘 라이브 하우스 때처럼 이유를 알 수 없는 파워와 근거 없는 자신감으로 질주하는 린밖에 모른다.

무슨 일이지. 린의 상태가 이러면 이 라이브를 성공으로 이끌기란 불가능하다.

말끔하게 과거를 수정한 줄 알았던 만큼, 갑작스럽고도 치명적인 이 차이에 머리가 새하얘졌다. 내 입에서 나온 말은 일말의 비꼼도 없는, 단순한 감상이었다.

"……너도 긴장하는 일이 다 있구나."

"나도 긴장 정도야 하지. 그래도, 음, 사토시가 있어줘서 그때마다 어떻게든 됐었어."

갑자기 나온 린의 말에 갈피를 잡을 수 없었다.

MC의 부채질은 최고조에 이르려 하고 있었고, 로쿠로와 히미코가 불안해하며 우리 쪽을 살피는 시선이 좋든 싫든 나를 조급하게 만든다.

"지금도 있잖아."

"……응, 그렇지만……."

린이 객석 쪽으로, 좀 더 정확히 말하면 회장이 있을 만한 부근에 힐끔 눈을 돌린다.

"사토시는 항상 어딘가 먼 곳을 보고 있는 것 같아서……."

"……무슨 소리야, 그건?"

린이 한 말의 진의를 도통 모르겠다. 알 수가 없으니, 위축되어 있는 린을 다독여줄 방법 또한 모르겠다.

"나는 항상 널 보고 있어."

입에서 새어 나온 것은 그런 말이었다.

린의 눈이 휘둥그레진다. 나는 위(胃) 쪽에 드는 불쾌감을 무시하면서 계속 말한다.

"나는 Primember의 기타고, 너의 동료 제1호니까 말이지. 먼 곳 보고 있을 시간 따윈 없다고."

"……헤헤, 하기는."

린이 가냘픈 목소리를 냈다.

MC의 소개말이 거의 끝나서 진짜로 나갈 준비를 하지 않으면 안 되는 상황이다.

하지만 그 이상 린에게 해줄 말을 생각해내지 못하고, 섣불리 입을 열면 가슴속에서 응어리진 감정이 새어 나와 버릴 것만 같아서, 나는 린을 내려다보는 것밖에 할 수 없었다.

"──후훗."

갑자기 린의 입에서 웃음소리가 새어 나왔다.

긴장 때문에 이상해졌나, 하고 바라보니 전혀 그렇지 않다.

"왜 내가 이렇게 긴장을 했을까?"

고개를 든 린의 얼굴에는 만면의 미소가 번져 있었고, 천진난만한 아이의 모습 그대로 객석 쪽을 좀이 쑤신다는 듯이 응시하고 있었다.

빨리 스테이지 위에서 소리를 폭발시키고 싶다는 본능처럼 보이는 강한 의지를 잔뜩 머금은, 내가 아는 린의 얼굴이다.

"이토록 즐거운데."

가슴 언저리를 쥐고, 깡충깡충 뛴다.

내 기억에 있는 것과 똑같은 행동이었다.

"지금, 엄청 두근거려!"

그리고 그 기세 그대로 파앙! 내 등짝을 힘껏 후려갈긴다.

"아야!"

하지만 동시에 굳어 있었던 내 몸에서 힘이 빠져나가는 느낌이 들었고, 나는 "너한테도 닿아라."라며 옆에 있던 히미코의 등을 냅다 때렸다.

마지막으로 히미코가 로쿠로를 후려쳤는데, 로쿠로는 잠시 일어나지 못할 정도로 심각한 대미지를 입고 말았다.

"그럼, 갈까!"

만면의 미소를 띤 린을 선두로, 우리는 스테이지로 뛰어나갔다.

상당히 오랜만에 린이 진심으로 즐거워하는 표정을 본 것 같은 기분이 들었다.

얼마나 오래 연주했는지, 이번이 두 번째인데도 잘 모르겠다.

메인 밴드 사람들이 도착했다는 연락을 받은 우리는 무대 뒤로 들어가자마자 그대로 푹 쓰러지고 말았다.

다행히 열사병 같은 건 아니었지만, 네 명이 함께 숙소로 옮겨져 나란히 눕혀졌다.

거기에는 어째선지 회장도 포함되어 있었는데, 우리와 비슷할 정도로 녹초가 돼 있었다.

"이봐~, 회장. 어땠어, 우리의 진짜 연주?"

"……그저 그랬어."

말은 잘해요.

우리의 연주가 시작되고 얼마 지나지 않은 시점부터 공연이 다 끝날 때까지, 다른 관객들과 뒤섞여 전력으로 방방 뛰고, 입을 쩍쩍 벌리고, 머리칼을 흩날리고, 본능이 향하는 대로 소리에 몸을 맡기며 마구 날뛴 주제에.

처음에는 주위에 맞추지 않고는 있을 수 없는 일본인의 슬픈 DNA에 따른 어색한 움직임이었지만, 이내 회장은 회장의 흔적이 안 보일 정도로 흥에 겨워하며 우리는 물론 관객하고도 일체화되었다.

처음 보는 라이브라 너무 신이 난 탓인지, 스태프 업무로 인한 피로가 영향을 준 것인지, 이상과 같은 이유로 회장은 이렇게 우리와 함께 나동그라져 있었다.

덧붙여 회장의 추태는 문화제 라이브에서도 건재해서, 앞으로 회장은 라이브 공연장에서 스트레스를 발산하겠구나, 라는 생각마저 들었다.

놀리고 싶은 마음은 굴뚝같았지만, 토라지면 당해낼 수가 없으니 잠자코 있기로 했다.

어쩌면 린이나 다른 멤버들도 나와 같은 생각으로 다 알면서도 회장의 추태는 언급하지 않는지도 모르겠다.

"……저기, 그런데, 여름 페스티벌은…… 어떻게 됐나요……?"

히미코가 조심조심 회장에게 묻는다.

우리 네 사람은 푹 쓰러진 후 곧장 여기로 옮겨졌다. 공연 중, 무명의 즉흥 참가라는 핸디캡을 가볍게 날려버릴 정도로 분위기가 달아오른 건 기억하고 있지만, 그게 메인 밴드 사람들에게 제대로 넘겨줄 수 있는 수준이었는지는 확증이 없었다.

겁먹고 오들오들하는 히미코에게 조금 늦게 여기로 옮겨져 온 회장이 대답한다.

"문제없이 분위기를 살렸어. 회복하면 각오해둬. 도리어 미안해질 정도로 스태프에게 감사 인사를 받을 테니까."

히미코는 그 보고에 진심으로 안도하는 것 같았다. 로쿠로는 관심 없다는 듯이 한발 먼저 숨소리를 내면서 자고 있다.

"우에헤헤헤."

내 옆에서 나동그라져 있던 린이 상스럽게 웃었다.

"나, 지금, 최고로 행복해."

나지막이 중얼거리고, 굉장히 만족스러운 미소를 띤 채 잠에 빠진다.

조금 전까지 깨어 있던 회장도, 히미코도, 모두 기절하듯이 잠들어버렸다.

나는 끊어질 것 같은 의식 속에서, 행복해 보이는 린의 웃는 얼굴을 바라봤다.

"……바보구나, 너는."

'최고'라는 말을 함부로 쓰지 마.

너는 문화제 라이브에서 더 행복해질 거니까.

그리고 그러기 위해서는 내가 이대로 감정을 죽이고, 과거와 똑같이 행동하는 게 필수이다.

괜찮아. 이제 실수 안 해.

나는 린의 웃는 얼굴을 마지막까지 지키기 위해서 타임 리프를 한 것이라고 스스로에게 타이른다.

가슴에 아른거리는 통증을 꾹 참으며, 나는 그대로 정신을 잃은 듯이 잠들었다.

제4장
문화제 라이브

3학년은 여름방학이 한창일 때 전국모의고사를 치르게 되어 있다.

고등학생판 특별히 우울한 등교일이다.

나의 경우 이미 한 번 극복한 모의고사를 다시 한 번 치르게 되는 셈이라 남달리 기운이 빠진다.

여름 페스티벌 아르바이트가 끝나고 며칠 후, 기어이 그날이 왔다.

학교 뒷산에서는 벌써 매미가 울어대는 아침.

등교 도중에 우연히 만난 회장이 몇 번째인지 세는 것도 귀찮을 정도로 신물 나게 들은 대사를 반복한다.

"알아들어? 이번 모의고사 결과로 학교 측을 설득할 수 있을지 없을지가 결정된다고 해도 과언이 아니야. 절대로 긴장을 늦춰서는 안 돼."

여름방학 스터디 때부터 줄곧 들은 이야기다.

성적이 나쁘면 어른은 아이를 무조건 전부 부정할 수 있는 권리를 가진다.

어른에게 자신들이 하고 싶어 하는 걸 인정받으려면 어느 정도의 성적을 받은 다음에야 가능하다고 회장은 반복적으로 이야기하고 있는 것이다.

"여어, 두 사람!"

회장과 합류하고 금방, 뒤에서 어깨를 두드리며 린이 나타났다.

나와 회장이 함께 있는 것을 보고 달려왔나 보다.

오늘도 아침부터 기운찬 린을 끼워서 셋이 나란히 걷는데, 갑자기 주위가 떠들썩해졌다.

그 술렁거리는 소리는 교문이 가까워질수록, 즉 모의고사를 치르러 온 키타고 3학년이 주위에 늘어날수록 커져갔다.

"왠지 주목받는 거 같지 않아?!"

"뭔 일이지?"

린이 주위의 시선에 대해 불가사의한 위협 포즈를 취했다.

그러자 회장이 "너희는 수험생인 주제에 신문도 안 읽니?" 하고 한숨을 쉬었다.

회장은 어이없어하면서도 우리가 신문을 읽지 않을 거라 예상했다는 듯 가방에서 곱게도 접은 신문을 꺼냈다.

그것은 이 근방의 지방신문으로 사회면에 약간 큰 특집기사가 실려 있었다.

저번에 있었던 여름 페스티벌에 관한 기사다.

"어라?! 이거 우리 이야기 아니야?!"

린이 주목한 것은 바로 그 헤드라인이었다.

『고등학생 밴드가 여름 페스티벌을 구하다?!』라는 제목이 붙은 그 기사에는 그날의 일이 쓰여 있었다. 비록 이름은 밝히지 않았지만, 그 밴드가 아르바이트로 참가 중이었던 키타고 학생이라는 사실 등은 쓰여 있다.

키타고 학생이나 선생이 보면 이런저런 소동을 일으켜서 나쁜 의미로 유명해진 우리라는 사실을 바로 알 수 있을 것이다.

"덧붙여 오늘 아침 지역 뉴스에 그 기사를 인용한 보도가 나왔었어."

"잠깐, 잠깐만. 우리, 이런 기사가 실리는 건 몰랐는데?"

내가 고개를 갸웃거리자, 회장이 외면하면서 대답했다.

"수험공부에 방해가 되지 않도록 내가 창구가 되어서 이것저것 대처했지."

회장은 생색을 내듯이 말하지만, 기사에 관해 오늘까지 잠자코 있을 필요는 전혀 없었을 텐데.

"우와아, 굉장해, 굉장하다구!"

린이 신문을 번쩍 들고 길 한복판에서 빙글빙글 돈다.

회장은 기사가 나돈 시점에서 문화제 라이브로 가는 코스가 거의 완성되었다고 확신하는 건지,

"진정 좀 해. 아무튼 지금은 모의고사에 집중하기."

린과 나를 타이르면서도 그 목소리에 돋은 가시는 적었다.

"……알고 있대도."

밝은 표정을 짓기가 조금 힘들다.

문화제 라이브 실현을 향해 풍향이 바뀌기 시작한 것이 피부로 느껴져서 당시엔 그렇게 설렜었는데. 지금도 무사히 여기까지 왔다는 사실이 기쁠 터인데.

주변의 공기가 고조되면 고조될수록 린과의 작별을 의식하게 되어서 도저히 마음이 개운하지 않았다.

정말로 큰일이 난 것은 모의고사가 끝나고서부터였다.

그래도 대학진학을 목표로 하는 고등학교의 수험생이라 모의고사 전에는 자중하고 있었던 모양이다.

모의고사가 끝나자마자 그 해방감도 한몫했는지 나와 린, 그리고 히미코는 같은 반 아이들에게 둘러싸이고 말았다.

나와 린은 애들한테 둘러싸여 쩔쩔맸고, 히미코는 괴력과 준족을 구사하며 쏜살같이 도주했다.

이전까지는 우리를 미심쩍어하며 은근히 경원했으면서, 반마다 꼭 있는 몇몇 떠버리들을 중심으로 뻔뻔한 말이 난

무했다.

하지만 그렇다 해도 이전까지 로쿠로 일로 오해받고 있었는데, 아무리 여름 페스티벌 사건이 기사화됐다고 해서 이렇게 갑작스레 호감도가 올랐다는 게 당시엔 의문이었다.

실은 그것 역시 회장의 소행으로, 우리가 공부와 연습에 쫓기는 동안 학생회 업무를 소화하는 한편 주변의 오해를 풀기도 하고, 우리의 곡을 퍼트리기도 했다고 한다.

그 견실한 활동 덕분에 우리의 곡은 수면 아래에 상당히 넓게 퍼져 있었고, 거기에 이번 기사가 합쳐지면서 이런 소동으로 발전한 모양이었다.

그 안에는 순수하게 우리의 곡을 마음에 들어 하는 사람도 꽤 있어서 기사와는 관계없이 '신곡은 없어?' 라는 질문도 많이 받았다.

그런 소동 가운데, 복도에서 더욱 삑삑거리는 술렁거림이 다가왔고,

"……도와주지 않을래?"

흡사 아이돌 팬을 보는 듯한 여학생들에게 둘러싸인 로쿠로가 좋지 않은 안색을 하고서 찾아왔다.

"돌아가!"

교실의 카오스 게이지가 더욱 올라간다.

"다들 조용히 해!"

그 혼란을 날카로운 호통이 가로질렀다.

린이 '혹시 교감?!' 이라고 말하듯이 어깨를 움츠린다. 하지만 소리가 난 곳에 있던 것은 가면으로 얼굴을 감춘 수상한 삼인조였다.

"야단법석 떨지 마! 키타고가 자랑하는 밴드, Primember 한테 폐를 끼친다면 정식 팬클럽 '프리멤 부대'가 용서하지 않겠어!"

절망적으로 촌스러운 조직명을 밝힌 가면녀는 양편에 있는 두 사람에게 지시를 내렸다.

그러자 한쪽에 있던 가면이 용지 다발을, 다른 한쪽의 가면이 노트북을 꺼냈다.

"팬클럽에 가입하면 Primember의 신보를 우선적으로 다운받게 해줄게."

팬클럽 회장은 그렇게 선언하며 수수께끼의 통솔력을 발휘해, 소란을 피우던 학생들을 깔끔하게 정렬시켰다.

"이용 규약을 위반한 자는 앞으로 일절 Primember의 음악을 즐길 권리를 잃고, 교내에서 상응하는 페널티를 받게 될 거야."

독점한 Primember의 신곡 음원을 미끼로, 팬클럽 회장은 무서운 이야기를 입에 담았다.

그러나 학생들은 이 자리의 분위기도 영향을 줘서인지 경쟁적으로 연락처며 회원번호를 썼고, 그다지 깊게 생각하는 모습도 없이 이용 규약에 서명을 했다.

너희, 그런 규약은 잘 읽어보는 편이 좋을 거다…….

"얘얘, 혹시, 회장?"

아연실색하고 있던 린이 팬클럽 회장의 교복 옷자락을 잡아당겼다.

그러나 회장은 "무슨 소리야?" 하고 시치미를 뗀다. 확실하지는 않지만 음질도, 말투도 우리가 알고 있는 학생회장님 그 자체다.

어째서 들키지 않을 거라 생각한 건지, 회장의 좋은 머리는 특정한 쪽으로 치우쳐 있는 게 분명하다.

갑자기 나타난 수수께끼의 팬클럽 덕분에 소동은 그 규모와 달리 놀라울 정도로 빠르게 수습됐다.

소동을 듣고서 교감이 달려왔을 때, 거기에 있었던 것은 질서정연하게 한 줄로 서서 팬클럽에 가입하려는 학생과 다운받은 신보를 즐기는 학생의 모습이었다.

"여러분, 뭘 하고 있는 건가요? 모의고사가 끝났으면 얼른 하교하세요."

허탕을 친 교감의 잔소리에 평소와 같은 날카로움은 없었다.

그리고 또 어느샌가 가면을 벗어 던지고 한 명의 학생으로 돌아온 회장이 동요하는 교감의 앞을 당당하게 가로막았다.

"교감 선생님, 학생회장 겸 문화제 실행위원으로서 제안이 있습니다. 교무실에서 말씀드려도 괜찮을까요?"

회장의 표정에는 확실한 승산이 있었다.

그 격론은, 후에 '교무실 구석 공방전'이라고 불리는, 우리 사이에서만 회자되는 전투가 되었다.

회장은 교감과 그 밖의 교직원을 상대로 홀로 밴드 활동 금지 철폐를 호소했는데.

일단 곁에는 당사자인 우리 네 사람도 있었지만 듣고 있는 것만으로도 위가 쑤시듯이 아픈 설전에 우리가 비집고 들어갈 틈은 없었다.

결코 우리가 겁쟁이였던 것은 아니다.

전황을 냉정하게 응시하고, 무엇이 최선인지 생각하고 생각한 끝에 나온 방관이다. 훌륭한 전술이나 다름없다.

그리고 수십 분에 걸친 본심과 명분이 뒤섞인 교섭의 응수, 급기야 지역 사회에 대한 학교 조직의 바람직한 모습과 교육론 등 구름 저편으로까지 날아간 논의의 행방은, 이윽고 결판을 보였다.

"실례했습니다."

인사하고 교무실 문을 닫은 회장이 엄지를 척 든다.

"……이겼어."

우리는 펄쩍 뛰었다.

그렇지만 완전 승리는 아니다.

획득할 수 있었던 것은 어디까지나 여름방학 종반에 있는 취주악부 공연 즉석 참가와 그 후 교칙개정 회의를 개최하겠다는 약속뿐이었다.

"나머진 너희한테 맡길게."

"맡겨줘!"

린이 회장에게 달려들며 힘차게 대답한다.

초인적인 회장의 활약 덕분에 문화제를 향한 많은 장애물을 돌파할 수 있었다.

남은 건 우리의 연주로 보호자를 설득하는 것뿐이다.

지금 생각하면, 린의 몸은 이때쯤부터 한계에 가까워지고 있었던 것 같다.

여름방학 종료 직전, 취주악부 콘서트.

취주악부의 장엄한 선율이 성대한 박수와 함께 막을 내렸고, 우리의 연주를 위한 기재를 준비하는 단계가 됐는데도 린은 회장에 나타나지 않았다.

"방금 모리야마네 부모님에게서 겨우 연락이 왔어."

일단 막이 내린 문화홀 무대 위에서 기재를 준비하고 던 우리에게, 회장이 새파랗게 질린 표정으로 달려왔다.

"모리야마가 계단에서 굴러떨어져서 지금 병원에서 치료와 검사를 받고 있나 봐. 다행히 의식이 없다든가 뼈가 부러진 건 아닌 것 같은데…… 이쪽에 오기는 힘들 것 같아."

　"그래……."

　이 날, 린이 계단에서 굴러떨어졌느니 하는 건 새빨간 거짓말이었다.

　린은 이날 현관 앞에서 의식을 잃고 문화홀 바로 옆에 있는 병원이 아니라 조금 떨어진 큰 병원으로 실려가 있었다.

　우리의 발표 직전에 정신을 차리고 연주회에 참가 못 하게 된 걸 알게 된 린이 부모님에게 거짓말을 전하도록 부탁한 것이었다.

　그런 거짓말조차 알아채지 못했던 당시의 나에게 진심으로 넌더리가 난다.

　"멤버가 다 모이지 않았나 보군요."

　무대 옆에서 회장을 뒤쫓듯이 교감이 모습을 드러냈다.

　"완치됐다고는 해도 모리야마 양은 원체 몸이 약한 아이입니다. 여름방학에 너무 무리한 게 탈이 된 건 아닐까요? 상태가 그런데 라이브 공연을 허가할 수는 없어요."

　밴드 활동을 막기 위해서 뭐든지 가져다 붙일 것 같은 이론이다.

　반발심을 품는 나를 훈계하듯이 교감은 말을 계속했다.

　"오늘처럼 본무대에서도 컨디션이 안 좋을 가능성이 높

고요. 밴드 활동은 단념하도록 하세요. 어차피 오늘 공연에 실패하면 교칙도 바뀌지 않겠지만."

이 말에는 회장도 반론할 수 없는지, 분해 보이는 얼굴을 숙인다.

바로 그때였다.

"그럼요, 만에 하나, 보험 든다는 생각으로 참가해도 될까요?"

무대 옆에 사장이 서 있었다.

그 손에 지금부터 나르려고 했던 마이크와 스탠드가 쥐어져 있다.

교감이 어리둥절해하며 눈을 크게 떴다.

"설마, 당신이 노래하려고요?"

"공백이 꽤 길긴 하지만 뭐어, 괜찮을 것 같아요. 이 녀석들이 연습하는 건 그럭저럭 들었으니 아마 부를 수 있을 거예요."

"왜 그렇게까지 해서…… 이 아이들을 도와주는 거죠?"

그 점은 우리도 마찬가지로 궁금했지만, 교감의 입에서 나온 그 말에는 우리와는 다른 절실함이 있었다.

"이 녀석들의 노력이 진짜라는 건 선생님도 잘 알잖아요."

사장이 목에 손을 대고 소리를 내면서 말한다.

"하지만, 이 아이들이 소동을 일으키면 당신들까지 억울한 중상에——."

사장이 그 졸린 듯한 두 눈으로 교감의 말을 끊었다.

"선생님, 이제 그 녀석이나 우리를 위해서 악역을 자처하지 않아도 돼요."

교감의 숨이 탁 막혔다.

"이 아이들은 틀림없이 우리가 하지 못한 일을 해줄 테니까."

도대체 무슨 의미일까.

두 사람 사이에 예전에 무슨 일이 있었기에.

그것은 아직도 잘 모르겠다.

그러나 나는 전에 사장의 완전히 갈라진, 하지만 강렬한 노랫소리를 벌써 한 차례 들은 바 있다. 더욱이 두 사람의 대화를 냉정히 들으니 저절로 가설 하나가 머리에 떠올랐다.

하지만 그것이 명확한 형태를 이루기 전에,

"야, 너희, 멍하니 있지 말고 준비해라, 준비."

사장의 사나운 미소가 대화에 끼지 못하고 딴 생각 중이던 우리를 현실로 되돌렸다.

"내 목소리에 걸맞은 연주를 기대하마."

이리하여 린이 없는 스테이지의 막이 오른 것이었다.

"우와아아아아아아, 정말 미안해애애애애애!"

바로 집에 돌아간다는 이유로 병문안을 거절당했기 때문

에, 린과 다시 만난 건 시업식 아침이었다.

전화 너머로 린이 몇 번이나 사죄를 한 터라 우리는 이제 배가 부를 정도였지만, 린은 이렇게 얼굴을 맞대고 보니 역시 또다시 사죄하지 않으면 속이 풀리지 않는 모양이었다.

"됐다니까. 사장님 덕분에 어떻게 잘 끝냈고."

즉흥 참가 콘서트는 대성황 속에 막을 내렸고, 교칙개정에 대해서는 학부모회 회의의 결과를 기다릴 뿐이다.

"우와아아아아아, 내가 부르고 싶었는데에에에에에!"

사죄에 이어 떼를 쓰기 시작한다. 정말이지 소란스러운 녀석이다.

학부모회 회의의 결과가 우리에게 닿은 건 그다음 날의 일이었다.

"조금 전, 교감 선생님한테서 직접 이야기를 듣고 왔어."

교실에 남아 결과를 기다리고 있던 우리 네 사람을 회장이 숨을 헐떡이며 찾아왔다.

우리의 애를 태우려는지 뜸을 들였지만, 평소엔 한일자로 다물어진 입매가 히죽거리고 있는 게 눈에 확 띈다.

결과는 불을 보듯 뻔했다.

"문화제에서의 공연, 정식으로 허가가 떨어졌어!"

"""이야앗호오오오오오오!"""

"……야, 야호오…….."

우리 다섯 명은 펄쩍 뛰면서 기뻐했다.

문화제 라이브 개최 결정 소식은 팬클럽 메일링 리스트에도 즉시 배포되어, 문화제를 향한 기운이 갑작스레 높아지게 되었다.

그때부터는 눈 깜짝할 사이였다.

매일 학교생활을 소화하는 한편 문화제를 향한 준비를 착실하게 해나갔다.

학교에서 정식으로 시민권을 부여받은 우리 밴드를 응원해주는 사람은 나날이 늘었고, 준비와 연습, 거기에 회장이 게으름 피우는 걸 용서하지 않는 스터디가 겹쳐도 전혀 괴롭지 않았다.

오히려 그 살인적인 스케줄이 더없는 행복이었는지도 모른다.

적어도 린은 확실히 행복해 보였다.

웃는 얼굴로 종횡무진하는 린은 무척이나 만족스러워 보여서, 그 모습을 바라보고 있노라면 이따금 가슴을 찌르는 통증조차 신경 쓰이지 않을 만큼 나는 기뻤다.

여기까지 왔으니, 이제 한고비만 남긴 셈이다.

조금만 더. 앞으로 조금만 더.

앞으로 열흘만 있으면 린의 꿈은 이루어지고, 그리고 이 나날은 다시 한 번 끝을 맞이한다.

그때까지 내 감정을 잘 컨트롤하면, 그로써 나의 속죄는 끝날 것이다.

빨리 끝나길. 영원히 계속되길.

그런 상반된 감정을 품는 동안, 시간은 가차 없이 흘러갔다.

키타고 축제는 3일에 걸쳐서 행해진다.

축제 직전의 1주일은 특별히 오후 수업 대신 축제 준비를 하게끔 시간표가 바뀌는데, 그동안에 학생들은 일괄적으로 학급 전시회나 무대 발표 연습 등을 하게 된다.

우리도 밴드 연습과는 별개로 그와 같은 학급별 프로그램이 있는 까닭에 그것을 소화하면서 밴드 연습을 계속했다.

그렇게 키타고 축제가 다가온다.

1일 차인 체육 대회에서는 웃통을 벗은 남학생들이 얼음 덩어리를 바통 대신 사용해 릴레이 달리기를 벌이는, 수수께끼의 서비스 정신이 넘치는 경기가 이목을 끌었다. 회장왈, 전통 경기라서 삭제하려고 해도 할 수 없었다나. 관습이라는 것은 이처럼 참 무섭다.

2일 차인 무대 발표는 취주악부 콘서트에도 사용된 학교 근처의 문화홀에서 전교생을 모두 모아 행해진다.

학급별로 합창이나 댄스를 선보이며 종합점수로 경쟁하

게 된다.

그 밖에도 각 문화부의 발표와 외부에서 초대한 단체의 공연 등 매년 다양하고 풍부한 프로그램이 시행되어, 학생들은 최종일을 향해서 조용하게 열기를 띠어간다.

"드디어 내일이야!"

문화홀에서의 발표가 끝난 후 대부분의 학생은 학교로 돌아온다.

3일 차에 있을 교내 전시 준비를 오늘 안에 마치기 위해서다.

키타고 축제의 클라이맥스를 향해 다들 정신없이 열중하고 있었고, 그중에서도 린은 이 이상 없을 정도로 부산을 떨었다.

"지금부터 목이 박살날 때까지 계속 노래 부르고 싶을 정도야!"

"엉뚱한 소리 하지 마."

학급 전시 준비를 도운 다음에 음악실을 빌려서 연습할 예정이지만, 리허설이라면 벌써 몇 번이나 했다. 이따가 할 오늘 연습은 최종 조정 같은 거다.

"그러면, 그러면, 전야제가 아닌 중야제를 하자! 내일을 향해서 파~악, 응?!"

"본무대 전에는 몸을 충분히 쉬게 하지 않으면 안 돼."

"진짜! 회장은 너무 딱딱해, 매번 그렇다고-. 히미코한테 강제연행 시킬까 보다—."

"……노력해 볼게요……."

"너는 남의 명령만 듣고 있지 말고 자주성을 가지도록 해."

"……나도, 회장이랑…… 중야제 하고…… 싶으니까……."

"……민폐가 따로 없네."

고개를 돌린 회장의 귀가 불그스름하다. 회장은 단도직입적인 호의에 약한가 보다.

그런 세 사람의 모습을 보며 로쿠로가 히죽거리며 웃고 있길래, 나는 로쿠로의 옆구리를 팔꿈치로 찔렀다.

"뭘 히죽거리는 거야, 기분 나쁘게."

"너한테 듣고 싶지는 않은데."

그렇게 다섯이서 나란히, 우리는 학교로 돌아갔다.

이렇게 다섯 명이 모두 모여서 걸을 수 있는 것도 얼마 남지 않았다.

"——이만하면 되겠다."

본무대에서의 곡 순서를 확인하는 한편 불안한 곡은 반복해서 연주하며 대강의 연습을 마쳤다.

완벽! 불안 따윈 없어! 아무리 연습해도 이렇게는 느껴지지 않지만 일단은 이만하면 됐다 싶다.

린이 한참은 더 부르고 싶다는 듯이 부산을 떨고 있지만,

그 에너지는 이다음에 있을 중야제에서 발산해주시길.

"사토시 너, 결국 마지막까지 노래 안 불렀지?"

린이 불만스러운 듯이 뾰로통한 얼굴로 나를 째려봤다.

무슨 말인가 하면, 라이브 클라이맥스용으로 히미코와 로쿠로가 만든 신보에 대한 이야기다.

린은 그 노래가 완성됐을 때부터 내게 트윈 보컬로 부르자, 트윈 보컬로 부르자고 끈질기게 압박하는 중이다.

"그러니까, 나는 노래만은 진짜 안 된대도."

얘가 혹시 흑역사 CD 사건을 잊은 건가, 하고 린의 제안을 다시금 거절했지만, 린의 입장에서는 흑역사 CD를 들었기 때문에 트윈 보컬을 희망하고 있는 것 같다. 정말이지 악취미다.

도중부터 우리의 연습을 견학하던 회장이 '크크크' 하며 악역 같은 웃음을 억지로 참으면서,

"그 CD만이 아니라 너한테는 중학교 때의 트라우마도 있으니까."

"야, 말하지 마."

그러나 회장이 내게 자비를 베풀 까닭도 없어,

"우리 중학교는 매년 학급대항 합창 콩쿠르에 힘을 쏟는데, 1학년 때였나. 시노하라가 자기 가창력도 모르고 열심히 하다 같은 반 전체한테 까였었지."

과거 같은 반이었던 입장에서야 웃긴 일일지도 모르지만

당사자인 나에게는 트라우마라고. 그만해.

린을 만날 때까지 제대로 된 밴드 활동을 못 했던 것도 사실 그 탓이 커서거든?

"지금 생각해도 웃길 정도로 참 딱했어."

회장의 성격은 오늘도 여봐란 듯이 비뚤어져 있다.

"음~. 뭐, 이제 와서 말해봐야 별수 없다만—."

린이 겨우 단념해준 듯해 한숨 돌리고, 나는 기타를 케이스에 넣었다.

"잠깐 화장실 좀 갔다 올게."

나는 다른 세 명에게 뒷정리를 맡기고 음악실을 나섰다.

"앗, 맞다, 맞다. 사토시."

린이 불러 세워서 어깨 너머로 되돌아봤다.

"사장님이 간식 들고 온 것 같으니까, 화장실 가는 김에 마중 좀 가줘!"

과자에 눈이 먼 린의 부탁에 "알았어, 알았어." 하고 대충 대답했다.

화장실은 음악실에서 조금 떨어진 곳에 있다.

날이 저문 교사 안을 전등이 비춘다. 안에는 아직 많은 학생이 남아서 준비에 동분서주하고 있었다.

비현실적으로 들떠 있는 이 기분을 틀림없이 앞으로 몇 번이고 다시 되새길 것이다. 린이 사라진 두 번째 미래에서도 반복할 것이다.

"지금은 눈앞의 일에 전념해야지……."

서둘러 화장실을 다녀온 뒤 사장을 찾아 나선다.

그때 갑자기 배후에서 인기척이 느껴졌다.

나는 그만 반사적으로 돌아보았다.

"아, 안녕-. 시노하라. 고생이 많네-."

"하나조노?"

내 뒤에 있었던 건 같은 반 여자애였다.

같은 반이기는 해도 그렇게 친한 건 아니라서 같은 반 이상 친구 미만인 정도다. 학급 전시를 돕는 것 때문에 몇 번인가 말을 주고받았지만, 그 정도밖에 접점이 생각나지 않는 존재였다.

하의는 교복 스커트, 상의는 녹색의 반 티셔츠를 입었는데, 문화제 때의 극히 흔한 복장이다.

평소에는 반의 중심 근처에서 서글서글하게 웃는 일이 잦은 반듯한 얼굴이, 인공 불빛에 비추어져서 조금 어두웠다.

불길한 예감이 들었다.

딱히 내 직감이 날카로워서가 아니다.

그저 단순히 여기서 하나조노가 날 불러 세우는 과거는 내 기억에 없기 때문이다.

"있잖아, 지금, 시간 좀 돼?"

"……미안. 좀 급해서."

하나조노를 뿌리치고 사장을 찾으려고 하는데,

"시간 많이 뺏지 않을 테니까."

절박해 보이는 하나조노의 기세에 눌린 나는 인기척이 없는 안뜰의 나무 그늘로 끌려갔다.

미덥지 않은 외등(外燈)과 교사에서 나오는 빛에 희미하게 비추어지는 안뜰은 그늘도 많고, 시야도 많이 가린다.

"으~음, 저기, 말이야."

하나조노가 몸 앞에서 손을 꼼지락거리며, 안절부절못하며 나를 올려다본다.

"우리, 사귀지 않을래?"

"······앙?"

얜 또 뜬금없이 무슨 말을 꺼내는 거야.

"왜······."

"왜라니, 나, 시노하라가 좋아진 것 같아서 말이야."

하나조노는 내가 영문 모를 전개에 당황하고 있는 사이에 이야기를 착착 진행했다.

"뭐라고 해야 하나, 전부터 나쁘지 않다고는 생각했었는데 말이지. 시노하라, 너 요즘 왠지 모르게 분위기가 어른스러워진 느낌이 들어서, 이상하게 좋더라구."

주의가 부족했었나 보다.

린과 멤버들에 대한 태도를 과거와 비슷하게 하려고 철저하게 행동하고 있었던 탓에, 같은 반의 다른 애들에 대한 태도까지는 신경을 쓰지 못했다.

아니, 하지만, 그렇다고 해서 그런 사소한 것 때문에 이렇게 된다고?

좋아한다든가 사귄다든가 하는 게 그런 사소한 태도의 차이로 정해지는 건가?

"미안하지만 못 사귀겠다."

나는 이야기를 끝맺고 서둘러 안뜰에서 나가려고 했다.

"잠깐, 잠깐만, 잠깐만 기다려봐! 시노하라, 무슨 결정이 그렇게 빨라?"

뜻밖에도 하나조노는 멘탈이 강해서 딱 잘라 거절했음에도 불구하고 팔을 잡고서 나를 못 가게 했다.

"시험 삼아 잠깐 사귀어볼 수도 있고 그런 거 아니야?"

잠깐 사귀어보는 건 또 뭐야.

뭐, 누가 어떤 생각을 품고 있든 아무래도 그만이다.

사람의 수만큼 가치관은 있는 거니까, 딱히 이러쿵저러쿵 말할 생각은 없다.

하나조노가 내게 품고 있는 호의가 가짜라고, 적당한 감정이라고 단정할 생각도 전혀 없다.

하지만 좋아한다든가, 사귀자든가 하는 말을 이렇게나 간단하게 해버리는 하나조노에게 불쾌감을 품지 않았다고 한다면 거짓말이 된다.

포기할 분위기가 아닌 하나조노를 지금 당장 뿌리치고 싶다.

억지로 뿌리칠까도 싶었지만, 린에게 그렇게 해버렸을 때가 생각나 괜히 주저되었다.

"사귀지 못하겠다니까."

"왜?"

아무리 표면적으로 거절해도 하나조노는 물고 늘어지기만 할 것이다.

그래서 나는 말해버렸다.

"좋아하는 녀석이 있어서 그런다."

이 말을 듣고서야 하나조노는 손을 놓았다.

바로 이때.

안뜰을 나가려고 재빨리 걸음을 내디딘 순간 저 앞쪽에서.

정원수 뒤쪽으로 낯익은 머리가 쑥 들어갔다.

린이 이쪽을 엿보고 있었던 것이다.

"……으."

어째서 여기에.

과자를 기다리지 못하고 음악실에서 나온 건가? 강아지야, 뭐야.

하나조노와의 입씨름 때문에 예상외로 시간을 잡아먹은 모양이다.

어떤 루트를 통해 안뜰을 나갈지 잠시 망설이는데, 뒤에서 하나조노의 목소리가 들려왔다.

"그 좋아한다는 녀석 말이야."

야, 너, 무슨 소릴——.

"그거, 혹시 린이니?"

그렇지 않다고, 대답할 수밖에 없지 않은가.

안 그러면 지금껏 해온 일이 전부 수포로 돌아간다.

하나조노는 린이 숨어 있다는 것을 눈치채지 못한 것으로 보인다.

여기서 린의 이름을 꺼낸 것은 짐작 가는 사람이 그 정도밖에 없었기 때문일 것이다.

하나조노에게 악의는 없다.

그저 그 무렵의 나처럼 아무런 생각도 없이 분위기에 휩쓸려서 감정을 토해내고 있을 뿐일 테니.

내가 어떤 심정으로 린에 대한 감정을 억눌러왔는지 하나도 모르는 주제에.

그래서 지울 수 없는 하나조노에 대한 반발심이 내 목소리를 험악하게 만들었다.

"그럴 리 없잖아. 바보냐."

"——으. 그렇게 화내지 않아도 되잖아……."

이러고서야 하나조노는 안뜰을 나갔다.

조금 말투가 지나쳤나도 싶었지만, 그 정도로 세게 말하지 않았다면 하나조노는 포기하지 않았을 것이다.

그리고 조금 강하게 부정한다 해도 문제는 없다.

린은 나를 이성으로 보지 않으니까.

"야, 뭘 엿보고 있는 거야?"

나는 정원수 뒤에 숨어 있는 린을 스쳐 지나가면서 말을 걸었다.

"사장님 마중 가는 거 늦어져서 미안하다."

하지만 린은 대답하지 않았다.

푹 숙이고 있는 린의 얼굴에서 물방울이 한 방울 떨어지고, 한순간 외등의 빛을 반사했다.

"야, 야. 린……?"

"……역시, 좋아하는 사람, 있었구나."

목소리가 무척이나 떨리고 있다.

"아, 앗, 맞다. 같은 반 애한테 부탁받은 일이 있었어! 잠깐 갔다 올게! 사장님은 부탁해!"

린은 갑자기 밝은 소리를 지른 다음, 무언가를 얼버무리려는 듯이 어깨를 퍽퍽 때리고 가버렸다.

그리고 안뜰에는 나 혼자 남겨졌다.

"……기분 탓이야."

암, 당연하다.

나는 좋지 않은 일이 벌어질 것 같은 기분을 억누르고, 사장을 찾기 위해 걷기 시작했다.

역시나 그건 기분 탓이었다.

하나조노의 고백으로부터 하룻밤이 지나고, 오전 중의 학급 전시 일을 도우면서 추측은 확신으로 바뀌고 있었다.

린은 내 기억에 있는 것과 같이 중야제 때 까불며 난리를 쳤고, 오늘도 저처럼 기운차게 반 애들과 전시에 힘을 쏟고 있으니까 말이다.

"야, 린. 슬슬 무대 체크랑 최종 조정 할 거야."

오후 세 시를 넘었을 무렵.

반 애들에게 양해를 구하고 교실을 빠져나간다.

"으, 응."

린이 내 뒤를 저벅저벅 따라온다.

그래. 기분 탓이다.

린의 태도가 어제부터 어딘가 어색한 것도, 나를 향한 미소가 어딘가 어두워 보이는 것도, 전부 다 기분 탓임에 틀림없다.

하지만 오늘로 모두 끝난다. 오늘을 무사히 마치기만 하면, 린은 웃으며 죽을 수 있다.

그것을 이제 와서 내 이기적인 망상 때문에 망쳐버려서는 안 된다.

"······어떻게 된 거야?"

기분 탓이라고 얼버무릴 수 없는 사태가 일어난 것은 최종 조정에서였다.

교정에 설치된 무대에서 기재 상태 체크를 마치고, 여섯 시부터 시작하는 본무대를 앞두고 우리는 음악실에서 소리를 맞추는 중이었는데.

일하는 중에 짬을 내서 간식을 가져온 회장은 우리의 연주를 듣자마자 노골적으로 얼굴을 찡그렸다.

"이거 전혀 안 되겠는데. 특히 보컬."

돌려 말하는 것도 없이 지목당한 린이 어깨를 흔든다.

히미코가 "⋯⋯회, 회장⋯⋯." 하고 달래지만 회장은 가차 없이 말을 계속했다.

"기술적으로 안 되는 부분이 있는 건 이제 와서 신경 쓰이지 않는데⋯⋯ 목소리에 왜 그렇게 패기가 없어?"

린의 노래에는 전혀 힘이 깃들어 있지 않았다.

신기하게 사람을 끌어당기는 느긋하고, 쾌활한 노랫소리는 모습을 감췄고, 음악실에는 그저 무기력하고, 평범한 노랫소리가 흐르고 있었다.

"어, 어라? 이상하네. 왠지 신이 안 나서. 에, 에헤헤. 어제 중야제 때 과자를 너무 많이 먹어서 그럴지도."

린이 시치미를 떼지만 그 얼굴은 당장에라도 무너져버릴 만큼 힘이 없어 보였다.

내가 모르는 린의 얼굴이다.

"웃을 일이 아니야. 이런 상태론 도저히 발표 못 해."

누구보다도 우리의 연주를 많이 들어온 회장이기에 그 말에는 무게가 있었다.

통상, 밴드의 실력은 소리의 토대가 되는 베이스와 드럼으로 정해진다고 한다.

우리 밴드도 예외는 아니라 연주의 골조를 만드는 건 로쿠로와 히미코다.

하지만 이 밴드를 이끄는 건 바로 린이다.

연주를 이끄는 것은 분명 히미코와 로쿠로지만, 밴드 그 자체는 린이 없으면 꾸려 나갈 수 없다.

그렇기에 린이 죽은 뒤 우리는 다시 일어설 수 없었다.

그리고 지금 우리의 눈앞에서 린의 노랫소리가 죽어 있다.

이 같은 상황은 우리의 연주에도 막대한 영향을 끼쳐서, 회장이 '발표 못 해.'라고 단언할 정도로 심각한 상태가 되어버렸다.

몇 번을 연주해도 린의 상태는 돌아오지 않았다.

린은 당장에라도 울음을 터뜨릴 것 같은 얼굴로 마이크 스탠드에 매달렸다.

"……미안. 잠깐만, 혼자 연습하게 해줘."

린이 음악실에서 나가는 것을 막는 사람은 없었다.

노래할 수 없는 것에 대해서 린 본인이 너무나도 지쳤기 때문이다.

"……본무대 30분 전까지는 어떻게든 해."

회장은 그 말을 남기고서 다시 일하러 돌아갔다.

하지만 그렇게 말해도 본무대까지 이제 한 시간이 채 남지 않았다.

린이 없는 상태에서 소리를 맞추어본다.

아무도 실수하지 않고 연주는 매끄럽게 나아간다.

그러나 린이 없는 연주는 왠지 모르게 불협화음 같았다.

그렇게 찜찜한 시간이 지나고, 아무 일도 일어나지 않은 채 본무대 30분 전이 되었다.

로쿠로가 나를 똑바로 응시하며 입을 연다.

"네가 모리야마를 부르러 가줘."

로쿠로의 말에 히미코도 고개를 무겁게 끄덕인다.

"……왜 내가."

나도 모르게 새어 나온 비뚤어진 대답에 로쿠로는 담담하게 대답했다.

"무슨 말을 하는 거야. 너밖에 없잖아."

나는 그대로 히미코의 괴력에 떠밀려 린을 부르러 가게 되었다.

린은 조금 떨어진 시청각실에서 연습하고 있었다.

본무대까지 시간도 없는데, 내 다리는 어기적어기적 느리기만 하다.

"……."

린의 컨디션이 무너진 이유.

짚이는 거라곤 하나밖에 없었다.

기억에 없는 트러블이 일어난 것, 그 원인은 기억에 없는 사건이 이유일 가능성이 높다.

하지만 그것이 정답이라고는 도저히 생각할 수 없었고, 생각해서는 안 되었다.

이런 상황에서조차 나만 생각하는 이기적인 결론에 이르려 하고 있는 자신에게 경고하며, 기어이 도착한 시청각실의 문을 연다.

린이 원상태로 돌아오기를.

과거의 기억대로 린에게 최고의 시간이 되기를.

"……린?"

쥐죽은 듯 조용한 시청각실에 린의 모습은 없었다.

『없다니, 무슨 소리야?!』

전화로 회장이 무시무시한 호통을 질렀다.

"말한 대로야. 린이 아무 데도 없어."

나는 교사 안을 돌아다니면서 대답했다.

"지금 히미코, 로쿠로랑 분담해서 찾고 있어."

하지만 어디를 뒤져도 린은 없다.

교사 안에는 없는 모양이다.

"프리멤 부대 녀석들 중 누군가가 린을 봤을 수도 있지 않을까?"

프리멤 부대 회원은 학교 안에 잔뜩 있다.

그 네트워크에 걸리지 않았을까, 기대해볼 수 있는 부분이다.

『프리멤 부대랑 나는 아무 상관이 없으니까 모르겠는데.』

지금 그런 서론은 필요 없잖아, 하고 마음속으로 생각했다.

『팬클럽 사람들은 벌써 뒷정리를 마치고 조금 전부터 무대에 정렬하고 있어. 모리야마를 목격한 사람이 있지는 않을 것 같아.』

회장의 남다른 통솔력이 단점으로 작용하고 말았다.

교사 안에 사람이 몹시 적다 싶었더니 그래서였군.

과거와 전혀 다른 사건에 사고(思考)는 흐트러지고, 조급해져서 머리가 잘 돌아가지 않았다.

『아무튼 한시라도 빨리 모리야마를 찾아. ……찾았다고 해서 라이브를 할 수 있는 상태일 것 같진 않지만…… 할 수 있는 일은 해 봐야지.』

회장은 서둘러 전화를 끊었다.

할 수 있는 일은 한다. 그런 건 말하지 않아도 다 안다.

하지만 린이 어딜 갔는지도 모르고, 어떻게 린의 컨디션을 회복시키면 좋을지도 모르겠다.

나는 어디로 가야 할지 갈피를 잡지 못한 채 다짜고짜 뛰어다녔다.

바로 그때.

"옙, 스톱, 스톱."

갑자기 누가 칼라를 잡아당기는 바람에 숨이 막혔다.

그대로 뒤로 넘어가 엉덩방아를 찧는다.

"……사장님?"

"여~, 뭔가 문제가 생겼구만?"

"……교사 안은 금연이에요."

"축젠데 뭐 어때."

사장은 인기척이 없는 걸 구실로 뻐끔뻐끔 연기를 뱉고 있다.

"근데 사장님, 지금 서두르고 있어서요."

"알고 있어. 린이 사라졌잖아?"

"네. 빨리 찾아야 돼요. 사장님도 담배 그만 피우고 좀 도와주세요."

그러나 사장은 내 칼라를 잡은 채 느긋하게 담배를 피우고 있었다.

뿌리치려고 해도 사장의 손은 내 칼라를 꽉 잡은 채 떨어지질 않는다.

인기척이 없는 복도에 연기 냄새와 여름이 끝나는 기척과 멀리서 들리는 무대의 웅성거리는 소리가 서로 섞였고, 석양이 그것들을 선명하게 물들이고 있었다.

"너 말이야."

사장은 창밖으로 눈을 돌리고 어딘가 먼 곳을 보고 있었다.

"왜 아까 좋아하지 않는다고 말한 거야?"

무슨 소리를 하고 있는지는 명백했다.

"봤어요?"

"우연히."

사장의 음성은 평소처럼 아무래도 그만이라는 것 같아서 종잡을 수가 없다.

······아니, 오히려 평소보다 더욱 마음이 딴 데 가 있는 것 같은 눈치다.

"여하튼 왜 그런 소릴 한 거야? 린이 있었던 것도 알고 있었잖아. 린을 좋아하면서 왜 그랬어?"

"무슨 소릴 하는 거예요. 좋아하지 않아요."

즉시 답했다.

린은 물론, 누구에게도 이 감정을 말할 생각은 없으니까.

"······왜 그렇게 고집이 세냐? 음~ 고등학생이라는 게 원래 이렇게 순진한가? 고등학생이었던 게 워낙 먼 옛날이라서, 네가 평범한 건지 너무 순진한 건지 솔직히 모르겠다."

사장은 끝까지 내 감정에 확신을 가지고 있는 것 같았다.

"뭐, 나야 상관없지만."

이윽고 사장이 겨우 칼라를 놓아주었다.

"좋아한다고 말하는 게 상대에게 꼭 좋다고 할 수 없기도 하고."

"……무슨 소리예요, 그건?"

"별거 아냐. 잠깐 옛날 일이 생각나서. 너희하곤 상관없는 이야기야."

상관없다고?

아무것도 모르는 주제에.

전해서는 안 되는 감정이 있는 것도, 좋아서, 너무 좋아 견딜 수 없어서 거절해야만 하는 괴로움도, 하나도 모르는 주제에!

"……으."

부글부글 끓어오른 머릿속에 나를 거절하는 병상 위의 린이 떠올랐다.

좋아하니까, 거절해야만 한다?

'밴드, 계속해. 앞을 향해서 계속 노력해. 그렇게 해주면 난 기쁠 거 같아.'

내가 고백하기 직전, 린이 했던 말이 떠오른다.

그렇다, 린은 분명히 그렇게 소망했었다.

자신에게 얽매이는 일 없이 앞을 향해서 계속 걸어갈 것을.

"……."

벌써 몇 번째일까. 나만 생각하는 이기적인 생각이 가슴에 떠오른 게.

그와 동시에 합숙 동안 린이 보여준 생기 없는 말이나 병상에서의 격렬한 거절을 떠올리며 그럴 리 없다고 스스로를 타이른다.

린이 나를 좋아할지도 모른다니, 참으로 이기적인 망상이다.

하지만 하나조노에게 고백받았을 때 린이 내 감정을 알아채지 못하게끔 필요 이상으로 신랄한 태도를 취한 나와, 병상에서 격하게 나를 거절한 린의 모습이 겹친다.

서로가 서로를 생각하는 바람에 엇갈리고 있다. 그런 망상이 내 마음을 어지럽혔다.

하지만 만약 그렇다고 한들 뭘 할 수 있을까.

내 감정이 린에게 상처를 입히게 되는 것은 바뀌지 않는 것인데.

하지만 갑자기 나타난 뜻밖의 가능성이 또다시 나를 이상하게 만든다.

이런 막바지 상황에서, 합숙 때 결의한 마음이 흔들릴 것 같아 머릿속이 엉망진창이 된다.

아무런 행동도 하지 못하고 꼼짝 않고 서 있는데, 교내 스피커가 지직 소리를 냈다.

키타고 축제의 마무리, Primember의 학교 축제 라이브 개시 5분 전을 알리는 방송이었다.

몇 분이고 그 자리에서 움직이지 않는 내 곁에서 가만히 담배를 피우던 사장이 문득 입을 연다.

"너희가 부러워, 나는."

뭐가 부럽다는 걸까.

"너희한테는 미래가 있어. 너희는 계속 노래할 수 있다고. 우리와 다르게 말이지."

"……."

사장의 말을 듣고 나도 모르게 입술을 깨물었다. 주먹을 쥐었다.

"그러니까 그렇게 구질구질 고민 안 해도 되잖냐?"

아니! 그렇지 않아! 우리에게 미래 같은 건 없어!

그렇게 소리 지르고 싶어졌다.

사장님은 당연히 모르겠지만.

우리에게 미래 따위는 없어요.

그 사실을 나도, 린도 알고 있고요.

그러니까 그런, 무언가를 믿고 맡기는 얼굴을 해 봤자 부응할 수 없다고!

헝클어질 대로 헝클어진 머릿속으로 그렇게 외쳤을 때, 문득 시야가 트인 듯한 기분이 들었다.

"……미래 같은 건, 없어."

"응?"

그렇다. 미래란 없는 것이다.

"사장님. 나, 린 좀 찾을게요."

있는 것은 지금, 이 순간뿐.

사장이 말하고자 하는 바와는 다르겠지만, 확실히 구질구질하게 고민할 필요는 없다.

내가 해야 할 일은 정해져 있다.

나는 이번에야말로 전력으로 달리기 시작했다.

망설일 건, 없으니까.

"린이라면 옥상에 있을 거야."

사장이 천연덕스럽게 린이 있는 곳을 알려줬다.

'알고 있으면 처음부터 좀 가르쳐주지.' 라고 생각했지만, 불평하고 있을 틈은 없다.

끝나가는 여름의 더위를, 눅눅한 공기를 날려버리며 나는 달렸다.

당장에라도 심장이 폭발할 것 같고, 다리는 꼬이고, 기세를 못 이겨 몇 번을 넘어질 뻔했다.

내가 해야 할 일은 단 하나.

린의 감정이 어떻든, 만에 하나, 나를 좋아한다고 해도, 내가 할 일은 바뀌지 않는다.

린이 질주한, 평생 같았던 3개월을 웃는 얼굴로 마치게 한다.

감정은 숨기고, 오직 전력을 다해 마지막 라이브를 성공시킨다.

나는 린이 마지막까지 웃는 얼굴로 있어주길 바랐다.

그저 그뿐이었다.

속죄라든가, 그런 것 이전에.

나는 그저 린이 웃어주길 바랐다.

옥상 문을 연다.

공연 시작 시각은 이미 지나, 무대의 웅성거리는 소리가
해 질 녘의 하늘에 울려 퍼지고 있었다.

린은 옥상 한쪽 구석에 웅크리고 있었다.

"찾았다."

말을 건다.

"어, 째서. 왜 하필 사토시가 오고 그래……."

나를 올려다보는 린의 얼굴은 구겨져 있었다.

본 기억이 있는 표정이다.

"이상하다구. 뭔가 이상해. 어제부터 계속 괴롭고, 노래
하려고 해도 가슴이 메어서 전혀 즐겁지가 않아. 왜지, 그게
나, 줄곧 꿈이었는데. 왜 이렇게…… 심장, 나았을 텐데, 아
파서…… 어떻게 노래를 불렀었는지, 생각이 안 나……."

내가 고백한 그때.

린은 그전까지의 밝은 표정과는 동떨어진 괴로움에 일그
러진 표정을 지었었다.

지금 린이 그것과 똑같은 표정을 짓고 있다.

이 표정을 짓게 만들지 않기 위해서 지금까지 발버둥 쳐왔는데.

어째서 또 린에게 이런 표정을 짓게 해버린 걸까.

그렇지만 이대로, 잘못된 채로 있을 수는 없다.

린의 감정이 어떻든, 내가 할 일은 하나.

가슴을 안쪽에서 뚫어버릴 것 같은 이 감정을 숨긴 채 린과 웃는 얼굴로 작별하는 것.

린에게 미련이 남아서는 안 된다.

따라서 이 문화제 라이브는 무슨 일이 있어도 성공시켜야만 한다.

정말 좋아했던 그 노랫소리와 미소를 되찾아야만 한다.

그것을 위해서 무엇을 할 수 있을까.

평범한 설득이나 무난한 말, 지금까지와 같은 꾸민 태도로는 아무 의미 없지 않을까.

린과 보낸 6개월에 전부를 걸고, 부딪쳐보자.

나는 계속해서 린을 내려다보며 입을 열었다.

"린, 너한테 말해두지 않으면 안 되는 게 있어."

린이 흠칫 놀라 어깨를 움츠린다.

이렇게 연약한 린을 본 것은 처음일지도 모르겠다.

나는 마음을 진정시키듯이 크게 숨을 들이쉬었다.

"나한테, 좋아하는 녀석 같은 건 없어."

린이 나의 감정을 알아서는 안 된다.

하지만 달리 좋아하는 녀석이 있다는 착각 또한 하지 않기를 바랐다.

"착각하지 마. 너한테 설교하기 전에 이상한 오해는 하지 않았으면 해서 하는 말이니까."

설마 이 막바지에 와서 그런 소리를 들을 거라곤 생각하지 못했을 것이다.

린은 어리둥절해했다.

"어, 어, 그치만 하나조노한테 고백받았을 때——."

"너도 봤잖아. 집요했다고, 그 녀석. 너무 귀찮아서, 어떻게든 거절하고 싶어서 입에서 나오는 대로 말했어."

"……그렇구나."

그렇지만 린의 표정은 풀리지 않는다.

나는 린의 옆에 걸터앉았다.

평소처럼 그 숨결과 체온이 바로 옆에서 느껴진다.

"난 말이야, 네가 엄청 소중해."

"흐에에엑?!"

불쑥 중얼거린 내 말에 린이 과잉반응을 보인다.

아니, 뭐, 솔직히 나답지 않은 대사인 건 알고 있어.

그러니 도망가지 마. 거리를 두려고 하지 마.

나는 린의 팔을 잡아 억지로 옆에 고정시킨다.

당황하는 린과는 대조적으로 나는 내가 생각해도 뜻밖일 정도로 침착했다.

"난 쭉 제자리에 맴돌기만 했어. 하고 싶은 일도 양껏 못 하고, 용기도 없어서, 앞으로도 이대로 그런 욕구를 억누른 채 적당히 공부하고 대학에 가서, 적당한 데 취직하고, 계속 불완전 연소로 살아가겠구나 생각했어."

린은 내게 손목을 잡힌 채, 벗어날 생각을 접었는지 조금씩 차분해져 갔다.

"그랬는데 너를 만난 거야. 너랑 이것저것 엄청나게 사고 치면서 나는 행복했어. 즐거웠어."

나도, 린도 서로의 얼굴을 볼 수 없었다.

"내가 너를 얼마나 소중하게 생각하는지. 아무리 음악에 매달린다고 해도 다 전할 수는 없을 거야, 분명."

"무, 무슨 소리야?"

허겁지겁 얼버무리는 린의 목소리에는 힘이 하나도 없었다.

"나한테, 너랑 하는 라이브 이상으로 소중한 건 없다 이 말이야."

입에서 저절로 흘러나온다. 린에 대한 '좋아한다' 이외의 모든 감정이.

그날 린에게 전하지 못했던 말을 전부 다 전하자.

전하지 않아도 되는 감정만 숨기고, 그 밖의 감정은 전부 말하자.

"그런 소릴 해도."

귀 바로 옆에서 울먹이는 소리가 떨리고 있었다.

"난 지금 노래 못 해……."

한 번 꺼져버린 혼의 불꽃은, 언젠가의 내가 그랬듯이 저 안에 틀어박힌 채 좀처럼 되살아나지 않는 법이다.

나는 린의 손을 놓고 일어났다.

언젠가의 누군가처럼, 무서운 건 아무것도 없다는 듯 당당한 미소를 짓는다.

누군가의 혼에 불을 붙이는 방법을, 나는 린, 너에게서 배웠다.

"1번! 시노하라 사토시! 가 부릅니다!"

"……어?"

린의 눈이 휘둥그레졌다.

나는 그대로 힘차게 키타고 교가를 부른다.

응원단처럼 뒷짐을 지고 발은 어깨 폭만큼 벌리고.

있는 힘껏 입을 벌려 바보처럼 큰 소리로 부른다.

"……푸흡."

갑자기 린이 웃음을 터뜨렸다.

개의치 않고 나는 계속한다.

"아하하하하하하! 시, 심하다! 사토시, 너무하잖아! 무슨 노래가 그래! 일부러 그러는 거야?!"

심한 건 린의 리액션이다.

아주 제대로 터졌는지, 콘크리트 지면을 탁탁 치면서 괴로운 듯이 배를 잡고 있다.

이게…… 내가 지금 아주 업된 상태가 아니었으면 트라우마가 더 심해졌을 거라고.

"그, 그만그만! 크윽, 히히, 웃겨 죽겠네!"

자포자기하는 심정으로 나는 교가를 3절까지 완창했다.

린은 복근이 한계에 다다랐는지 움찔움찔 떨기만 했다.

이 후의 라이브에 지장이 생기지 않아야 할 텐데.

"히미코가 사람 앞에서 연주하지 못했을 때 로쿠로가 이끌어줬었지. 내가 첫 라이브에서 얼어 있었을 때는 네가 손을 뻗어줬었고."

린의 어깨를 잡아 일으키고서, 그 눈을 똑바로 쳐다본다.

"오늘은 내가 린을 이끌어줄게."

"……그렇게 음치인 사람이?"

지당한 지적이었지만 내게는 승산이 하나 있었다.

"한 곡만큼은 자신이 있거든."

"……뭐?"

"오늘을 위해 남겨둔 노래. 네가 트윈 보컬을 희망했던 그 노래 말이야."

줄곧 흥얼거렸었다.

허구한 날 방에 틀어박혀, 선율이 머리에서 떠나지 않고 목소리가 쉴 정도로, 이젠 없는 너와 함께, 후회하면서 끊임없이 불렀었다.

그러니까 그 노래만큼은 린과 함께 부를 수 있다.

린을 이끌어갈 수 있다.

"그거, 클라이맥스용이잖아."

"응. 그런데 초장부터 한 방 먹이려고."

나는 웃었다.

"이미 타임 스케줄이 엉망이 됐으니까 뭐, 상관없지."

"……회장한테 혼나겠네."

"나는 도망칠 거다. 잔소리는 전부 네가 들어."

"에헤헤, 너무하시네."

"이제 좀 괜찮냐?"

"응, 아마도, 괜찮아."

"아마도라니."

"아직은 좀 불안하단 말야. 그래도 분명 괜찮을 거야."

린이 내 손을 꼬옥 쥐었다.

"사토시가 함께라면, 뭐든 할 수 있어."

"응."

알아. 그런 건. 아주 옛날부터 아는 사실이야.

나와 린은 무대로 달렸다.

여름의 축제가, 단 한 번의 기적이 끝을 향해가고 있었다.

"설교는 나중에 할게."

무대 뒤에서 나와 린을 마중 나온 건 살인이라도 저지를 듯한 표정의 회장이었다.

"한시라도 빨리 사람들을 만족시켜줘."

밤의 어둠 아래, 교정에는 많은 사람들이 모여 있었다.

전교생이라고는 할 수 없지만 사전 판매 티켓을 구매한 보호자와 학교 관계자도 찾아왔기 때문에 교정은 전교 집회와 비교해도 손색없을 정도로 많은 사람으로 북적거리고 있다.

공연 시작 예정 시각에서 30분 가깝게 경과해서 사람들의 욕구불만은 당장에라도 터질 것 같았다.

린을 발견했다는 소식을 듣고 합류한 히미코와 로쿠로에게 머리를 숙이던 린이 돌변하며 겁 없는 미소를 띤다.

"첫 번째 곡, 뜬금없지만 그걸로 가자."

난데없는 제안에 놀라기는 했으나 히미코와 로쿠로는 '왜?'의 ㅇ 자도 꺼내지 않고 고개를 끄덕여주었다. 내가 쓸 마이크를 보고 어느 정도는 짐작을 했나 보다.

"그럼, Primember!"

린이 내민 손바닥에 회장을 포함한 네 사람이 각각 손바닥을 포갠다.

"즐기고 오자!"

린의 폭발적인 미소를 신호로 우리는 무대로, 회장은 객석으로 이동했다.

각자의 위치에 자리를 잡고, 좌중이 조용해질 때까지의

짧은 시간.

무대에 조명이 켜지고, 무시무시하기까지 한 환호성에 몸이 찌르르 떨린다.

"다들! 늦어서 미안해!"

마이크를 통해 사죄하는 린.

"사과하는 뜻으로 처음부터 전력으로 갈게!"

로쿠로가 베이스를 울리고, 히미코의 깨질 것 같이 선명한 하이햇 소리를 시작으로 강렬한 비트를 새기기 시작한다.

나는 기타를 잡고서 눈앞의 마이크 스탠드에 얼굴을 가져갔다.

불타는 듯한 린의 눈동자가 나를 흘끗 쳐다봤다.

"신곡 갑니다! 「매미 소리 라이더즈」!"

달아오른 몸이 제멋대로 움직이고, 손끝이 저절로 현을 달린다.

숨을 슈욱 들이쉬고, 몸속을 휘젓는 기분 전부를 노래에 싣는다.

내 뒤를 쫓아오듯 린의 노랫소리가 이 공간 전체를 울렸다.

괜찮아. 할 수 있다.

린의 노랫소리는 돌아왔다.

그냥 돌아오기만 한 게 아니라 이전보다도 훨씬 생생하게 공기를 흔들고, 고막을 진동시키고, 마음을 뒤흔든다.

혼의 전부를 싹 다 불태우는 것 같은 린의 노랫소리와 내

서툰 노랫소리가 동화해 서로 겨루듯이 충돌하고, 끝이 가까워진 여름 밤하늘에 녹아간다.

여름이 끝난다. 기적이 끝난다. 겨우 3개월에 불과했던 우리의 시간이 끝난다.

몸 안에 있는 모든 것을 기타에 담아 토해내겠다는 심정으로, 무아지경이 되어서 노래한다.

"━━━━━으!"

린.

나는 너를 좋아해.

결코 입에 담아서는 안 되는 감정. 전해서는 안 되는 감정.

하지만 네가 얼마나 소중한지. 너와 얼마나 계속 같이 있고 싶은지.

하다못해 그것만큼은 노래에 실어서 린의 마음에 새겨두고 싶었다.

그날 밤, 나와 린은 노래를 통해서 하나가 되었다.

하지만 말로 하지 않은 딱 하나의 감정만은 남아 나와 린의 경계를 이루었다.

그거면 됐다고 나는 생각했다.

"하아아, 하아아, 하아아."

모든 곡을 마치고 피니시를 고하는 사운드가 밤하늘에 울려 퍼진 순간.

환호성이 폭발했다. 우레와 같은 박수가 울려 퍼졌다.

관객이 날뛰는 땅울림과 앙코르를 바라는 소리가 정면에서 사정없이 날아온다.

"아, 하하."

린은 울면서 웃고 있었다.

"이렇게 행복해도 되는 걸까?"

"야, 뭐하고 있는 거야?"

나는 린의 머리를 가볍게 때렸다.

"아직 무대 뒤로 내려가지도 않았는데 앙코르라니. 성질 한번 급한 관객이네."

회장이 설계한 거겠지.

풋라이트의 역광 때문에 보이지 않을 거라고 착각하는지 맨 앞줄에서 날뛰고 있다.

"어떡할래?"

린은 힘껏 눈물을 닦는다.

"당연히 해야지!"

암, 당연히 해야지.

어차피 공연 시간도 앙코르를 전제로 회장이 설정했다.

"그럼 앙코르에 부응해서! 우리가 라이브 공연을 목표로 하게 된 계기가 되어 준 밴드, Animato animato의 메들리! 간다!"

마이크를 통해 린이 외친다.

그렇게 우리는 한 방울도 남기지 않고 모든 힘을 다 써버릴 때까지 연주를 계속했다.

영원히, 영원히 끝나지 않으면 좋을 텐데——나는 첫 번째 문화제 라이브 때와 똑같은 생각을 하고 있었다.

하지만 아무리 기도해도 끝나지 않는 것은 존재하지 않는다.

작별의 시간이 바로 눈앞에 다가와 있었다.

종장

네가 없는 미래

나는 천천히 병실 문을 열었다.

"……아, 사토시."

새하얀 침대에 누워 있는 린의 안색은 지독히 나빴다.

생명력 덩어리처럼 빛나던 눈동자는 힘없이 반만 떠 있고, 순식간에 상기되던 새하얀 뺨은 흑처럼 검은색을 띠고 있어서, 그야말로 죽음의 기운이 떠돌고 있었다.

알고는 있었지만. 마음의 준비도 했지만.

목구멍이 조여지고, 내장이 휘저어지는 것 같은 느낌이 들었다.

"에헤헤. 사실 졸업식 때까지는 시간이 있을 줄 알았는데……. 너무 까불고 그래서 그런가."

그토록 떠들썩했던 린의 목소리가, 끝도 없이 울려 퍼질 것만 같았던 린의 목소리가, 지금은 쉰 것처럼 조그맣다.

린의 부모님도, 담당의사도 타임 리프 하기 전과 같이 자리를 뜬 상태.

새하얀, 그렇다고 무미건조하지는 않은, 잔혹할 정도로 평온한 공기가 흐르는 병실에 또다시 나와 린은 둘만 남았다.

"······나, 사토시랑, 우리 멤버들이랑 만날 수 있어서 정말 다행이야."

린이 힘없이, 하지만 막힘없이 말을 짜내기 시작했다.

"고작 3개월뿐이었지만 평생의 즐거움을 누렸어."

"야, 린."

말을 걸어도 역시 린은 멈추지 않고 계속 떠든다.

"황소고집 부린다고 혼날지도 모르지만, 치료보다도 학교를 선택하길 잘했다고 생각해."

"그만!"

두 번째인데도 목소리가 떨리지 않도록 호흡을 조절하는데에 잠시 시간이 걸렸다.

그러는 동안 린은 조용히 기다리고 있었다.

"왜 그렇게, 이게 마지막인 것 같이 말하는 건데."

"이제 곧 죽으니까 그렇지."

확신을 갖고 결말을 얘기하는 린의 조용한 목소리가 결코 바뀌지 않을 사실을 내게 들이민다.

"나 있잖아, 이젠 깜짝 놀랄 정도로 미련이 없어. 뭐, 요

3개월 동안 내 멋대로 해왔으니까 당연하다면 당연하지만. 에헤헤."

린은 장난스럽게 웃고 있었다.

나는 내가 지금 어떤 얼굴을 하고 있는지 알 수 없었다.

"있잖아, 사토시. 마지막으로 고집 하나 부리고 싶은데."

침대에 드러누운 채 린이 속삭인다.

"밴드, 계속해. 앞을 향해서 계속 노력해. 그렇게 해주면 난 기쁘겠어."

마치 기도를 드리는 것 같은 그 말이, 다시 한 번 내 가슴을 찌른다.

"……"

간신히 여기까지 왔다.

해야 할 말은 훨씬 전에 이미 정해두었건만, 막상 그 장면이 되자 가슴이 메어 좀체 입에 담을 수 없었다.

"……그래. 알았어."

이게 최선이었다.

고작 말 한마디를 짜내는 게 이다지도 힘들었다.

이 한마디를 위해서 나는 두 번째 여름을 보낸 것이다.

"에헤헤. 그럼 안심이야."

그리고 잠시 동안 나와 린은 띄엄띄엄 3개월간의 추억을 주고받았다.

회장이 올 때까지……라고만 생각했는데, 아무리 시간이

지나도 회장이 병실에 들어오는 일은 없었고, 히미코와 로쿠로, 사장과 교감 역시 찾아오지 않았다. 복도에 인기척은 느껴졌으니 어쩌면 회장이 배려해준 걸지도 모르겠다.

처음 만났을 때. 갖가지 소동을 일으켜서 주위에 엄청 민폐를 끼친 일. 히미코와 로쿠로, 그리고 회장과의 만남. 사장의 정체에 관한 고찰. 교감에 관한 엉뚱한 가설. 아주 난리였던 여름 페스티벌. 그리고 아직도 몸에 열기가 남아 있는 것만 같은 문화제 라이브.

한창 이야기하는 중에 몇 번이고, 몇 번이고 말문이 막혔다.

그래도 계속 웃었다.

즐거웠다. 만족했다. 후회 같은 건 하나도 없었다.

나와 린은 마지막까지 웃고 있었다.

"하―. 이렇게 많이 수다 떤 건 처음 같아."

"나도."

"이렇게 하염없이 웃은 것도 처음일 듯. 뺨이 다 아프네."

"넌 항상 웃었었잖아."

"그랬었나?"

"그랬어."

"에헤헤. 그렇다면 그건 사토시가 줄곧 같이 있어줘서 그런 거야."

"감사해라."

"뭐-. 하지만 사토시, 처음엔 좀 그랬어."

"……미안해. ……부끄러웠거든."

"으음. 용서하지."

린이 거만한 웃음으로 대꾸했다.

그리고 잠깐의 침묵이 있은 다음 린의 눈꺼풀이 천천히 내려갔다.

"있잖아, 사토시."

"왜?"

"많이 떠들어서 그런가, 왠지 피곤해졌어."

"나도 계속 앉아 있었더니 여기저기가 쑤신다."

"나 이제 슬슬 잘게."

"알았어."

나는 둥근 의자에서 일어났다.

문에 손을 댔을 때, 린이 입을 여는 낌새가 느껴져 뒤돌아보았다.

"사토시."

그 목소리는 지금까지 들었던 목소리 중 가장 작았지만, 가장 똑똑히 내 귀에 닿았다.

"나 말이야……, 나, 사토시를 줄곧……."

문에 닿은 손에 힘이 실린다.

입술을 힘껏 깨물고 배에 힘을 넣어서 목구멍의 압박감을 견뎠다.

"……아냐. 역시, 아무것도 아니야."

"……그래."

목소리는 틀림없이 떨렸으리라.

아니, 소리가 제대로 나오기나 했는지 모르겠다.

나는 문을 열었다.

잘 자라고 말하고 복도로 나가려고 했을 때, 린이 말했다.

"사토시. 약속, 이야."

밴드를 계속해, 앞을 향해 걸어가.

린의 마지막 고집.

"응, 맡겨둬."

뒤돌아본다.

린은 안심한 듯이 웃고 있다.

나도 억지로 미소를 지었다.

볼을 타고 흐르는 눈물을 서로 못 본 척하고 있었다.

병실을 나가 문을 닫는다.

아무도 없는 복도를 잠시 걸었다.

자동판매기가 늘어선 휴게실 소파에 털썩 앉았다.

"이걸로 끝이다."

린과의 시간도, 그리고 아마 이 초현실적인 현상도.

"만족해."

군데군데 구멍은 있었다. 첫 과거에는 눈뜨고 볼 수 없을
정도로 린에게 깊은 상처를 주었다. 하지만 린이 웃으며 돌

이켜볼 수 있는 과거를 가까스로 되풀이했고, 나의 이 마음을 알게 되는 일 없이 웃으며 작별할 수 있었다.

타임 리프의 목적은 대강 완수한 셈이다.

대성공.

아주 기뻐야 할 텐데.

"……린."

그런데 왜 이렇게 괴로운 거지.

"린……!"

린이 있는 병실로 뛰어 돌아가려 하는 다리를 필사적으로 억누르며 소리 죽여 오열한다.

지금 병실로 돌아가면 이 감정을 몽땅 털어놓고 말 것이다.

얼마나 그렇게 몸을 굳히고 있었을까.

나는 울다 지쳐서 잠든 아이처럼 어느샌가 소파에 푹 쓰러져 있었다.

의식이 점점 멀어지고, 시야가 흐려져 간다.

이렇게 끝나는구나. 녹초가 된 마음의 한구석에서 그렇게 생각했다.

이로써 앞으로 린과 만날 일은 두 번 다시 없으리라.

"_____."

추워서 몸을 웅크렸다.

의식이 조금씩 또렷해진다. 퍼뜩 몸을 일으켰다.

"……눈."

온몸이 눈투성이였다.

새카만 하천부지.

소복이 쌓이는 눈.

내쉰 숨은 하얬고, 손발은 얼어서 감각이 없었다.

"돌아, 왔나……?"

스마트폰으로 날짜와 시간을 확인했다.

자세히 기억나지는 않지만, 그때 강변에서 굴러떨어진 뒤로 시간은 그다지 지나지 않은 것 같았다.

"……꿈, 이었던 건가?"

순간 그렇게 의심했다.

하지만 조금 전까지 있었을 병원 소파의 촉감이 아직 남아 있다.

생생한 통증이 가슴 언저리에서 아직도 나를 좀먹고 있다.

나는 틀림없이 타임 리프를 했고, 지금 이렇게 돌아온 것이다.

린이 없는 세계에.

"……."

주머니 속에서 바스락거리는 소리가 났다.

접혀 있는 봉투였는데, 안에 종이가 들어 있었다.

린이 내게 '미안해' 라고 휘갈겨 쓴 종잇조각이다.

나는 봉투 안에 들어 있는 종잇조각을 두려움과 함께 꺼냈다.

린이 만족하며 떠났다면 이 종잇조각이 나한테 있을 까닭이 없기 때문이다.

역시 타임 리프는 기절한 내가 꾼 꿈에 불과한 게 아니었을까 하는 의심이 솟는다.

정성스럽게 접힌 종잇조각을 펴자, 거기에는 예쁜 글자가 늘어서 있었다.

스터디 때문에 눈에 익은 린의 글씨였다.

"마지막까지 제멋대로였던 나와 함께해줘서 고마워."

그 메시지를 읽고서 나는 진심으로 안도했다.

다행이다.

꿈이 아니었다.

나는 확실히 타임 리프를 했고, 린과 깔끔하게 작별했다.

"……?"

거기서 문득 종잇조각의 끄트머리에 조그마한 다른 글자들이 있음을 깨달았다.

빛이 부족한 하천부지에서, 그 글자를 가만히 바라본다.

거기에는 이렇게 쓰여 있었다.

"나도 틀림없이 사토시와 같은 마음이었어."

"……뭐야…… 이게…….."

린은 도대체 무슨 마음으로 이걸 쓴 걸까.

'같은 마음'이라는 것이 무얼 가리키는지 이제는 알 수 없다.

나는 린에게 '좋아한다' 이외의 감정을 몽땅 전했다.

린이 없는 지금에 와서는 그 말의 진의를 파악하는 건 불가능하다.

린의 부재가 가슴을 찌른다.

"───────으아!"

아무도 없는 하천부지에서 감정이 날뛰는 대로 울부짖었다.

종잇조각을 부여잡고 지면에 엎드려, 목이 잠길 정도로 포효했다.

좋아했다.

누구보다도 정말 좋아했다.

계속 내 옆에서 웃어줄 거라 믿었다.

앞으로는 더 많이, 히미코와 로쿠로, 회장과 사장, 그 밖에도 많은 사람을 끌어들이며 즐거운 일이 잔뜩 생길 줄 알았단 말이야.

왜 가버린 거야.

왜 이렇게 나는 만신창이가 되어 꼴사납게 울부짖고 있는 거지.

왜 나는 두 번이나 린을 잃어버려야 한단 말이냐.

한도 끝도 없이 나는 겨울 하늘에 통곡을 질렀다.

"――――――――――으으."

눈물도, 목소리도 말라버렸다.

남은 것이라곤 욱신거리는 마음과 추위로 꽁꽁 언 몸, 그리고 단 하나뿐인 약속이었다.

'밴드, 계속해. 앞을 향해서 계속 노력해. 그렇게 해주면 난 기쁘겠어.'

"……그래, 알아."

맡겨두라고 나는 대답했다.

그렇다면 안심이라며 린은 웃었다.

린의 소원은 우리가 앞으로 나아가는 거니까.

나는 다시 일어서야만 했다.

언제까지고 이렇게 땅바닥에 엎드려 있을 수는 없었다.

나는 세 사람에게 문자를 보냈다.

수신인은 히미코와 로쿠로 그리고 회장이다.

내용은 딱 한마디. 이 하천부지로 지금 당장 와줘.

"느닷없이 이런 곳으로 호출한 걸 보니 드디어 머리가 이상해졌나 보네?"

가장 먼저 나타난 회장은 헐떡이는 숨을 감추면서 입을 열자마자 과격한 말을 했다.

줄곧 나를 걱정했기 때문이겠지.

회장만이 아니라 히미코도, 로쿠로도 이렇게 눈이 내리는 밤중에 빨리도 모여 주었다.

로쿠로는 "그래서, 무슨 용건인데." 하고 겉으론 냉정하게, 히미코는 머리칼 틈을 통해 조금씩 눈을 비추면서 걱정스러운 듯이 나를 살피고 있었다.

나는 힘차게 웃고서, 세 사람에게 손을 뻗었다.

"밴드, 하자!"

언젠가 린이 내게 손을 내밀어준 것처럼.

다시 여기서부터 시작하고 싶었다.

이번엔 내가 모두를 이끌 차례니까.

에필로그

두 번째 상실을 견딜 수 없었던 그녀가, 태어난 고향인 시골 마을에서 도망친 지 10년이 지났다.

누구에게도 목적지를 가르쳐주지 않고, 연락을 끊고, 목적도 없이 그저 배회하고 배회했다.

그런 생활이 바뀐 것은 3년쯤 전이었다.

적당한 마을에 자리를 잡고서 새로운 일을 시작한 것이다.

도무지 향상되지 않았지만, 그래도 그녀는 연습을 계속했다.

"오래 찾았어요."

어느 날 그녀를 찾아온 사람은 옛 은사였다.

"선생님은 날 너무 좋아한다니까. 주소, 알아내지 못할 줄 알았는데."

"담배는…… 끊은 모양이군요."

"목에도, 폐에도 나쁘니까요."

뭘 이제 와서 그러나 싶어 은사는 어이가 없었지만, 일단은 그냥 넘어간다.

"저기요, 선생님. 제 노래 좀 들어줄래요?"

스탠드에 기대어 세워놓은 기타를 들고 좌창 하는 소리를 울린다.

은사가 눈을 동그랗게 떴다.

"기타를 치게요? 당신이?"

"왜요. 선생님까지 내가 못 한다고 깔보는 거예요-?"

"실력이 많이, 그렇지, 않았었나요?"

"뭐, 그렇긴 하지만. 언제쯤 되어야 그 바보를 따라잡을 수 있을까요-."

사고를 당해 의식을 잃기 직전 고백해 와서 서로 좋아한다는 걸 알자마자 금세 죽은…… 그럼에도 불구하고 아무리 시간이 지나도 가슴속에서 사라져주지 않고, 몇 년이고, 몇 년이고 그녀를 앞으로 나아가게 해주지 않았던 그 음악 바보.

그녀는 기타를 들고 자세를 취하면서 조금 전까지 혼자서 보고 있었던 TV로 시선을 돌렸다.

"그래도 저 녀석들이 열심히 하는 걸 보면 나도 뭔가 하지 않으면 안 되겠다~ 싶더라고요."

화면에 삼인조 밴드가 나오고 있었다.

베이스와 드럼 그리고 기타&보컬로 구성된 밴드다.

밴드명은 Primember.

최근 3년 사이 급격하게 활약의 장을 넓히고 있는 밴드였다.

"저 음치가 저 정도까지 노래를 부를 수 있게 됐으니 나도 기타 좀 칠 수 있겠다 싶었거든요."

TV를 끄고 연주를 보여줄 생각이었던 그녀의 손이 멈췄다.

마침 Primember의 대표곡이 시작되려고 했기 때문이다.

Animato animato라는 제목의 그 노래가 남성 보컬의 입을 통해 흘러나온다.

혼을 전부 바치듯이 격렬하고, 열렬한 불꽃같은 동시에 무언가를 필사적으로 기도하는 듯한, 그런 노랫소리였다.

어떤 말도 닿지 않는 아득한 저편을 향해
너의 미소를 몇 번이고 꿈꿨어
뿔뿔이 흩어진 너의 조각이
너덜너덜해진 너의 파편이
여름 하늘로 날아가
너와 나를 잇는 기억이
푸른 하늘에 녹아들어
네가 있던 여름은 빛이 바래서
과거의 저편으로 희미해져갔고
그래도 결코 노래만은
끊기는 일 없이

바래는 일 없이
너에게 닿을 거라 생각하니까
어디일지라도 시간을 넘어서
언제까지나 언제까지나
그래서 나는 소리 질러
Animato animato
그래서 나는 노래해
Animato animato
소중한 당신을 향해 소중한 당신을 향해
이제 만날 일 없는 당신을 위해
내가 모르는 그 장소에서
당신은 웃어줄 건가요

두 사람은 잠시 그의 노래에 귀를 기울였다.
"자기들의 이름이 쓰이는 거, 어떤 기분인가요?"
"뭐, 나쁘지 않네요. 조금 쑥스럽긴 하지만."
그렇게 두 사람은 한동안 그의 기도하는 듯한 노랫소리의
여운에 잠겼다.
그 짧은 여름을 전력으로 달려 나갔던 그 아이가, 어딘가
먼 곳에서 그들의 노래를 듣고 있을 것 같은 기분이 들었다.

두 번째 여름, 두 번 다시 만날 수 없는 너

2016년 07월 06일 제1판 인쇄
2021년 09월 30일 7쇄 발행

지음 아카기 히로타카 | **일러스트** 부타 | **옮김** 오토로

펴낸곳 영상출판미디어(주)
등록번호 제 2002-000003호
주소 21311 인천광역시 부평구 평천로 132 (청천동)
전화 032-505-2973(代) | **FAX** 032-505-2982

ISBN 979-11-319-4635-0

 노블엔진 POP(NOVEL ENGINE POP)은 영상출판미디어(주)의 대중소설 브랜드입니다.

단행본 출간작 리스트
[해외 라이선스 / 장편 시리즈 작품]

◆

단행본 출간작 리스트
[해외 라이선스 / 단편 작품]

◆

[베이비 굿모닝]
· 코노 유타카 지음 · 시이나 유우 일러스트

[내가 7대 불가사의가 된 이유]
· 오가와 하루오 지음 · 요시즈키 쿠미치 일러스트

[소녀 키네마 - 혹은 폭상왕과 다락방 공주의 이야기-]
· 니노마에 하지메 지음 · 나마니쿠ATK 일러스트

[이웃은 한밤중에 피아노를 친다] 1~2 (완)
· 쿠가 본초 지음 · 이와모토 에이리 일러스트

[그날 본 꽃의 이름을 우린 아직 모른다] 상/하 (완)
· 오카다 마리 지음 · 타나카 마사요시 일러스트

[암흑소녀]
· 아카요시 리카코 지음 · 치런 일러스트

[마법사의 허브티]
· 아리마 카오루 지음 · 아바라 헤이키 일러스트

[러시아 유령 군함 사건]
· 시마다 소지 지음 · toi8 / 스즈키 쿠미 일러스트

[나는 내일, 어제의 너와 만난다]
· 나나츠키 타카후미 지음 · Renian 일러스트

[라스트 런]
· 카도노 에이코 지음 · 스기모토 이쿠라 일러스트

[실연탐정의 조사 노트]
· 미사키 사기노미야 지음 · 모구모 일러스트

[두 번째 여름, 두 번 다시 만날 수 없는 너]
· 아카기 히로타카 지음 · 부타 일러스트